绝恋

孙月红 著

南京大学出版社

图书在版编目(CIP)数据

绝恋 / 孙月红著. — 南京：南京大学出版社，
2023.4
（名作家写雨花英烈丛书 / 闻慧斌，杨金荣主编）
ISBN 978-7-305-26155-8

Ⅰ. ①绝… Ⅱ. ①孙… Ⅲ. ①纪实文学－中国－当代
Ⅳ. ①I25

中国版本图书馆 CIP 数据核字(2022)第 174988 号

出版发行	南京大学出版社		
社　　址	南京市汉口路 22 号	邮　编	210093

出 版 人　金鑫荣

丛 书 名　名作家写雨花英烈丛书
丛书主编　闻慧斌　杨金荣
书　　名　绝　恋
著　　者　孙月红
责任编辑　黄　睿

照　　排　南京南琳图文制作有限公司
印　　刷　南京玉河印刷厂
开　　本　880 mm×1230 mm　1/32　印张 11.5　字数 232 千
版　　次　2023 年 4 月第 1 版　2023 年 4 月第 1 次印刷
ISBN 978-7-305-26155-8
定　　价　50.00 元

网址：http://www.njupco.com
官方微博：http://weibo.com/njupco
官方微信号：njupress
销售咨询热线：(025) 83594755

* 版权所有，侵权必究
* 凡购买南大版图书，如有印装质量问题，请与所购
　图书销售部门联系调换

总　序

雨花台是革命者的信仰高地。100多年前,无数仁人志士为了人民幸福、民族复兴的伟大梦想,与外国侵略者和本国反动势力进行了不屈不挠的斗争,最后血洒雨花台,用他们的鲜血和生命铺垒了一条通向新中国的道路。雨花台因此成为中华人民共和国的英雄台,革命者高扬信仰之圣地。

历史之所以会将一段不平凡的岁月或一群赤胆忠心的志士垒筑与聚合在一个圣地之上,那是因为那岁月、那志士们对一个国家、一个民族具有不可磨灭的伟大贡献。

雨花台上留下的英名与那段岁月,便是如此。

在这里的革命烈士,来自全国20多个省份,他们中绝大多数是共产党人。许多人出身富有家庭,受过良好教育,平均年龄不足30岁。然而他们为了革命事业,放弃荣华富贵,痛别骨肉亲情,踏上革命道路,热血奋斗,前赴后继,最后又不惜牺牲自己宝贵的青春和生命。从大革命时期至南京解放前夕,在雨花台牺牲的烈士数以万计,他们中有发起反帝爱国运动、奠基中华民族复兴领导力量的五四运动先驱;有参加过北伐战争、南昌起义、长征和抗日战争的爱国忠勇将士;有反抗蒋介石屠杀政策、领导工人起义的中共白区干部;有长期战斗在敌营深处、潜伏于敌人心脏的情报工作人员;有与共产党人风雨同舟、肝胆相照的左派进步人士;更有广大反对敌人黑暗统治的普通共产党员和爱国志士。中国共产党创始人之一、中国工人运动领袖邓中夏,《中国青年》的主编、被周恩来称为"中国青年热爱的领袖"恽代英,中国国民党左派、农工民主党创始人邓演达,中国妇女运动的先驱、第一位牺牲的女省委组织部长黄励,刘少奇同志的爱人、刘少奇盛赞她"女党员之杰出者"的何宝珍等烈士,是其中的杰出代表。更有许多无名英雄,他们的事迹皆可成为传世的经典……

透过历史的尘埃,我们发现在众多雨花英烈中,他们有冲破封建枷锁,寻求自身解放并以解放全人类为理想目标的女烈士群体,她们是早期的女权运动主义者,是妇女解放的先驱;他们有以"修身齐家治国平天下"为己任,只为主义真、甘愿放弃小我,为普天下劳苦大众谋幸福的大学殿堂里的莘莘学子;他们中还有从黄埔军校毕业,为了追求真理,放弃已有的优越条件,毅然与国民党决裂的真正的革命军人;有长期潜伏在敌营,深入龙潭虎穴,碧血丹心从未改的隐蔽战线的英雄……以致我们的文学艺术家们在创作"雨花台烈士就义群雕"时,选择9位烈士的形象,因为在阿拉伯数字中,9是最大的一位,以言其多。不仅如此,雨花英烈事迹固然感人,而且他们的爱人的事迹同样感人。如邓中夏的妻子夏明,在邓中夏牺牲后奔赴延安,在组织的安排下嫁给了老红军刘鼎,生了三个孩子,在大孩子李致宁14岁的时候,她带着这个孩子,专门只做一件事——征集丈夫邓中夏、哥哥李启汉两位烈士的资料,在南京大学历史系教授姜平等人的帮助下,完成了《邓中夏的一生》《邓中夏文集》等作品,她们的事迹令人动容,其境界令人敬佩。随着对雨花英烈研究的深入,我们也越发地思考,雨花英烈的精神到底是什么?我们应如何继承好、发扬好雨花英烈精神?越来越被他们崇高的理想信念所折服,被他们高尚的道德情操所感染,被他们大无畏的牺牲精神所震撼,更被他们具有面对死亡而无所畏惧的强大心理力量所折服!

习近平总书记2014年视察江苏时指出,在雨花台留下姓名的烈士有1519名,他们的事迹展示了共产党人的崇高理想信念、高尚道德情操、为民牺牲的大无畏精神。这就是雨花英烈精神!他殷切希望,"要注意用好用活丰富的党史资源,使之成为激励人民不断开拓前进的强大精神力量"。为贯彻落实习近平总书记的重要讲话精神,让雨花英烈事迹深入人心、广为传颂,让雨花精神焕发光彩、照亮未来,由长期工作、生活在南京的历史学者闻慧斌和杨金荣主编的"名作家写雨花英烈丛书",将计划出版的有女烈士传记《芳魂》、青年学生烈士传记《学子魂》、出身黄埔军校的烈士传记《黄埔魂》、反映隐蔽战线的烈士传记《谍魂》和书写烈士壮美爱情故事的《绝恋》等作品。毫无疑问,这些都是雨花烈士精神中的精髓,值得期待。

英雄虽逝,精神如磐!今天,当我们庆幸生活在幸福美好的伟大时代时,更应永远铭记这些在黑暗中为光明而奋斗牺牲的英雄们,因为是他们用生命和鲜血曾经撑起了中华民族的脊梁与中华人民共和国的江山。史者讲史,书者著书。近几年间,随着"弘扬雨花英烈精神三年行动计划"的深入推进,《雨花英烈精神解读》《雨花英烈书信选》《雨花英烈遗书选》等不断问世;在雨花女英烈研究方面,江苏省妇联曾编过《巾帼英烈》,南京市妇联编写过《信仰的芬芳——致敬雨花巾帼英烈》,雨花台烈士陵园办过以女英烈为主题的展览。这些都为深入研究雨花英烈打下了很好的基础,是对雨花英烈精神的不断深入挖掘与弘扬的具体行动,并生动地彰显了当代作家和学者们的高度自觉与可贵热忱,体现了有关部门的精心谋划与远见卓识。

希望本丛书的出版,能让更多的人了解英烈、缅怀英烈、学习英烈,关心、关爱烈士家属。这是我们共同的初心和使命。

何建明

2022 年 12 月

目 录

深情托瑶瑟　弦断不成章 　　　　　　　　　　001

　　沈葆英：代英，岁月流逝得多快啊，你离开我们已经51年了。历史的长河奔腾了半个多世纪，卷走了记忆中许多浪花，但怎样也卷不走我对你的深切怀念。

孤鸾失侣鸣何悲 　　　　　　　　　　　　　　069

　　夏明：中夏，我出狱后的第一件事，就是把我的名字由李惠馨改为"夏明"。名字中注入了你的"夏"，你虽牺牲了，但我永远与你在一起。

你25岁的样子真年轻 　　　　　　　　　　　　130

　　葛淑贞：崇典，你还记得以前我们一家三口放衣服的那只衣柜吗？现在你的照片就放在衣柜上，我每天把你照片上的玻璃擦得晶亮。然后，对着你的照片梳妆打扮。

我要与你就义地的泥土合葬 156

　　向自芳：克昌，我已 100 岁了，我们快要团聚了。我有个想法，我大去后，要葬在祖坟里，但我想要一些雨花台的泥土与我合葬。

在看不见你的地方，我的心和你在一起 182

　　钱瑛：寿林，那年 6 月，我在洪湖苏区看上海出版的一份旧报纸，才知道你被捕的消息，心里一直挂念着你。直到 11 年后，我在延安才知道你早已牺牲在南京雨花台了。

胡不破云归望 217

　　章蕴：耘生，你牺牲整整 50 周年了，今天，我带着我们的女儿与儿媳来雨花台看你了。你还是那么英俊儒雅，还是那么年轻。

爱人叫原道，儿子就叫纪原 241

　　刘亚雄：原道，你牺牲 4 个月后，我生下了儿子。为了让儿子永远记住你，我与父亲给儿子取名陈纪原。后因敌人追查，就将他的名字改为刘纪原。

此情可待成追忆 　　　　　　　　　　　　　　　　255

　　叶雁苹：鸿藻，你离家50年零3个月了，从解放那会儿，我就在找你，这些日子我常梦见你回来了，你是不是已经回来了，找不着家了？

生不能相守　愿死后相伴 　　　　　　　　　　　　284

　　蒋平仲：良璋，我们在一起生活仅仅3年，可我一生都在思念着你，等待着我们团聚的那一天。我有个愿望，就是百年后能与你葬在一起。

你究竟在哪儿呢？ 　　　　　　　　　　　　　　　315

　　李华初：周镐，我知道你早已投奔了共产党，可如今武汉三镇全都解放了，你怎么还不回来呢？我和女儿们日夜盼望着你哪一天突然站在我们的面前。你快回来吧！

编后记 　　　　　　　　　　　　　　　　　　　　355

深情托瑶瑟　弦断不成章

1931年，南京的春天来得比较晚。

4月下旬，乍暖还寒，城西江东门外更是荒凉而凄冷，路上几乎没什么人，只有几辆老爷车在通往监狱的路上呼啸而过。29日这天临近中午时，恽代英被几个狱警带出国民党中央军人监狱的监房。半个小时后，几声枪响，狱中的难友们知道恽代英被枪杀在监狱刑场。

一代青年领袖就这样陨落了。

恽代英（1895—1931）

1

代英,岁月流逝得多快啊,你离开我们已经51年了。历史的长河奔腾了半个多世纪,卷走了记忆中许多浪花,但怎样也卷不走我对你的深切怀念。你的音容笑貌永远镌刻在我的心头,你的光辉形象时时浮现在我眼前,历历在目,记忆犹新。

沈葆英

恽代英被枪杀在南京,在上海的沈葆英还在满怀信心地期待着丈夫的归来。她相信丈夫一定会回来,期待着丈夫有一天傍晚或是凌晨突然从天而降,站在她的眼前。

她等待着。桃花开,杏花落,4月过去了,丈夫没有回来。5月到来了,天气开始转暖,桃花落了,其他花儿全开了,可丈夫还没有回来。她的心情从喜悦到焦虑,又从焦虑到平静。她不再期待着丈夫能这么快归来。夜深人静时,沈葆英想,出狱是没那么容易的,一定有很多的手续要办,也许被什么事情绊住了,不能及时回来。丈夫一时回不来,沈葆英的心情时躁时静,但她是相信周恩来的,丈夫一定会回来,只是迟与早的问题。她数着日子,一天过去了,两天过去了。整个5月都过去了,花儿全都谢了,丈夫还没有回来。

6月来临了，初夏的上海灯红酒绿，沈葆英不关心这眼花缭乱的世界，她只关心她的丈夫，专心等待着党组织的消息。

6月上旬，她终于等来了丈夫的消息。

这个消息对她来说，如晴天霹雳，炸得她蒙了；如六月飞雪，寒冷到了骨髓。早在4月29日，她的丈夫恽代英就在南京国民党中央军人监狱就义了！她不能承受这生命之重，她的眼泪像珍珠断了线，一直哭，哭得昏天黑地：二哥，明明说好了，不久就和我们团聚的嘛，怎么就走了呢！二哥，我不能没有你，小毛弟不能没有你啊！二哥，这一切不是真的，都是假的，是假消息！二哥，你不会离开我们的，是不是！

那些天，对丈夫的梦寐萦怀使沈葆英再也支撑不住了。时间过去很久后，沈葆英才慢慢地相信，二哥真的离开了她。

1982年4月，南京的街头春回大地，几场春雨后，街道两侧的梧桐树已变成了淡绿，在阳光的照耀下透着光亮。已是老人的沈葆英携儿子与孙女走在南京春天的湿润和芳香里。清明节前夕，她来到雨花台烈士陵园南端的雨花台烈士纪念馆，看着恽代英年轻儒雅的肖像，轻声地说："代英，岁月流逝得多快啊，你离开我们已经51年了。历史的长河奔腾了半个多世纪，卷走了记忆中许多浪花，但怎样也卷不走我对你的深切怀念。你的音容笑貌永远镌刻在我的心头，你的光辉形象时时浮现在我眼前，历历在目，记忆犹新。"

7日,他们一行又来到了南京江东门原国民党中央军人监狱旧址,这里如今已是人民解放军某部的驻地。沈葆英携子孙来到恽代英的就义处,他们静静地追思、深深地缅怀,她把多年来深情的思念与崇高的敬意凝结在这一刻。她向军人说,51年前的4月29日,恽代英在这里就义。他曾说过,愿将他身上的磷发出更多的热和光,燃烧起来,烧掉古老的中国,诞生一个新中国。可以告慰的是,恽代英的愿望已经实现了。

2

代英,你是我生活中的亲人,尊敬的老师,革命的引路人。记得你和二姐结婚后,时常到我们家来。你博学多才,才学横溢,深为父亲所赏识;你诚恳待人,乐于助人,经常帮助二姐和我们姐妹,在我幼小的心灵里留下了极其深刻的印象。那时节,国事积弱,民族危亡,你饱含着革命的激情,探索匡时救国的真理,在《新青年》《东方杂志》等刊物上发表了许多文章。这些文章如寒夜里的火炬,在许多青年中燃烧,给人以力量和光明。一九一八年春,二姐不幸去世,你是那样悲痛,连写数信在二姐灵前焚祭,寄托你对她的真挚爱情。你发誓为二姐守义一事不啻是对"男尊女卑"的封建社会宣战!这宣战的声响,如一声巨雷,震撼了我们亲属和周围的人,也震撼了我的心，使我更加敬慕你了。

沈葆英

幼年恽代英（右二）与母亲、兄弟的合影

1915年，20岁的恽代英，从武昌中华大学预科转入中华大学文科中国哲学门学习。这年深秋的一天，他在武昌完成了他人生中最重要的一件事——婚事。新娘是沈云驹先生（字骏卿，江苏苏州人，武昌官钱局职员）的二女儿沈葆秀。

从恽代英的日记中，可以看出，他与沈葆秀婚后非常恩爱，家庭生活十分幸福美满。他们"以口对口，以心印心"。他俩互相体贴、互相勉励。恽代英亲手为沈葆秀制作日记本，向妻子宣传新思想，教她写日记，鼓励她自立。沈葆秀"好诗书、通情理、志道德"，虽"婉柔似室女",但也"豪爽似男儿",积极支持丈夫求学和追求真理。他俩商量好,待恽代英毕业后,就过着他俩的自立生活,"用全力造福社会,造福家庭"。

恽代英提倡男女平等,强调女子独立,尊重女性。因此,婚后的沈葆秀感到非常幸福。1917年10月,恽代英在《青年进步》第6册上发表的《女子生活问题》,文章指出:"男女同为人类,不可强分尊卑","女子不可不有独立生活之能力,女子以独立生活为最上","男子应尊重女子之人权及财权","女子为独立生活,家政应由男女共同料理之","女子不为独立生活,男子应以其收入若干分之一,为女子财产"。他在与黄负生的一次谈论中,就黄负生提出"多夫多妻亦无妨碍",恽代英深表遗憾,他认为"夫人果情爱笃挚,道德高尚,一夫一妻乃自然当然之理。如以真理为情欲之辅助,以为女子经济独立,则吾可以无家累,离婚自由,则吾可以淫邪而无罪,此不独女界之罪人,且真理之罪人,即黄金世界之类也"。在那个时代,恽代英对女子的这些观点可谓振聋发聩。

1915年,沈葆秀的四妹沈葆英只有10岁。据她回忆,二姐葆秀出嫁,二姐夫恽代英是她父亲沈云驹的老相识恽乐夫(恽爵三,号乐夫)的二子,他聪明俊逸,知书达礼,朴实大方,深得父亲疼爱。每当他来自己家时,父亲总是亲热地在自己的卧室里让座、泡茶,和他谈文学、论形势。他们几个小孩子同他也格外亲热,都亲切地称他"二哥"。

一年多后，沈葆秀怀孕了，这给恽家带来了喜庆。

恽代英祖籍常州，父亲恽爵三以"候补府经历"，在湖北的一些州县府做幕僚。恽代英兄弟四人，他排行第二。母亲陈葆云是恽代英兄弟们最早的启蒙老师。此时，恽代英受到校长陈时的欣赏，当上了中华大学的学报《光华学报》的主编。妻子有孕在身，恽代英家里家外忙得不亦乐乎。

学生时代的恽代英

十月怀胎，沈葆秀吃尽了怀孕之苦。1918年2月22日，沈葆秀的肚子终于有了动静，她被家人安排躺在榻上准备分娩。哪知葆秀难产，三天后才产下儿子。恽代英在日记中写道："23日，自起床至下午4时，心绪不宁，中间唯阅《新青年》数篇。直到25日，沈葆秀方产下一男婴。葆秀还没来得及看儿子一眼就永远地闭上了她的双眼。"

沈葆秀因生子而亡，去了另一个世界。此时仅22岁。

对于恽代英来说，这灾难从天而降，恩爱的妻子几分钟之前还抓着他的手，几分钟后就撒手人寰。恽代英不敢相信这一切。等他确定这一切都是真的时，他开始内疚自责，认为是他没有好好照顾好葆秀。

在沈葆秀去世后的 4 个月里，恽代英几乎每天都用写日记的方式思念妻子。其间，他还写了 4 封"致葆秀书"，在妻子坟前焚化祭奠。我们来看看他的这些浸润着深情的文字。

在妻子死后第二天，恽代英在日记中写道："吾此弦已断，决不复续。向如我死彼存，彼岂能复嫁？则我岂能复娶乎？且吾昔日已与葆秀不啻要约数百回矣。抑吾不复娶，原因甚杂：一吾本颇好独身生活。二吾不忍负葆秀。三吾亦无复可得如葆秀之女子者以之为妻。四如言命数，或吾因克妻、克子，既误葆秀，不可以复误他人。"日记中，恽代英决定此生不再娶妻。对于其妻遗物，恽代英打算以少数留作纪念外，其余均变卖。

2 月 27 日，也就是沈葆秀死后第三天，恽代英为亡妻作了一副挽联：

念汝端肃聪明，豪爽似男儿，婉柔似室女。好诗书，通情理，志道德，原谓将来，黾勉同心，用全力造福社会，造福家庭。岂意汝如许年华，竟因这一块肉，舍予而去；

自此丁零寂寞，承欢失贤助，治内失良妻。思往事，睹旧容，抚遗婴，只看目前，张皇万状，更无法处置丧礼，处置庶务。回忆此三载姻缘，难禁我万行泪，怆然以悲。

恽代英因妻亡，此时不仅寝食不安，且诸事搁置。

2月28日，恽代英与全叔（恽畏三）商量用合葬的方法及变卖沈葆秀遗物暂作丧葬费，又准备第二日以沈葆秀所遗下菜蔬做祭品，等葆秀的四寸相片拍好后寄给妇女杂志社，代英作一文，评叙亡妻生前琐事，以写悲忧。

沈葆秀去世第五天，也就是3月1日那天，他们的儿子夭折了。由于妻死悲痛，恽代英还没给儿子取名，临时呼儿子为秀生。这天，他致妻一书。此书读后令人垂泪，所有的语言皆不能表达代英悲伤忧郁之心情，我们以原文呈现给读者：

葆秀大鉴：

卿爱读吾书札。吾去年往庐山，曾数与卿书，卿心甚悦，岂意今日致卿以书，乃与卿幽明隔世耶？自卿弃吾以去，吾每夜不得卿入梦，窃意卿不致恝然于我。如此吾心中近来不知是何味，每日惟愿他人替我作事，又愿鹖伯文兄弟等谈心。吾万不料卿之舍予如是之速，而前日与卿所要约之事，一切尽成虚空也。夫此五（污）浊世界，弃去固何所惜，然卿意不为我厮守三五年乃至十年，使多至今日嗒然茫然，无以为主，此诚非意计中事也。吾今日颇悔未与君吃高丽参，又未与君延西医，又产后上床状未能使君即刻安息，又君血晕后未毅然与君醋嗅之。然思人生修短，固有莫之知者，即吃参、请西医、得安息、闻醋，能使卿回眸一顾否，亦未可知。吾亦甚悔。惟于卿之一旦至此，不觉而惨然动心耳。

昔日相晤谈时，以口对口，以心印心，今日尚思此境得乎？吾今日亦不知卿已何往，吾焚此书亦未知能入卿目否？惟吾之胸臆有不能不为卿一言，卿能幸不以为烦絮，倘更能于吾梦中有以答覆我，则幸甚矣。

吾致卿之挽联，现悬于卿灵前，未知能入目否？倘未入目，告我，当钞寄一阅。伯文亦有一联，闻大姊、三妹各拟致一联。吾已与强弟言，彼等所拟如无大疵谬，以少点窜为妙。盖使卿得享受彼等自然之情中所发之自然之文，较高文雅典大有价值多多也。

卿去吾而逝时，吾固完全未能预料，想亦非卿意中事，然竟不免于此。连日怅怅。吾书此时，汝所生之儿尚健在，以吾心绪不宁，故久搁笔，今续书此时，汝儿又夭。他人言，汝挈彼而去，彼诚在汝侧，慰汝寂寥。吾虽不能见，心初无悔。且余自度亦不易抚此儿。吾前拟使寄居岳家，事之谐否即未可知，暂雇乳媪照拂之，彼又要索甚多。汝知吾性情，吾亦知汝性情，吾二人岂甘受人要索者？吾为此儿（吾儿私名之曰秀生，谓汝所生也，以后如与汝书，即以此为名。自汝之丧，家中纷扰，人人心绪不宁，故洗儿之时，亦忘为起名字，彼死去犹无名也），取汝之布棉裤与乳媪，此裤固汝所不喜或汝亦不惜，儿夭后，此媪来乞怜，欲将此棉裤去。吾思为汝冥中积福，且即不与之，汝亦必不更需此，故遂许之，谅汝与我表同情也。

卿去时，吾已跪于岳父前申明不复娶。此事在汝生前屡与汝言之。近来他人宽慰我者，其言语常为我留续娶地位。父亲大人尚未归，此事尚须经一大奋斗，然吾意已决，应终不致负卿。吾不续娶，在家庭固恐内主无人，然卿既弃予，予何从得如卿之女子？且即得此等女子，予何能忍于负卿而另寻新好乎？予终于独身矣。家事俟四弟娶妇了之。未独立而娶妇，固有难言之苦，吾与卿常身受之。然今既为予与卿，故使四弟受此苦，予必竭力辅助四弟，务使于必要之金钱皆有以自给，谅卿亦不以吾此等用钱为浪费也。此次之家变，父亲大人闻之，必甚郁抑，此事予必尽力安慰。汝爱予，亦甚尽妇道。此事汝如有可为力，尚望亦有以安慰。家中连有不幸之事，未知适逢其会，抑别有妖祥。如汝可为力，亦望能体予心，使逢凶化吉。予意汝一弱女子未必能有力与妖祥争。他人言汝以产后亡，必有不平之气，且数闻有异声。予意必风声，大小父或老钱作声，彼等因疑生惑也。予以汝在生之气性推之，汝岂肯为人祟乎。惟愿汝尽力所及，使此家清泰，或力不及而有他法者，在梦中告我。

此次为卿丧葬之费，诸父怜予及卿，故颇从丰。予知卿必不欲丧葬有过于先姒，故诸事以先姒为节。葬地本拟行姒墓侧。看地者言，此处山向南北，而今年东西向，不能葬，惟祖父墓附近山向东西，可葬。予意果葬祖父墓侧亦佳。祖父之容貌，卿所曾见，且祖父最爱我，必能推爱及卿，且去先妣、先继祖妣墓地不远，亦可常往来问候。若此地不成，则惟有缽盂山，即予等上坟最后所至之地，先伯母及先庶祖母之墓地在焉。此地自无前地之佳，然在洪山附近，便于我及卿兄弟省视，或比较尚良。不然，则惟有暂停，以候先妣附近处可葬然后葬，此则为下策矣。予已与全叔商议，预备将来合葬。全叔言，可做到。此语谅卿甚乐闻。予等前言同死，卿固笑吾，面谩吾。今日固念念于卿，然不能舍一家之众，并天下待我援手之人而就卿。惟有待天年之至，以与卿同穴耳。此事全叔既经答应，想父亲大人亦必允许。

予思汝钗钿衣服，留之无用，且恐逐渐遗失，故予拟禀明父亲，逐渐变卖，暂假以汝丧葬费之一部分，有余或作捐款。用汝姓名捐作正当之用。予意父亲或亦允余，汝知吾家庭财政状况，亦知予财政状况，自有不得不挪借卿款之苦。惟予就业后，必尽力还卿，仍以卿名义捐作公益。余更拟他日所入，仍以十分之二与卿，如卿在时。此款或作捐款，或留为将来开办葆秀大工厂之用。卿在时，不曾言拟办此工厂，招收贫穷妇女学习手艺乎？予必一一本卿原意，并即以卿名作厂名，非必要不参吾股。总之，卿虽死，予视之犹生，且必使卿有长生不朽者，在使他人言予必连及卿，言卿心连及予。卿闻予言，谅必色然喜乎？

予之视岳家，必视卿在时尤厚。仲清兄弟苟力所及，余必提携之。予知此亦汝心所系。仲清约可望成功。延缓亦有致卿挽联，文虽不甚佳，尚知感卿平日提携之德也。

予等屡言，他生作夫妇，如非必不得已愿勿忘此语。予必葆守予之贞节，使他日无愧于汝作配偶也。

吾甚望汝能常见于梦魂之中。如能常见，如在生时，则尤善。然汝知予之志愿与欲愿，汝必不忍戕害予，亦必不忍任鬼戕害予。予尚将普济世间一切少年，汝能阴相予使予成功，则予名不朽，汝之名亦可以不朽矣。

吾拟寄汝像[相]片一纸，并将汝与我结婚三年来琐事叙为一篇，投登《妇女杂志》，登后予必焚一册与汝。此后，予每逢月之十五（阴历），必致汝一函，其他之日，予将勉求不念念于汝。盖如此徒郁抑不乐，易生疾病，想亦非汝所心安也。汝如有所需，或有欲告我者，则皆梦中告我。

秀生三朝，长者亦有所赐，吾均腾挪，并汝押岁洋一元。予意将来共还卿三元。以后所腾挪卿款，按月必告卿知之（又取用首饰盒中拾元）。

昔日戏言身后意，今朝都到眼前来。呜呼！伤矣！西神致书冼伯言，问我在武昌否？则卿之像[相]片及记事，定可望登录。三妹梦卿言，赖陈嫂子之救而得生，岂幻梦耶？抑汝果复生耶？抑已投身于陈氏耶？仲清之挽联已录一纸焚化。彼财政情形，卿之所知，彼惟节省杂食之费，购箔一块赠卿，此亦手足之情发于自然者也。

这是恽代英致亡妻第一封信。从此信看，事无巨细，恽代英都说给亡妻听，包括准备做的事。用他自己的话说，"卿虽死，予视之犹生"，他将亡妻视为在世的人。

3月6日，恽代英父亲从安陆归家，恽代英向父亲表示自己"不愿续娶"。父亲以"终身男恐非良策"为由，劝儿重新考虑。恽代英回父亲说："试思使余先葆秀而死，葆秀能以不胜男女之欲为说以改嫁乎？果尔，则吾非存卑视女子之心者，即对于纳婢等说，自无讨论，且余安能庞然以夫主自尊？如以待葆秀者待妾婢，则于葆秀为大罪人矣。"父亲无言。

3月8日，恽代英为亡妻沈葆秀诵酆都《血湖经》一藏，夜作《分娩之大教训》。几天后，恽代英作了一个计划，准备用沈葆秀财产，办一个工厂，名为"葆秀大工厂"，并亲自拟了一则葆秀大工厂的办法：

1. 此工厂基本金完全用葆秀私财产。假如吾从明年起，平均月入百五十元，则每月归葆秀十五元，每年得百八十元，积之五年，得九百元矣。

2. 此工厂得基本金五十元以上即可渐求进行，但不必提明工厂之名。如作有利之小农业或小畜牧以增长资本。

3. 至得四五百元即可起始办工厂一矣。但成效未昭不用"大"字。

4. 工厂所营，如缝衣、织袜，乃至织布、造物，刺绣皆为之，专收女子，其不能作工者聘人教之。不收学费且可膳宿，但规律必严，即不与男子混，亦必使合卫生。

5. 此工厂即女子之职业学校也。与吾二月六日、七日所记可参证。

6. 此工厂先求工女获得，再于此求与工厂亦能略有利，或无损，或无大损而有大益于工女者之为。

7. 悬葆秀像于大堂上，出品即以葆秀像为商标。（此条下半节或不甚妥）

8. 此厂最妙得葆秀之三妹其事，而仲清与吾均能襄助为理。

从这些"办法"可看出，恽代英为妻子筹办工厂，大堂悬葆秀像，商标亦用葆秀像。他想让沈葆秀永远活在自己心里。这件事轰动了他的家族。

恽代英之所以誓做"永鳏痴郎"，固然是对妻子的深情眷恋，但更主要的是对封建婚姻制度的愤怒控诉和抗议。3月28日，恽代英第二次致葆秀书。

葆秀大鉴：

汝去我而逝已匝月矣。吾未知汝魂魄有知耶？我无汝尚能勉自排遣，汝无我又无汝所爱之弟妹，汝何以度日耶？吾昨闻全婶言，血晕之时毫无苦痛，汝幸能无苦痛而去，吾闻之亦心慰。吾无情之人，近来待汝较汝初逝时已略淡漠，汝当冷笑而置之也。惟余可以慰汝者，前与汝言合葬之事，父亲大人已经允许，不续娶之事亦可办到。……

呜呼！吾与汝姻缘如是之短，殊令人思之不服。他生之缘，愿无记忆之，父亲意欲吾稍缓纳妾，吾意汝生前一杯一箸犹爱惜，不肯轻畀他人，岂以我身汝甘使他人一尝鼎耶？吾之有愧于汝，料汝英灵性能谅原。吾自今以后，惟当更求守身如玉，使此心如古井不波。吾意我若先汝而死，不知汝哀痛何如，或汝以身殉我矣。吾即不能以身殉汝，若更不能为汝守此心，守此身，他日同穴，以何面目向汝耶？吾本有独身终老之心，且吾亦以学一自立生活为乐，汝既不终天年，吾初无须人扶持，汝如有知于汝之去我太亟，亦不必悔，更不必念我寂寥。惟有法可续他生之缘者，必力求之，此则所以惠我者深矣。此生已休，惟他生可卜耳。

吾思汝从我两载余，初无何等乐境。吾作事过于刻板，且爱书过于爱汝，每使汝孤寂无聊，今日回忆殊有愧矣。吾原谓将来卒业，则汝之幸福渐增，岂知汝意不待吾卒业而去乎？吾既失汝，今日所谋者，则卒业后就事，如何填补此次丧事亏空。且父亲之意，吾等能回江苏亦狐死正邱首之意。且先妣之葬，略有谬误之处，吾意就事钱稍多，则将迁先妣与汝之柩回常州。江南风景较此为佳，且从此汝更可与先妣相近，盖吾等意欲购大地一块，永为吾家墓地。呜呼！吾果有所入，不与汝谋阳宅，吾不知汝瞑目乎否也？

....

自汝逝后，伯父、父亲、岳父俱虑余悲思过当，或致狂疾。吾当事诚抑郁，不解老天何心，乃如此处我？事手追思，又学我处置多所失当，使汝至于此。吾思死诚不足为祸，惜不得同死。更以家中诸多关系，亦不敢同死。吾既不死又敢狂乎？吾果狂何益于汝？他人不谅或且以为汝致我狂，则重诬汝矣。近来力求排遣之法，精神渐觉复原。呜呼！吾等不幸，而运乖，遽成异世之人。我死与不死，狂与不狂，再娶与不娶，总觉许多未安，但亦只得求比较可安者而安之。吾知汝在冥中亦必心中转侧，不知如何为我为计。事已到此，更无善计可言。当第任吾今日所行，不必又或有所歉然于心也。汝不必念我无子，我之不信无后为不孝之说，汝所素知，我苟立志向上，吾父乃及祖宗必不以无后责我，更不致以此怨当，当一切放心。

汝既为吾家而死,历代祖宗必矜怜汝,其他愚拙之事发于我之痴情,无与于汝事也。

....

父亲知吾拟每月致汝一函,谓如此恐遭魔祟。此父母爱子之心,余意以遵命为是。惟吾每月十五,必一计是月中为汝所作事若干,以志不忘。汝不得每月得吾书或非汝所愿,汝能魂魄依余,则余之心即汝之心,余之身即汝之向,更不必假尺素之力而情愫始通也。家中自汝丧后,群众一辞以迁家为宜,床空衾冷,我亦难以为怀,不如不见为净。如因汝伤我身体,汝必不安,且亦过于拂诸长者之意也。吾如卒业就业沪滨,每年至少必两度省视汝墓,在此则拟每年四次。吾已无事报汝,惟以一颗心请汝鉴纳而已。

....

恽代英对沈葆秀的深情不用多写,读者从此信中即知。那个时代,不孝有三,无后为大。想独身还不是一件容易的事。恽代英曾作《驳不孝有三,无后为大》一文,痛斥了孟子的"不孝有三无后为大"的谬论,他认为"这八个字,一定是错了。不但是错,而且是荒谬"。文中写道:"可怜我们女同胞,你几时欠了这万恶社会的冤孽账?不管你愿不愿意,你应该生儿子。不管你能不能,你应该生儿子……你要不生儿子,便要教你滚蛋。"恽代英猛烈批判封建社会这种"男尊女卑"的现象,抨击夫权,张扬女权,号召解放天下所有的妇女。他用自己的行动向男尊女卑的封建礼教宣战。

4月8日,恽代英安葬沈葆秀于武昌珞珈山。

5月11日,有人给恽代英做媒,他非但不领情,还很气愤,他对媒人说:"吾耳中闻此语,何面目见葆秀?一般女子甘为人继配,试思男子丧其妻,转眼即急之,而另结新欢,亦居然有甘事之者。此固葆秀之不齿,亦我之所不齿也。使吾闻此言,罪过,罪过。"

6月3日,恽代英第三次致沈葆秀书,读之仍令人垂泪。

葆秀赐鉴:

别汝百日矣。吾终日碌碌似汝在时,然心中未尝不思卿。吾无福之人,不能终有有家之乐,又荒疏愚拙,使卿不免死于非时。吾之负卿,更何以自赎哉!闻卿在冥间尚不得安,未知信否?幽明路隔,惝念无似,惟愿安心忍守,吾等心如金石,终有相见之期。吾必不负卿,此心可矢天日,卿可不必疑。前曾致二书于卿,未知收到否,不久当更有详函来汝墓上焚致。吾魂魄常与卿相依。卿如非不可自由,终望梦寐中常相见。仲清在此与我同居,甚佳。卿家中一切如恒。余身体颇好,勿念。闻秀生果在汝侧慰汝寂寥,甚善。现焚化金银锭甚多,望卿撙节用之,将来余月有所入,则于卿生日亡日必以是为例。卿苟量入为出,庶不致匮乏,余亦稍稍安心。有人为余说媒,余颇呈不悦之色而罢。现余镌"葆秀忠仆"图章,以见志,想此后应无以此等事相扰者也。余今夏仍拟赴庐或仍须赴沪,将来就业即在此间亦未可知。惟迁葬以备合葬,乃余所视为第一大事也。不尽白。

此时,恽代英仅23岁,他视为第一大事竟是为妻子迁葬,以备与妻合葬。许多亲友开导他,劝他再娶。他说:"因为千百年来妇女受男人的压迫实在太厉害了。男人常常引经据典,用古训装扮自己,满足自己的私欲。什么'饿死事小,失节事大',要女人守贞守节,男人却可以三妻四妾。我就是要用这样的行动,来抗议这种谬论,来改变这种不公平的世道。也可能我现在所做的,不为人们所理解,但总算给这污浊世界里,抛进一块石子,唤起人们的警惕。"

7月2日,陈时校长、学监李式金找恽代英谈话,聘请代英为中华大学附中教务主任。这日,他第四次致书亡妻沈葆秀,告知他这一喜讯:

吾连日忆汝,悒悒不乐,每念汝如复生,岂不大佳。世亦非绝无复生者,何独于汝则一瞑不复视耶?汝或终疑吾非有真情者,故恝然于我,虽梦寐中亦不与我一亲颜色?然念汝之爱我至少不减于我之爱汝,岂有弃余如是之理。幽明路隔,想汝亦苦忆我或忆我当更苦也。

吾本拟作详书，但碌碌无暇。现余已毕业，因校中苦留，决在此就事，为中学教务主任并兼功课十五点，月薪约五十元。此余审慎以得之。余拟改革计划，确有可行把握，将来于我成名成功必有大益。想卿闻之必亦欣慰，惜卿今日不在余身侧也。余拟月入十分之二仍留为汝传名之用。祭祀、修墓等事尚不在内。闻汝托梦大姊示以"涂盦"二字。周扶初言，大概坟墓未安，冥财缺乏。汝墓我总决须迁葬，以便合葬。余死心塌地，死与汝同穴，必求做到，但恐迁葬在明年耳。今日为卿生日，践前言，仍担多量冥钞至墓焚化，愿领受之。将来赚钱多，九十月间仍可再焚化一次。余拟从此地回家，即赴庐山，同行者熟人八九，较去年多照应。因时间所限，无法为长信与汝，歉仄（疚）之极！六月初十边从庐回，当再以长信来与卿也。

在此亦便照应仲清，无论如何吾必扶助仲清到底，借以报卿。卿家中之将为，吾尽力之所及，以维持之。

恽代英把自己的事情一件一件地写给妻子。他念念不忘的还是与亡妻葆秀合葬。十几年后，恽代英在南京国民党中央军人监狱被枪杀，遗体不知去向，并未与葆秀合葬，不能不说是一件遗憾的事。

任何文字都不能表达恽代英对亡妻之恋，故原信录于此，以飨读者。

1919年2月，恽代英在日记中祭亡妻沈葆秀。祭文是用英文写的，后由其学生郑南宜、胡治熙译成汉文：

今天，我把我的爱妻悼念。去年这一天，孩子刚呱呱落地，她还没有来得及看一看自己的儿子，就阖上了双眼。是儿子销蚀了她宝贵的生命，也夺走了我半生的家庭幸福。从我们的婚礼到她悄然逝去，我将永远把她怀念。我的洋溢着欢乐的家庭，我们曾切盼有个聪明伶俐的儿子，从小把他栽培，让家庭更加和谐美满。于今，这希望竟随着她的逝去而化为泡影。我的最小的弟弟哟，我的好弟弟，我的好朋友，家中的事都托付给你了。当我离开人间后，请把我和我的爱妻埋葬在一起。

24岁的年轻人，写出"当我离开人间后，请把我和我的爱妻埋葬在一起"。我们已经看出他因爱妻离他而去后的沧桑感，仿佛不是24岁的年轻人，而是中年人或老年人。沈葆秀离开他已经一年，却丝毫没有淡化他对爱妻的思念。人们说，时间是最好的良药，可以治愈一切伤痛。对于恽代英而言，时间静止了，定格在1918年2月25日这一天。

恽代英亡妻沈葆秀的遗像,照片的两侧是恽代英亲笔题写的挽诗

恽代英将沈葆秀遗像保存在他的日记本内,每天写日记前先看看亡妻遗照,他于遗照两边题诗一首:

郎君爱唱女权论,
幸福都拼付爱神,
常欲寸心如古井,
不妨人笑未亡人。
横风吹断平生愿,

死去已看物序更，
我自修身俟天寿，
且将同穴慰卿卿。

恽代英对沈葆秀的深情，震撼了只有13岁的四妹沈葆英的心。她对二哥的感情产生了微妙的变化。她知道，她对二哥产生了爱慕之情。

3

我还记得五四运动爆发时，你挺身而出，不辞辛苦，不畏艰险，或写传单，或做演说，或参加游行，或到都督府前静坐示威，冒着生命危险，与军阀做斗争。在你和林育南、施洋等组织发动下，武汉地区的反帝反封建运动蓬勃兴起，和全国爱国运动汇合一起，形成不可遏制的历史潮流。在你的影响和带动下，我开始关心国事了。有一天，你们坐街示威，我给你们送去衣裳和食物。你高兴地喊起来："四妹，好妹妹，你给我们送东西来了。"事虽隔六十余年，但你这亲切的声音还是这样清晰地在我耳边回响，你那眼睛里闪烁着的赞许的光仍在我眼前闪动。

五四运动后，你经常鼓励我不要依赖家庭，应该自立。你带我参加利群书社的活动,到利群毛巾厂干活,去浚新小学教书,这些有意义的活动,使我开始了新的生活。

沈葆英

沈葆秀因难产身亡后,对婆家造成的悲痛是巨大的,对她的娘家造成的悲痛更大,特别是葆秀的父亲。沈父因过度悲伤,于4年后的1922年随女儿葆秀而去。对于沈家来说,家里顶梁柱没了,无异于雪上加霜。沈妈妈带着几个未成年的孩子,生活日渐艰难,最后陷入了困境。一家人如何生活下去,大家一筹莫展。那天,兄弟姐妹几个人围坐在一起,唱起了《孤儿歌》:

无人想到我,助我和爱我。
心中好愁闷,真难过!
前途有恐怖,我们命好苦。
孤零单独兮,谁来顾?

唱到"谁来顾",几个孩子停止了歌声,哭了起来。忽然,从门口传来了接唱的歌声,情绪热烈而欢畅:

我今想到你,助你和爱你。
劝你莫着急,请站起。

四妹沈葆英抬头一看，啊！二哥来了！她立刻站了起来，带着满脸的泪水迎了上去。恽代英拉着沈葆英的手，继续唱着：

回到我家里，和我做兄弟。
爷娘看见你，保欢喜。

恽代英的歌声感染了沈家所有的人，房间里低沉悲伤的气氛一扫而光。这首歌是恽代英编的，所以他唱起来特别深情与真挚。恽代英唱完歌，亲切地对他们说："不要发愁，老人去世了，我们还得活下去。但是照过去那样，依靠他老人家的薪俸过日子，是不现实了，坐吃山空也不行，这就要我们自食其力。人贵在自立，我们个个都要自立起来。"

沈家的兄弟姐妹听后，个个振作起来。与其说是恽代英的歌声感染了他们，不如说，是恽代英的到来给了他们生活的信心与勇气。再听到二哥的话，兄弟姐妹们立刻围坐在恽代英的身旁。代英建议他们从家里走出去，自己养活自己，并给了他们具体的建议。

几天后，沈家的孩子们都去了恽代英和林育南等人创办的利群毛巾厂干活。因为厂房小，他们就把活揽到了家里来做。于是，恽代英帮他们在沈家大厅安装了一台织布机。他还在大厅的柱子上贴上"日出而作，日入而息"的对联。从此，沈家兄弟姐妹都学会了纺纱、牵线、织毛巾。俭朴的生活就这样开始了。

他们没有因为劳动而放弃学业。恽代英主动承担了教他们的学习任务。沈家的兄弟姐妹非常喜欢代英，不仅把他当作姐夫，更是把他当作良师益友，只要见他进门，几个坐在桌旁温习功课的孩子就立刻围上去，七嘴八舌地说："二哥来了，快帮我们温课吧。"代英习惯地坐到桌旁，指着桌子上摆的书、纸、毛笔、墨、砚等，一一教他们念英文名称。几十年后，沈葆英回忆："我的英文不好，找代英补习，他很耐心教我，把桌上摆的一些书籍、文具、茶具等英文名称教我学会，再教文法，然后教我会话，他用英语问一句，我用英语答一句，我学得很有兴趣。他也常给我讲地理和历史知识。我拿他和我们学校的老师比较，觉得他有很多长处，热情，讲得深刻，又风趣。每逢他来了，我们兄弟姐妹都欢迎他。直到今天，当我听到电台的英语广播讲座时，还常常回想起代英当年教我们英文时的情景。"

恽代英是爱屋及乌，是在替亡妻沈葆秀尽职。

1919年，北京爆发了五四运动，北京学生的游行示威点燃了全国各地的爱国之火。远在湖北的恽代英与林育南等人也响应了北京爱国学生的号召，印发传单、示威游行。6月初的一个晚上，恽代英带着沈葆秀的弟弟及学生在督军府门前举行静坐示威活动。在家的沈葆英想着两位哥哥正在静坐示威，还没吃晚饭，肚子一定饿了。她凑了一些钱，由三姐陪着她，买了一笼包子，装在竹篮里，步行来到督军府门前。静坐示威的人较多，沈葆英在人群中寻找着二哥代英。恽代英虽然近视，但是他一眼就见到了四妹熟悉的身影，双眸瞬间闪烁着热烈的光芒。他迅捷地从地上站了起来，笑着向沈葆英跑去，连声说："四妹，好妹妹，你给我们送东西来了。"正在四处张望的沈葆英听到代英的声音，惊喜不已，笑靥如花，把手中的竹篮递给代英。代英接过篮子，揭开盖着包子的布，冒着热气的包子散发着诱人的香味，代英回头招呼着葆英的二哥和其他人说："来，快趁热吃，吃饱了才能坚持斗争。"

沈葆英

沈葆英看到代英眼中那熄灭多年的光重新亮了起来，自己的脸也热辣辣的。

17岁那年，沈葆英考入了湖北省立女子师范学校。那时，恽代英在中华大学附中当教导主任，沈葆英的亲二哥是恽代英的学生，代英常把互助社的成员带到沈葆英家开会。1921年暑假,恽代英建议沈葆英到农村去做点事。于是,她随代英来到黄冈回龙山八斗湾大庙恽代英创办的浚新小学,教孩子们唱歌,还进行了家庭访问与社会调查活动。当时的农民在封建地主的压迫、剥削下非常贫困,沈葆英很有感触,她非常同情他们,在恽代英的引导下,她觉得改变这种社会状态刻不容缓,有志年轻人应该投入这种改变社会状态的活动中去。这是沈葆英第一次农村之行,她受到了极为深刻的教育。

沈葆英比姐夫恽代英小10岁,几年来,沈葆英已经将恽代英看作生活中的亲人、尊敬的老师及革命的引路人,能和他朝夕相伴是她心灵深处最美好的愿望。

4

你的足迹遍布大江南北,为了寻求真理,将革命的火种撒播在许许多多青年心中,也撒播在我的心田。你在主编《中国青年》时,将每期寄给我,启迪了我的思想,在你的教育和影响下,我入团入党,成为无产阶级先锋队的一名战士。革命的共同理想把我们紧紧连在一起,爱情的种子在这种联系中萌生,一九二七年春天,我们终于结合在一起了。

沈葆英

董必武、陈潭秋等中共早期领导人曾在沈葆英就读的湖北省立女子师范学校任教。这是一所有着革命传统的学校。1923年底的一天,沈葆英从恽代英那里看到一本《中国青年》杂志,她打开杂志,里面的文章立即吸引了她,除了怎么升学、选择职业、女子参政外,还有马克思学说、剩余价值等。沈葆英说:"二哥,这些都是我们青年所关心的问题啊。"恽代英告诉她:"我是这本杂志的编辑之一。"沈葆英说:"二哥,我喜欢这本杂志,你帮我订一份《中国青年》吧。"

《中国青年》是青年团中央机关刊物,恽代英是第一任主编。他在《中国青年》发刊词中写道:"政治太黑暗了,教育太腐败了,衰老沉寂的中国像是不可救药了。"从1923年10月在上海创刊到1927年10月,恽代英在《中国青年》上以代英、但一、FM、DY、英、但等笔名和别名,发表文章和通信220多篇,以此来教育引导青年。

此后,《中国青年》一出版,沈葆英就收到了杂志。这本刊物像磁石一样吸引着她,杂志一到手,她往往是一口气看完,然后把杂志放在她的同班好友范明洁的枕头底下。沈葆英觉得她的这个好友思想进步,斗争积极,一定会喜欢《中国青年》的。

范明洁确实很喜欢《中国青年》,也是一口气读完杂志里的所有文章。但她不知道是谁把这本杂志放在她的枕头底下的。之后的一天,范明洁发现沈葆英收到新一期的《中国青年》,才知道杂志是沈葆英放在她枕头下的，就问道："葆英，原来杂志是你放的，是谁寄来的？"沈葆英说："是恽代英。"范明洁惊奇地问："恽代英？你是怎么认识他的？"沈葆英说："他是我的老师。"范明洁说："葆英，以后恽代英寄《中国青年》来，我们一起学习，一起交谈学习感想。"

一天，宿舍无人，范明洁突然问沈葆英："你喜欢《中国青年》上的文章吗？"葆英说："喜欢，非常喜欢。"范明洁又问："喜欢哪一篇？"葆英说："所有的文章我都喜欢，但最喜欢代英写的那篇《怎样才是好人》。"范明洁看着葆英的眼睛问："你觉得怎样才是好人呢？"葆英说："就是代英文章上说的那三条，好人就是要有操守，有作为，为社会谋福利。也就是说要能给大家办事。"范明洁说："对，我们青年人就是要有革命理想。闹学潮，不只是反对几个腐败的教员，是要把封建枷锁砸碎，改造旧学校，改造旧社会。我们将来的理想社会是个什么样子，你想过没有？"沈葆英坦率地说："想过，但说不清楚。记得代英给我讲过，那个社会不允许人剥削人，人压迫人，要人人平等，人人有工做，有饭吃。但我听他说这些话的时候年纪还小，不十分懂得。不过我还是常常想着那个理想的社会。现在通过读《中国青年》上的文章和'读书会'的学习，对那些道理渐渐明白了，也更向往那个美好的社会了。"

几天后，又遇宿舍无人，范明洁又问沈葆英："你认为怎样才能实现那个理想的社会呢？"沈葆英说："我毕业后就去找代英，跟他干革命。"范明洁笑了，轻声说："毕业还早着哩，现在应该怎么办？"

没等沈葆英回答，又说："我没有见过恽代英，但是我爱读《中国青年》杂志上他写的文章，还有萧楚女的文章。他们给我们指路，引导我们前进。他们现在在上海，我们在武昌。想革命，在武昌也一样可以的啊。"停了一会儿，她单刀直入地问沈葆英："你仔细看过《中国青年》上登的有关社会主义青年团的文章吗？"沈葆英点头说看过，并反过来问范明洁："咱们这里有青年团吗？"范明洁肯定地回答："有。"沈葆英急切地问："你是不是青年团员？你能帮我找到青年团吗？"范明洁果断地说："我是青年团员，如果你愿意，我可以介绍你入团。"沈葆英高兴地跳了起来，一把抓住范明洁的手郑重地说："我非常愿意加入社会主义青年团。"

几天后，范明洁告诉沈葆英："你入团的请求被组织批准了。"1924年的一天，在团省委的一个房间里，团组织为沈葆英举行了入团宣誓仪式。监誓人领唱《少年先锋队歌》：走上前去啊，曙光在前，同志们奋斗！用我们的刺刀和枪炮，开自己的路，勇敢向前，稳住脚步！更高举少年的旗帜，我们是工人和农人的少年先锋队！

那天晚上，沈葆英趴在桌前给代英写信：今天，我加入了社会主义青年团。……几天后，代英回信，他说听到葆英入团的消息他非常高兴，并鼓励葆英要好好学习，提高思想觉悟。

此时，恽代英在上海、广州等地奔走革命。但这并不影响他俩的交流。他们常通信，信中除了关心彼此，还谈了革命道理，主要是代英启发、教育葆英。鸿雁传书使他俩的感情超出了一般同志的情感。沈葆英说："我的每一点进步都凝结着代英的心血,是他指引我走上了革命道路。"

1925年,沈葆英由青年团员转为中共党员。

1926年的秋天,沈葆英从师范学校毕业后,被分配到湖北省立第一完小当教员。学校地址在都府堤,校长王觉新是中共地下党员。此时,北伐军占领了武汉,11月26日,国民党中央政治会议第二次临时会议决定国民政府暨国民党中央党部从广州迁往武汉。根据党的指示,恽代英前往武汉参与筹建中央军事政治学校武汉分校的工作。12月中旬,恽代英将工作移交给孙炳文后,便告别了黄埔军校,与魏以新绕道上海,从码头乘船而上,于1927年1月3日抵达武昌。

此时的武汉已成为革命的中心。一到武汉,恽代英便激情地投入革命的洪流中。中共中央十分重视这所学校的建立,派包惠僧为筹备处主任,具体负责筹备建校事宜;派董必武等共产党人参加招考委员会;毛泽东、周恩来、李立三、张太雷等人担任政治教员;徐向前为军事教官;恽代英为政治主任教官、教育计划委员会主任和中共党团的负责人。后国民政府委员临时联席会议决定,蒋介石为中央军校武汉分校的校长,汪精卫为党代表。因蒋汪不在武汉,故又任命邓演达为代理校长,顾孟余为代理党代表,日常工作由恽代英主持。

在恽代英的领导下,武汉分校还专设了一个女生队,招收百余名女生，为中国革命和妇女解放运动培养了一批女干部。从这里走出去的有赵一曼、陈觉吾、胡筠等许多优秀战士。

在武汉，恽代英即将迎来他的第二段婚姻。

一日黄昏，恽代英从天而降，站在沈葆英的面前。沈葆英惊喜不已，激动地喊着："二哥，二哥，没想到你来了。"

恽代英戎装照

这晚，他们谈到深夜。

亲友们知道恽代英回到武汉后，纷纷劝他结婚。一天，恽代英与沈葆英的三姐沈葆林谈起了葆英，他很谨慎地说："我为二姐守义十年，现在革命形势发展很快，我肩上的担子很重，需要有个助手。四妹已在女师毕业工作了，又是个党员，我想和她结婚，不知行不行？"三姐早已知道他俩之间的感情和双方家长的心愿，就对代英说："我先和四妹说说，你再直接找她谈谈。"

三姐让代英直接找葆英谈谈，意思很明白了。

学校里的教职员、学生见恽代英回来了，都要他去演讲。恽代英善于演讲，他的演讲十分生动，有条理，更富于鼓动性。一场演讲往往吸引许多学生，会场挤满了人，场场爆满。不少学生在他的鼓动下,参加了共产主义青年团。

几天后,恽代英来到省立第一完小讲演,讲完后,校长和许多人都出来送别,沈葆英也在送别的人群中,走到校门口,恽代英对沈葆英说:"四妹,我有点事想和你谈谈,今天天色还早,我想到二姐坟上去看看,你能不能陪我走一趟?"沈葆英点点头,跟着恽代英离开了学校。

他俩沿着通向洪山的大路向东走去。出了大东门,不远就是洪山了。迎面矗立着一块新的高大墓碑,正面刻着"施洋先生之墓"。恽代英停住脚步,脱下军帽,凝视着墓碑好久,对沈葆英说:"伯高(施洋号)兄是个了不起的人。当年,我对他的外表和服装看不惯,同他有距离,还叫朋友不要接近他。现在看来,是我对他不理解,他的穿着是斗争的需要,革命使我真正认识了他。他为革命献出了生命。"施洋曾领导汉阳钢铁厂工人罢工、京汉铁路工人大罢工,是中国共产党领导的全国第一个地方总工会——武汉工团联合会的主要发起人与实际组织者,1923年被北洋军阀逮捕杀害。沈葆英听出代英的语气充满着敬重与歉疚,连连点头。

他们继续往前走,穿过后谷岭,就来到了恽家的祖墓。恽代英领着葆英先来到母亲墓前,脱下军帽,行了三鞠躬礼。两人又来到沈葆秀的墓前,恽代英深情地鞠了躬,低声地说:"葆秀,我和四妹来看你了。"然后他们在墓旁找了块石头坐了下来,对葆英说:"四妹,今天带你来这里,是想一起凭吊二姐,对她说说心里话。"然后对着葆秀的墓说道："葆秀，你离开人间已经十年了，我为你守义也已十年。封建礼教强迫女人守节，我坚决反对。而今我为你守义，是心甘情愿的。这不只是我个人对你的情谊，也是为了给那些歧视妇女、不守信义的人看看，人间还有真情在。这十年里，人们用各种言辞规劝我，要我结婚，我都没有接受。我原准备继续守下去，但是，今天全中国的民众都怒吼起来了，我的担子也加重了，我需要一位亲密的战友和革命的伴侣。今天，我找四妹一起来同你商量，四妹已经长大成人，她已经是一名无产阶级革命战士了，为了实现我们共同的理想，我希望她能和我结成革命伴侣并肩战斗。你九泉有灵，会同意我的心愿吧。"说到这里，代英的声音微微颤抖起来。他转过脸对葆英说："原谅我，四妹，我没有征求你的意见，就在二姐墓前道出了自己的心愿，你不怪我吧？你愿不愿意？"沈葆英羞涩地点了点头。

武昌得胜桥恽代英故居

他俩的亲密感情早已被双方家庭成员看出，他们的婚事在双方的家庭里已经酝酿了很久。几年来，他们面对面的交流与通信，也都表示了彼此的关怀和爱慕。后来，沈葆英在怀念恽代英时说："能和二哥一起生活、共同战斗，是我最大的幸福。"

他俩的结婚日子定在1927年1月16日。

结婚当天,恽代英请了一天假,从军校回到家里,父亲对他说:"葆英已经来了,快去换上礼服行礼吧。"代英没有依从父亲去换礼服,照旧穿着军装,斜佩着武装带。在双方家庭亲友的祝福下,他俩在武昌得胜桥恽宅举行了婚礼。婚礼非常简单,只有家人和亲戚在场,双方的同事、战友都没有通知。当时,恽代英工作十分繁忙,他不愿意因为自己的私事影响公务。他俩在一对红烛前行了鞠躬礼,就这样,沈葆英嫁进了恽家,成为恽代英的第二任妻子。从此,恽代英结束了十年的单身生活。按照军人的纪律,恽代英仍回军校去住。很久以后,恽代英的同事们才知道恽代英与沈葆英结婚了。

他俩的结合不仅是沈父的遗愿,主要是两人的共同理想、共同价值观将他们联系在了一起。

5

三年的伴侣生活是多么的短暂啊!但这短短的生活铭心刻骨,终生难忘。这三年,我们是在残酷斗争的狂风恶浪中度过的。正是在这大地寒凝的时辰,方显出你不畏风雪的松树般的高尚风格。大革命失败后,到处响起屠杀共产党人和革命群众的枪声,反动报刊上也出现了一些软骨头,怕死鬼的脱党、叛党的哀鸣,而你如暴风雨中矫捷的海燕,搏风斗浪,凌空翱翔。你和恩来、彭湃等同志领导了"八一"南昌起义,继而又与太雷、叶挺同志发动了广州起义。

沈葆英

婚后,恽代英与沈葆英都很忙,葆英除了在学校当教员,还兼任湖北省妇协的秘书,常要给妇协写通讯与宣言。初写这些文字时,葆英不熟悉,代英便帮助她。由葆英写个初稿给代英修改,代英从观点到文字、结构,一一标出错误的地方,再教妻子应如何修改,一篇文章要反复修改多次。有时葆英心里急躁,代英就鼓励她说:"文章是给大家看的,不能不慎重。"

代英比葆英更忙,有时工作到深夜才回家。其实,他们聚在一起说话的时间并不多,但他们互敬互爱,夫妻感情笃厚。

1927年7月下旬的一天下午,恽代英身着便服回到了家。一进门,他深情地望着沈葆英说:"四妹,国民党已经通令捉拿我了,我要走了。我们匆忙结婚,又要匆忙分手了。现在宁汉分裂,国共分家了,蒋介石、汪精卫联合起来共同镇压共产党,搞所谓的清党。我们是要反击的,决不会让革命果实落在敌人手里。我要走了,你也得有应变的准备。"听到这里,沈葆英的脸色变得煞白,带着哭腔问道:"你什么时候走?"恽代英看着妻子,拉着她的手又说:"我马上就走,你不要难过,我还要回来的。革命遭受挫折,但没有完结。

共产党人是杀不尽、斩不绝的。"沈葆英说:"我跟你一块走,风里雨里与你并肩战斗。"代英说:"我离开武汉,不是逃避,是去组织战斗,不能带你去。"葆英又担心地问:"你是一个人走吗?"代英说:"我不是一个人,我随部队行动,有很多人。现在部队就要开拔,形势不允许我逗留,我马上就走。我想敌人已经动手了。"当天晚上,恽代英辞别了沈葆英。临行前,他叮嘱妻子:"你也要暂时隐蔽一下,不要住在家里,我一旦有了固定的地址马上给你来信。万一你被国民党捉去,不要怕牺牲,坚持到底。"沈葆英强忍着泪水,对丈夫说:"你走吧,不要担心我,我会想办法的。"恽代英把头上的帽子往眉尖一拉,也没向家人辞行,就匆匆地出门,走进夜色里,走到码头,登上了国民革命军第四军军长黄琪翔的轮船。9点,船启航了。恽代英站在船舷旁,望着笼罩在黑暗中的武汉,悲愤和激昂交织在心头。

7月23日,恽代英到达九江。第二天,他与已在九江的李立三、邓中夏、谭平山、聂荣臻、叶挺等人举行了秘密会议。恽代英主张共产党人进行独立军事行动。随后,李立三和邓中夏赶往庐山,与临时中央常委瞿秋白等人商议,在南昌举行武装起义。瞿秋白随即把九江同志们的意见带回武汉,中央常委同意在南昌发动武装起义的建议,决定立即组成以周恩来为书记,李立三、恽代英、彭湃为委员的前敌委员会,负责指挥与处置前敌一切事宜。

8月1日,南昌起义爆发了。

南昌起义是打响武装反抗国民党反动统治的第一枪，揭开了中国共产党独立领导武装斗争和创建人民军队的序幕。起义后，恽代英抚摸着胸前的红布带，感慨地说："中国共产党经过了6年的奋斗后，终于有了一支自己的军队了。"3日，按中共中央原定计划，起义军分批撤出南昌，沿抚河南下。5日，恽代英随贺龙的主力部队也离开了南昌，向广东挺进。到达广州后，恽代英又参加了12月11日凌晨的广州起义。

广州起义失败后，恽代英于12月中旬撤退到了香港。他组织有关人员寻找、接待从广州疏散到香港的同志，将他们安全地转移到上海或其他地方，保存下这批革命骨干。同时，他继续负责编辑广东省委的《红旗》杂志。

恽代英抵港后不久，写信给沈葆英，让她前往香港。

我们再来说说恽代英离开武汉后，沈葆英的情况。

恽代英离开家后，家里一下子静了下来。沈葆英坐着一动不动，沉思了两个小时。她觉得自己虽然不是什么大人物，但也是共产党员，而且是恽代英的妻子，应该提高警惕，不能待在家里等着被捕。况且，代英也嘱咐自己不要住在家里。于是，沈葆英决定去找她三姐，听听三姐的想法。

走在大街上，背着枪的大兵在街上窜来窜去，到处乱哄哄的。葆英来到三姐家时，三姐正在为她的安全焦虑。葆英对三姐说："我不能回家了，那里不安全，出来躲一躲。"三姐让她不要出门，就在她家待着。葆英不放心,请三姐夫胡治新(代英的学生)帮她去恽家看看。很快,三姐夫行色匆匆地回来了,说葆英刚刚离开家,国民党特务就把恽家包围了,他们搜查了所有房间,将葆英和代英的照片、毕业证件都搜了去。他们发现洗脸盆里的水还是温热的,认为他们一定藏在什么地方,硬逼代英的父亲和四弟子强把代英与葆英交出来,交不出来就把他们捆起来拷打,要他们说出代英与葆英的去向。然而,代英走时没有与家人辞别,家人确实不知道他去了哪里。

三姐和三姐夫都觉得他们的家离恽家太近,葆英住在他们家也不安全,不能久留。葆英也这么想,于是她对三姐说:"为了代英,为了革命,我不能让敌人抓走。"三姐说:"回娘家去想想办法吧。"为了缩小目标,葆英先走,三姐跟在后面,两人一前一后回到了娘家。三姐跟母亲说:"你看四妹现在到哪里去比较安全?"母亲想了想说:"汉阳娘舅家不招人注意,去那里可能好些。但路途较远,怕路上被人认出惹出事来。"姐妹俩想出个办法,女扮男装。正巧葆英二哥的长袍挂在家里(二哥在中央军校教务处工作,平时穿军装),葆英说:"我就穿二哥的长衫走吧。"母亲和三姐都说好。葆英立即脱下了旗袍,换上了长衫,又戴上二哥的礼帽,把头发盘在帽子里,一个人大模大样地走出了家门。

她来到长江边,雇了只小划子。船夫看葆英是个后生,也没怎么注意,一直划向汉阳。葆英上了岸又跋涉了几十里崎岖小路,才来到汉阳乡下的娘舅家。舅妈和表哥、表嫂都很热情。葆英怕他们受惊,没有讲代英出走的事,只是说现在外面很不太平,妈妈叫她在这里暂住几天。舅妈很热情地说:"四姑娘,放心吧。你就把这里当成自己的家,外面的事有表哥,家里的活有表嫂,你就安心住着吧。"

这里是龟山脚下,偏僻、荒凉,亲戚叫她"四姑娘",从不提名道姓,沈葆英与外面的一切关系都断了。敌人绝对找不到这里,住着倒还安全。但葆英心里惦记着代英。她常想,她和代英志同道合结了婚,都是共产党员,革命是他们的神圣职责,代英在战斗,她也不能老隐蔽着。葆英等着代英的来信,希望一有消息就跟他出去战斗,在这些焦虑的日子里,葆英每时每刻都在盼望着代英的来信。

一天,三姐来了。她告诉四妹,武昌城门楼的电线杆上挂着血淋淋的人头,其中还有她的同学。说完这些,三姐掏出一张揉皱了的信纸,递给了葆英。葆英展开信纸,很惊喜,是代英的来信,是代英在去江西的船上写的。代英告诉她,他一路平安,只是觉睡得少一些,但身体很好,让她不要挂念。

接到恽代英的第一封信,沈葆英的心里踏实了一些。

过了几天,三姐又给她带来了代英的第二封信,是发自江西的一个小县城。信上说:"跟老板做生意,老板很高明,一昼夜就赚了一万多。现在做新的生意,要到南边去。"

沈葆英不知道代英说的是什么意思,但她知道代英是安全的。后来葆英见到代英后才知道信中的"生意"指的是南昌起义,"老板"指的是周恩来等领导同志,"赚了一万多"是消灭了一万多敌人,"到南边去",是千里行军,向广州进军。

恽代英每次来信,三姐都及时给四妹送来。葆英从信中知道南进途中道路泥泞,行军、作战非常艰苦。她日夜思念着丈夫,希望自己早日到丈夫身边去,和他同甘共苦并肩战斗。从丈夫充满信心的信里,她相信,离别是暂时的,很快她就会到丈夫身边去。说到这段历史,几十年后,沈葆英说:"我等着代英的呼唤,就是三年五载我也要等下去。我咬着牙坚持着,期待着。"

冬天到了,恽代英的信少了。沈葆英非常焦虑,整天坐立不安,盼着三姐的到来。年后不久,三姐来了,带来了代英的信。葆英急切地打开信,信中说:"刚刚又做了一笔生意,赚了一些钱,又倒出去了。但我们不失望,做生意,赚钱、赔钱是常有的事,只要不赔了老本就好。""事情总不是一帆风顺的,顺风、逆风都会遇到。我们的船可能到一个港口去,要在那里停一些时候等生意,到后再给你写信。"

沈葆英看着尽是隐语的信,不知具体何意,但也能猜出几分。不管是什么意思,起码代英是安全的。

几天后,三姐又来了,代英又来一封信,信中说:"老板同意你来帮我们,我在这里要住一阵子,接信后立即动身南来。从上海换海轮,直达香港。""在某某旅馆住下,我来接你。"

读完这封信,沈葆英高兴得容光焕发,这是她期待已久的内容,让她终于等来了。沈葆英说:"我恨不得马上飞到他的身边。我决定立刻动身。"

接信后的第三天,沈葆英就动身了。恽代英的父亲给了媳妇20元钱做路费,三姐帮她买了去上海的船票。葆英从家里拿来了一只皮箱,装了些衣物和必需的生活用品。三姐陪着她,不舍地说:"离家了,多带些东西,用时方便。"葆英欢乐地说:"现在不是去探亲,是奔赴革命,我要轻装上阵,少带点累赘东西为好。"

1928年初春的一天,沈葆英从江汉关乘船前往上海,这是她第一次一个人出门,而且是远门。前面有代英等着她,还有一股革命热情鼓舞着她,她没有任何的胆怯。到了上海,她住进一家旅馆,托茶房买了去香港的船票。第二天,她就登上了南下的轮船。虽然是一个人在途中,可沈葆英是快乐的,望着广阔无垠的大海,憧憬着美好的未来。

6

广州起义尽管失败,但你没有灰心丧气,坚定地鼓励同志们:"俗话说'秀才造反,三年不成',假如我们下决心造三十年反,决不会一事无成的。"你以更大的热情投入新的战斗中。

在党内斗争中,你曾受过冤屈,两次被错误地撤过职,但你忍辱负重,委曲求全,继续为党的事业埋头苦干。

沈葆英

到了香港,正是黄昏,葆英雇了一辆黄包车来到代英指定的那个旅馆。

沈葆英在旅馆住了下来,按照代英事先的约定,她在旅馆留言牌上写上"沈延"二字,等待着代英到来。

这个晚上,沈葆英是数着分钟度过的。门外稍有一点走动的声音,她都激动地站起来,以为代英来了。她在等待,在期盼,时钟仿佛比平时走得更慢。

第二天,沈葆英等了一个上午,代英没有来。下午,葆英正焦急难耐的时候,听到有人敲门,她迅速地从床上跳起来,嘴里自言自语说着:"是二哥,一定是二哥。"门开了,恽代英站在门口,日夜思念的人就站在眼前。恽代英一步跨入门来,抓住沈葆英的手,小声说着:"四妹,你终于来了。我已经来过好多次了,每次都失望而去,今天看到留言牌子,知道你终于到了。太好了!"

沈葆英一边把恽代英拉进房间,一边说:"二哥,我天天等着你的信,度日如年,终于与你在一起了。你瘦了。"代英说:"一会儿我们再说,快,我们得赶快离开这家旅店,香港这个地方,情况特殊,各国特务间谍都有,政治斗争非常复杂。最近国民党又派了不少特务来港,斗争更加激烈。我们时时刻刻都要警惕。我已经选好了一个僻静的地方,租了一间老百姓的房子。"恽代英一边说一边帮着妻子收拾行李。

葆英赶紧去账房结账,代英拎着箱子,两人离开了旅馆。

一路上,两人互诉思念之情。葆英随代英来到一处平民住宅区。

久别重逢,两人自然有说不完的话。吃晚饭时,恽代英对妻子说:"我现在负责编辑党刊《红旗》,这次让你来香港,不是来享福的,按照组织要求,请你协助我工作,负责搜集整理国际国内的资料,很辛苦,还要和我一起面对各种危险。"葆英说:"二哥,我一直就渴望着来到你的身边工作。我是在你直接领导下吗?"代英说:"是的,做宣传干事。"代英亲自教葆英搜集整理国际国内的政治资料,注意敌人的内部矛盾。他一再嘱咐妻子,香港的环境十分复杂和险恶,要提高警惕,就是在工作室内也要随时注意窗外的情况。

在丈夫身边工作,沈葆英尽心尽职。每当恽代英在楼上开会时,沈葆英就在楼下看守望风。

几个月后的一天傍晚,几个同志在恽代英家开一个重要会议。沈葆英把门锁上,一个人坐在楼下听着门外的动静。突然,一阵急促的敲门声响起,沈葆英感觉不妙,因为敲门的声音不是自己人的暗号,她赶忙上楼送信,就在她上楼的瞬间,楼下的房东把门打开了。大批巡捕蜂拥而入,逮捕了开会的所有同志后,用枪对着沈葆英的胸口,要她指出谁是她的男人。这天,恽代英刚好不在家,沈葆英称自己是到香港来探亲的乡下人,巡捕听着她的内地口音,看着她的穿着打扮,确实像内地的一个乡下人,就放了她,带着其他人走了。夫妻二人幸免于难。

巡捕押着一帮人离去后,沈葆英迅速来到窗前,推开窗户,将窗外那串红辣椒收了回来。她怕恽代英及同志们回来看到这串作为暗号的红辣椒而以为平安无事。收回红辣椒,沈葆英立即离开了这间屋子。此刻,夜已深了,她不敢回到住处,而是流浪在香港的街头,寻找着丈夫。第二天晚上,她以刚从内地来到香港,找不着旅馆为由,向主人借宿了一晚。天一亮,沈葆英就跑到街上,一处一处地寻找着恽代英,一次又一次地失望,她焦虑不安,胡思乱想,一会儿想着代英已经被捕,一会儿又想着代英躲在什么地方,一时不能传信给她。她到处打听,没有恽代英被捕的消息,也没有恽代英的踪迹,连续几天,寝食不安。第三天早晨,当沈葆英在街头徘徊时,忽然见到一个熟悉的身影正向她走来。二哥!正是她的二哥恽代英。两人悲喜交集,虽然分别只有三天,却像过了一辈子。两人虽激动不已,但不能在街上说话,葆英跟着代英来到一间屋子里。葆英向代英诉说三天前家里发生的事情,她告诉丈夫:"我趁他们抓捕开会人的机会,溜进卫生间,把一卷文件塞进抽水马桶后,镇定地走了出来。巡捕拿着枪对着我的胸口,问谁是我的男人。我说我是刚从内地到这里找亲戚的,不认识这些人。巡捕不相信，对我百般威胁，我只装作什么也不知道，其他同志也都说没见过我。他们见我身穿蓝旗袍，脚穿皮底布鞋，不像香港本地人的打扮，便气势汹汹地把几个男同志带走了。"说到对代英的担忧时，葆英哭了起来。恽代英边听边安慰着妻子："你看你，耍小姐脾气了，革命是免不了风险的，也免不了牺牲，要经得住任何考验。家里一出事，我就知道了，我以为你也被捕了。在这么大的事件中，你能安然无恙，还算机智的。"受到丈夫的表扬，妻子破涕为笑。

不久，周恩来来到香港，召开了广东省委扩大会议。为了遮蔽巡捕和特务的耳目，会议利用办喜事的公开形式，在一栋张灯结彩的公馆里举行。保卫工作由沈葆英担任。

这是她第一次参加这样重大的活动，也是第一次负责这么重要的保卫工作。沈葆英心里既兴奋又紧张，一边站在大门口迎接来"参加婚礼"的贵客，一边眼睛紧张地注视着大街上的动静。几分钟后，一个人朝着她走来，这人中等身材，身穿一套浅色哔叽西装，英俊的脸上，一双大眼睛特别有神，最让人过目不忘的是那双大眼睛上的浓眉。这人跨进大门时，微笑着朝沈葆英点了点头。他是谁？沈葆英望着这人的背景正在思忖着，恽代英像是听到沈葆英的腹语，走过来贴着妻子的耳边说："他就是伍豪，周恩来。"他就是周恩来！沈葆英瞪大着眼睛。她以前虽没见过周恩来，但从恽代英与其他同志的口中听到不少有关他的传奇故事。沈葆英再回头时，周恩来已经进了会场。

散会后，同志们陆陆续续地离开了公馆。沈葆英盯着大门，她希望能与周恩来握握手。周恩来出来了，像是知道她的心思，走过来，像老熟人一样，与她握手告别。沈葆英很想与周恩来说几句话，但人来人往，又要警惕周边的情况，错过了这个机会，她目送着周恩来渐行渐远的背影。

不久，沈葆英怀孕了。夫妻二人自然高兴。恽代英已过而立之年，渴望有个孩子。但沈葆英的妊娠反应特别大，代英一边处理繁忙的工作，一边腾出时间来照顾着妻子。他们在香港的生活很拮据，党组织给他们的生活费常常中断，生活异常艰苦。恽代英弄来些好吃的，只让妻子一人吃，买点开胃的水果或营养品，也只能让妻子一人补，自己常常饿着肚子，却告诉妻子自己吃过了。

繁重的工作和艰苦的生活，使本来就患有肺病的恽代英身体更加虚弱了。妻子看到丈夫一天天消瘦的身体，心中十分不安。恽代英对妻子说："我们本是贫贱夫妻，看王侯如粪土，视富贵如浮云，我们不怕穷，也不怕苦。我们要安贫乐道。我们的这个'道'当然就是革命的理想。为了实现这个理想而斗争，就是最大的快乐。我们在物质上虽然贫穷，在精神上却十分富有，我们以苦为乐、以苦为荣。"沈葆英听着很感动，看着恽代英连连点头。

恽代英既是她的丈夫，更是她的导师。

1928年的冬天，恽代英奉命从香港调到上海党中央组织部，接任余泽鸿的秘书职务，协助部长周恩来工作。恽代英是周恩来的得力助手，各省省委负责人来上海汇报工作，周恩来没时间前去时，均由恽代英接谈，并直接作出决定。回来后向周恩来汇报时，周恩来总是表示同意或照办，从未提出异议。1929年初，恽代英又被调到中共中央宣传部，担任秘书，主编党刊《红旗》和负责撰写单页刊物《每日宣传要点》。

沈葆英随丈夫回到上海，协助丈夫工作，帮着代英收集资料。在沈葆英的协助下，恽代英写了大量文章。这之后，沈葆英担任了党中央机关的机要员，抄写药水信件，登记来往电报，管理或递送重要文件，负责保卫工作。当时党中央机关的党支部书记是邓颖超，她常让沈葆英化装成不同身份的人把周恩来的文件送到指定地方。一次，邓颖超拉着沈葆英的手说："葆英妹，恩来和代英从黄埔军校到南昌暴动，两次共事，了解很深，现在是第三次共事，合作很好。他们辛辛苦苦地为党工作，我们要保护他们的健康与安全，这是党交给我们的任务。作为他们的家属，把他们保护好，也就是对党的贡献。"几十年后，沈葆英还清楚地记得当年邓颖超的这次讲话。从那以后，沈葆英更加关注恽代英的健康状况。

此时，恽代英与沈葆英的儿子刚刚出生，恽代英的父亲希望这个孙子长大后做管仲那样的人，恽代英就给儿子取了个"希仲"的名字。沈葆英说，希仲自小见人就是笑眯眯的，邓颖超与同志们喊他们的儿子为"小乐天"，而周恩来叫他"小代"，常抱着婴儿喊着："小代，小代啊，快快长大哦，长大了好接班哦。"

有了儿子后，恽代英夫妇的生活更加困难了。沈葆英身体很虚弱，奶水不足，生活本来就很艰难，哪来的钱买奶粉呢。一天晚上，沈葆英抱着孩子喂奶，孩子没吃饱，哭个不休。看着营养不良、枯瘦的儿子，葆英不禁掉下泪来。正在此时，有人轻轻拍了她一下，说："这不是奶粉嘛。"葆英回头一看是代英，手里正拿着一盒奶粉。葆英知道，丈夫每日白天工作，深夜回家后，不上床睡觉，却坐下来翻译书，原来是为了赚一些稿费给儿子买奶粉。

在这艰难的生活中，沈葆英的内心非常矛盾，若要做好革命工作，则很难带好孩子，若要带好孩子，便很难做好工作。恽代英安慰她："共产党人没有党性和母性的矛盾。我们要去斗争，在斗争中锻炼自己，添加革命的力量，孩子也要安排得当，我们艰苦奋斗，也是为了换取下一代光辉的未来。我们可以将儿子送到幼儿园。"沈葆英听从丈夫的安排，将8个月的儿子送到一家私人幼儿园后，被党派到闸北的一个缫丝厂，担任地下党支部书记。

沈葆英从师范学校毕业后当过教员，后随丈夫从事革命工作，没接触过女工。刚到工厂时，她不知道怎么做女工的工作。回到家里，跟恽代英说起此事，恽代英跟她说："首先应该同工人打成一片，用最通俗易懂的语言跟她们交流，进行阶级教育，唤起她们的阶级觉悟。"第二天，沈葆英进了工厂，用恽代英教她的办法，将自己置身于女工中间，先与女工们拉家常。果然，工作有了起色。她在女工中教唱经恽代英修改过的《女工苦》，女工们唱着唱着，就进入了角色，她们从歌词中汲取了与资本家斗争的力量。我们来看看恽代英改过的《女工苦》的歌词："小小年纪小姑娘，手持饭菜筐，冷饭半碗留下充饥肠。进工厂，北风吹进破衣裳，十几个钟头真是长，望不到出厂。"

缫丝厂的女工们唱着唱着就泣不成声。

那段时间，沈葆英除了在缫丝厂工作，还要负责丈夫的安全和联络送信工作。每天起床后，她就把丈夫需要的东西准备好，再在他衣服口袋里放几个零钱，以便丈夫买烧饼充饥。看着丈夫去沪东后，她便到闸北缫丝厂。下午收工后，又给丈夫送信。他们夫妇与瞿秋白杨之华夫妇、周恩来邓颖超夫妇等许多革命伴侣一样，携手并肩战斗在上海。

1930年春天，党内"左"的思想和路线在发展。李立三利用他在党中央的权力，将"左"的路线走得更远。那天，党组织通知恽代英，将他调离中央领导机关，去沪东担任区委书记，并让他把家搬到闸北。

恽代英拖着沉重的步子回到家，把调动的事告诉妻子，并说马上要搬家。沈葆英一听急了，对丈夫说："你的眼睛高度近视，对那里的情况又不熟悉，在这样恶劣的环境下，到基层工作，安全更无保障。"代英说："有意见以后再说，党的决定必须服从。"浓葆英又说："还要搬家？可儿子怎么办？"代英说："圣彼得堂有一位姓董的地下党员，党组织叫他办了一个大同幼稚园，把希仲送到那里去吧。"

沈葆英通过组织把儿子送进了大同幼稚园。

他们夫妇把家搬进了闸北贫民区。代英脱下长衫，换上了工人服装，从早到晚在杨树浦各个工厂里活动。沈葆英继续在缫丝厂任党支部书记。

五月来了，鲜花开满了上海的大街小巷。李立三又下达指示，为了迎接红五月，要工人们举行总罢工，以便乘乱占领上海。届时，全市的汽车工人、电车工人、纺织工人等全部上街游行。那天，沈葆英与缫丝厂的地下党员分头来到外滩和大马路（今南京路）参加罢工游行。一辆汽车开来了，有人喊着："停车、停车！罢工了，快停车！"车没有停，人群呼啸起来，有人向车上扔石头，砸碎窗玻璃，车子被迫停了下来，乘客莫名其妙地下了车，吵吵闹闹，还没明白怎么回事，就被卷入了罢工的人群。

红色警车一路呼啸而来。人们叫喊着："巡捕来了，红头阿三来了。"巡捕和警察挥舞着警棍，打人，抓人，人多的地方，就用水龙头冲。几十年后，沈葆英回忆说："眼前一道白光，自来水劈头盖脑地朝我浇下来，人们乱作一团，我被混乱的人群挤到一家商店里去了。游行被镇压下去，我们受到很大损失。"

晚上，沈葆英拖着沉重的脚步，回到了简陋的工棚，换掉湿淋淋的衣服，一动不动地坐在屋里，想着缫丝厂的一些年轻党员，执行冒险主义者的命令，到街上去撒传单、贴标语、游行示威，很多人暴露了身份,被捕了。现在,盲目的总罢工又失败了。沈葆英自语:"代英批评立三的话是正确的。"作为代英的妻子,一名共产党员,沈葆英只能和丈夫一起服从党的决定。但她非常担心丈夫的安全,国民党正在重金悬赏,到处缉拿他。如今却暴露在毫无保护的前沿阵地,天天在敌人鼻子底下抛头露面,这是多么危险的事啊。

　　天色很晚了,葆英还是坐着一动不动。代英推门进屋,看着黑暗中的妻子,他放心了。葆英站了起来,打开灯,看到丈夫一身的疲惫,满脸灰尘,显得更加消瘦了。代英捂着胸口不停地干咳。葆英心里很难过,便低声问丈夫:"今天你也上街了?"丈夫点点头。"大马路上的惨象你看到了吗?"丈夫不说话,还是点点头。"你明天还去工厂吗? 能不能不去? 我真的不放心,党要我保护你的安全,可是,可是……"葆英再也说不下去了。

　　沉默了好久,恽代英抬起了头,对妻子说:"四妹,党的事业现在处在最困难的关头,群众在受难,在流血。为了让群众尽量少流血,我不能临阵脱逃。我完全清楚自己的处境。死,我早就想过了。十多年前,我对二姐说过,要和她生同室,死同穴。那时候,我的心目中,只有家庭和妻子,这是多么'小我'的感情啊! 十多年来,我经历了革命战争、南昌起义、广州暴动、行军、罢工、地下斗争,有多少同志在我眼前倒下了,真是尸骨如山,血流成河啊! 想想这条血染的道路,想想那些熟悉的面孔,我越来越感到自己肩头责任重大。我只要还有一口气，就要把从烈士手中接过的旗帜继续撑下去。你记得我们凭吊施洋的情景吗？早些年，我对施洋不够理解，他为革命捐躯，曾给我很大的震动；你还记得在广州牺牲的萧楚女吗？我曾要你帮助他找个伴侣，他只活了34岁，培养教育了一代青年，而自己连个妻子都没找到，就被敌人杀害了。他遗憾吗？我相信他是死而无怨的。半年前，彭湃献出了生命，你见过彭湃，多能干的人啊！他背叛了本阶级，为无产阶级洒尽了热血。千百万烈士的鲜血，换来了革命的大好局面。但是，有人被胜利冲昏了头脑，不顾及上海主客观力量的对比，梦想现在就占领上海，把群众投进了冒险主义的血海。在这种时刻，我不能力挽狂澜，也要献身堵口。我是为了尽量减少群众的流血牺牲，才挑起这副担子的。我想，革命志士的鲜血是不会白流的，这些血能够增长同志们的智慧，擦亮勇士的眼睛，使人们从血的教训中尽快醒悟过来，我们的事业是有希望的，我为此而献身，也是死得其所。"

上海的斗争形势越来越紧张，越来越艰苦了。为了躲避敌人的搜捕，恽代英夫妇不得不经常搬家。有一次刚搬了个新地方，没几天就有人来看房子，葆英一听是湖北口音，很熟，出去一看，是吴德峰与戚元德夫妇。吴德峰正在周恩来直接领导下从事党的秘密情报交通工作；戚元德是沈葆英的女师同学。两位湖北同学在上海居然见了面，都不禁吃了一惊，怕引起房东注意，她俩没有互打招呼。戚元德拉了吴德峰一把，又把房子品评了一番，说这房子不合适，就匆匆离去了。在这段时间里，他们时刻警惕着敌人，但又不得不去参加那些冒险活动。

7

  一九三〇年五月六日，你不幸被捕了，由于你机智地毁容骗敌，未被敌人识出，只判了五年徒刑，关押在南京的"中央军人监狱"。一九三一年初春，当桃树绽开绿芽时，帅孟奇同志把喜讯带给了我，告诉我经党组织千方百计地营救，你有提前出狱的可能，她嘱我速去探监。我怀着喜悦的心情看到你时，感到反动派能用镣铐将你关押，但囚禁不住你那颗对革命事业无比忠诚的心。你得知党正在克服"左"倾盲动主义错误时，欢快兴奋的神情一下子都汇集在你那苍白的脸上，凝聚在你那情真意切的话语中："告诉家里人，不要挂念我。我争取早日出来，为家事尽力，我们的家会兴旺起来的。"

沈葆英

1930年5月6日傍晚，残阳如血。在缫丝厂累了一天的沈葆英顾不得休息片刻就往家里赶。这几天她心里慌慌的，老是不踏实，日夜担心着恽代英的安全。回到家，屋子里静静的，代英果然不在家。沈葆英愣了一会儿，就拖着疲惫的身躯去生炉子了。

昨天,她去大同幼稚园看儿子恽希仲时,徐妈妈说:"你家大哥最喜欢吃酒酿元宵了,明天给你们送两碗去。"沈葆英说:"小毛弟在这就已经够麻烦你了,怎么还好意思吃你们的元宵呢。"徐妈妈说:"不用客气的,明天一定送去啦。"

炉子升起来了,恽代英还没有到家,沈葆英心神不宁地到门口张望,可还是见不到二哥的身影。

早晨代英出门时,沈葆英还跟丈夫说:"今天早点回家,吃酒酿元宵。""还有酒酿元宵!哪来的?"代英惊喜道。葆英笑说:"你早点回来吃就是了。"代英笑嘻嘻地说:"好,好。我早点回来,好长时间没有吃酒酿元宵了。"葆英像往常一样,以党的机要工作人员和妻子的身份,走到丈夫身边,从头到脚把他的口袋摸了一遍,检查他身上有没有带着不该带着的纸张,一边检查一边问:"今天到什么地方去啊?"丈夫说:"上午开个会,下午到杨树浦老怡和纱厂去了解情况。"葆英说:"现在工厂情况这么紧张,你能不去吗?"代英说:"蒋介石虽然悬赏捉拿我,可我生活在群众中,非常小心,不会出事的。"葆英再次叮嘱他:"不要忘了,早点回来,一起吃元宵。"代英一边走一边说:"忘不了,放心,我会早点回来的。"

沈葆英一边想着上午代英离开的情景,一边走回屋内,把酒酿元宵放在炉子上。此时,天色完全黑了下来,她的心一阵猛跳,有种不祥的预感向她袭来。

这天下午,恽代英穿着短衣,一副工人打扮,带着一包传单到杨树浦韬明路附近的老怡和纱厂门前等着一位党支部负责人。突然，一群英国巡捕来抄靶子了（搜查行人）。由于恽代英眼睛高度近视，待发现巡捕时，已躲避不及。巡捕搜查他，见他穿短衣、戴眼镜，有水笔、戴手表及40元钱，遂起了疑心。随后在他身旁搜得传单一包，便要逮捕他。恽代英拒捕，就与巡捕扭打起来，扭打中，他用指甲抓破自己的脸，顿时血流满面，就是熟人也认不出他了。恽代英被押到巡捕房，巡捕三番五次地打他，逼他供出真实身份与传单的来源。恽代英说他叫王作林，是武昌电话局失业工人。巡捕问他传单是怎么回事，恽代英说："这是误会，这是我在看热闹时，一个陌生人硬塞给我的，我还没来得及问，那人就匆匆走了，我不知道这是传单。"巡捕又问："你住在哪儿？"恽代英说："住在鸿运旅馆40号。"当天晚上，巡捕押着恽代英去找这处地方。这是恽代英随口说出的一个地方，哪能找到呢。

第二天，英国巡捕将恽代英押到国民党上海市公安局。公安局严刑审讯了恽代英，还是一无所获，于是便以"共党要人嫌疑"转押至国民党淞沪警备司令部去邀功请赏。

这边的沈葆英望眼欲穿地等着丈夫回家，她把凉了的酒酿元宵热了又热，可丈夫还是没有回来。这一夜，葆英睁着眼睛等到了天亮。天一亮，她就跑到闸北区委，才知道丈夫被捕了。沈葆英焦虑得坐立不安，区委同志劝慰她，让她镇定下来，并提醒她不能再回家里了。当天，沈葆英就搬到闸北贫民窟和女工住在了一起。

党组织通过看守与恽代英取得了联系,知道恽代英闯过了一关又一关的审讯。最后,国民党当局以"煽动集会"的罪名判了恽代英5年徒刑,关在漕河泾监狱。

恽代英被捕3个月后,周恩来从莫斯科回国了。他得知由于李立三的"左"倾冒险错误,致使恽代英被捕,而李立三又未设法有效地营救。周恩来非常生气,决定打通一切关系,不惜重金,救出恽代英。

8月27日,恽代英被押解到苏州第三监狱。中共中央立即通知互济会探监、营救。

营救工作进行得很顺利。

1931年2月,恽代英又从苏州监狱被转押到南京国民党中央军人监狱的"星"字号监牢。党组织又迅速组织各方面力量对恽代英进行营救。花了一大笔钱后,恽代英出狱在望。

组织上让帅孟奇将这个消息转给沈葆英。帅孟奇把沈葆英找了来,用轻快的语调对葆英说:"恭喜你,葆英,代英同志有出狱的希望了。"帅孟奇把党组织营救代英的进展告诉了葆英。葆英离开前,帅孟奇递给葆英救济费。在回家的路上,沈葆英的心是欢快的,丈夫马上就要出狱了,她很快就能见到丈夫了。回到家里,沈葆英用救济费的钱给代英买了两件衣服,并把房子收拾得干干净净的,等着男主人回家。

通过互济会的安排,沈葆英前往南京探监。她要把党组织营救的消息传达给恽代英,并通知他做好提前出狱的准备。

早春的江南,天气还很冷。沈葆英拿着一个小包独自从上海搭上火车前往南京。下了火车,经过水西门,走了十多里荒凉的野地来到了江东门外的国民党中央军人监狱。此时,丈夫虽在监狱,但她的脸上挂着笑容,多日压在她心中的石头终于落了下来。天气虽冷,但她的心里是温暖的,她就要见到丈夫了,她要把周恩来的口信传给丈夫。

按照探监规定,沈葆英被警察引到一间小房子内等候着恽代英。正在她焦急地等待时,远远地传来了一阵铁链拖地的声音,是沉重的脚镣声。沈葆英的心一下子提到嗓子眼,她知道丈夫来了。脚镣声由远及近,沈葆英有些紧张,她站了起来,平复了下狂跳的心。两个看守拉着代英走进了小房子。代英穿着囚衣,长长的头发披在他瘦黄的脸上,葆英一阵心酸,哭了起来。代英走近葆英,还未等代英说话,葆英问了句"你怎么啦?"就喉咙哽咽,再也说不出话来。恽代英平静地说:"四妹,你怎么啦?我这不是很好嘛。我是被冤枉的,等刑满了,我们就能团聚。"沈葆英擦去泪水,正要问丈夫的身体情况,恽代英又问道:"家里人都还好吗?"沈葆英知道他说的"家里人"是指党内同志们,于是连忙说:"好,好,都挺好。"沈葆英看着狱卒走向门口时,低声告诉恽代英:"我是'家里人'派来的,伍豪问候你,他已找人安排妥当,不日你将出狱。"

恽代英兴奋地说:"谢谢他!告诉他,我在这里很好,每天还练八段锦呢,将来出去还要'做生意'。回去对'家里人'说,千万不要惦记我,他们平安健康我也就称心满意了。"沈葆英一边点头一边递过小包,说:"里面有几件衣服和一点吃的,还有希仲的一张照片。"希仲！代英听到妻子提到儿子的名字,眼里放出了光彩,他高兴地说:"你要把孩子带好,好好教育他,你不会白辛苦的,他长大了能帮助坐镇。"代英又深情地说:"四妹,我不在家,抚养孩子,操持家务都由你一人承担,我心里是很感激的。告诉'家里人',以后不要给我送东西来了。希望大家勤俭度日,预防疾病,人人健康平安,生意兴隆。"

狱警返回来了,说会见时间到了。他俩知道要分别了,时间在一秒一秒地过去,两人有太多的话,却不知说什么好了。狱警在催促着。沈葆英突然哭了,求狱警道:"你们放了他吧,他有病,他没有罪,他是好人,你们放了他吧。"狱警大声吼叫着:"时间到了,不许说话。"代英看了妻子一眼,目光是坚定的。沈葆英不想让丈夫看到自己就要流出的泪水,就背过身去往外走。走到门口,听到代英在身后喊了声:"四妹！"

忍住的泪水不听话地涌出了眼眶,顺着她那清秀的脸庞流进嘴里。她没有转身,轻声"嗯"了一声,就听到代英继续说道:"告诉家人,以后不要再给我送东西了,希望大家都保重身体。不久我就会和你与儿子团聚的。"

恽代英还想说些什么,一个狱警走过来,推了代英一把,说:

"你还等什么,快走。"沈葆英隔着泪水模糊地望着丈夫的背影,脚镣声越来越小,代英的背影也消失了。

出监狱的路上,沈葆英心里虽然难过,但她不停地安慰自己,二哥很快就要出狱了,我们很快就要见面了。

8

由于叛徒顾顺章的出卖,你于四月二十九日被敌人枪杀了。临刑前,你高唱国际歌,充满着对共产主义事业必胜的信念慷慨就义。这一噩讯使我悲痛欲绝,泪飞如雨,难以自抑。在这万分悲痛的时刻,你的声音在我耳边响起:"我们吃尽苦中苦,而我们的后一代则可享到福中福,为了我们最崇高的理想,我们是舍得付出代价的!"是的,你为了下一代,为了无产阶级解放事业,献出了宝贵的生命,为我们做出了表率。我揩干满脸的泪水,把悲痛埋在心里,怀着对国民党反动派更大的仇恨,为了下一代,投入与反动派的斗争中。

沈葆英

沈葆英离开南京后,狱中党支部通知恽代英做好提前出狱的准备。恽代英做着出狱的准备,在狱中制订了出狱后的工作计划。

一切都在按计划顺利地进行。

沈葆英从南京回到上海,盼着早日见到丈夫。从4月盼到5月,又从5月盼到6月,最终也没能把丈夫盼回家。

中共中央原政治局候补委员、特科负责人顾顺章被捕后叛变了。周恩来得知顾顺章叛变后,痛心疾首地说:"代英完了,代英完了。"周恩来说得没错,顾顺章一叛变就把恽代英的真实身份告诉了国民党当局。

当国民党军法司司长王震南拿着恽代英在黄埔军校的照片来到监狱时,恽代英知道这一切都结束了,包括他的生命。

1931年4月29日,恽代英被国民党当局枪杀在中央军人监狱的刑场。

当陈赓把恽代英就义的消息告诉周恩来时,周恩来悲伤地说:"我们晚了一步。"两人相对无言,只是默默地流泪。

9

代英,你知道吗?不久又一次的打击迎面扑来,一九三二年"一·二八"事变,日本侵略军的炮声在上海响起。在炮声中我和党失去了联系。我犹如一只孤雁在风雨如晦的天际中盲目地飞。飞向何方呢?我简直失去了飞翔的勇气,但我想到你,便增添了勇气和力量,下决心去找雁群。一九三八年,我终于找到了雁群。这些年我历尽千辛万苦,回到武汉,在八路军办事处找到了恩来同志，恩来同志见到我时，抚摸着我的肩头说："你不要太难过，现在孤雁不是归队了嘛，不是回到家了嘛！"从此，我又在党的领导下，为完成你和许许多多革命先烈未竟的事业而努力奋斗。

沈葆英

1932年"一·二八"事变爆发，日军在上海登陆，占领了闸北。沈葆英与党组织失去了联系。为了找到党组织，她把儿子送到恽代英的四弟恽子强家寄养，独自一人四处寻找党组织。她由上海到武昌，又由武昌到景德镇，再回到上海，一路上历尽了千辛万苦。恽代英虽不在了，但恽代英活在了她的心里。沈葆英说："那些年，每遇到困难，我都习惯地请教代英，他能给我信心、力量和克服困难的办法，而现在他不在了，我只能以代英为榜样来增添克服困难的勇气。"

回到上海后的沈葆英仍然找不到党组织，又没有工作，还要躲避敌人的搜捕，处境相当困难。后来，四弟恽子强夫妇设法把沈葆英介绍到南通县立西亭小学当教员。1935年，沈葆英考上了南通基督医院护士学校，次年毕业后当了一名护士。

七七事变后，国共两党合作了。沈葆英在第五战区兵站医院工作。她在报纸上看到周恩来在武汉的消息后，就借口取药的机会，从南通出发，经扬州、淮南、合肥等地辗转来到了武昌，通过《新华日报》写信给周恩来。周恩来接到沈葆英的信后,立即回了信,叫她到汉口八路军办事处去见他。

沈葆英心情激动,多年来她一直在寻找党组织,没想到在武汉与周恩来联系上了。她怀着兴奋急切的心情来到八路军办事处。当时,正逢周恩来忙着急事,抽不开身,就托夏之栩接待了沈葆英。夏之栩是沈葆英的师范同学,老同学相见格外高兴,两人畅谈各自的情况。周恩来闲下来时,夏之栩把沈葆英带进去见到了久别重逢的周恩来和邓颖超,沈葆英再也控制不住自己的感情,拉着邓大姐的手哭了起来。多年的悲伤与委屈就在这大哭声中释放了。邓大姐体贴地说:"葆英啊,这些年你吃了不少苦吧?"沈葆英擦去眼泪,向他们倾诉了自己失去丈夫与党组织的悲伤痛苦心情和苦难经历。沈葆英说:"这些年,我找不到党,就像失群的孤雁,日子过得太艰难了。"周恩来抚摸着沈葆英的肩头亲切地说:"你不要太难过,现在孤雁不是归队了嘛,不是回到家了嘛!你回到家了。"沈葆英抬起泪眼望着周恩来说:"我找到你,就是找到党了。"周恩来说:"党与你失去联系后,曾想方设法寻找你,但一直没有音信,还以为你也牺牲了。"沈葆英向恩来汇报了这5年颠沛流离的生活后,周恩来沉思了一会说:"按照个人的条件,完全可以找到出路,找到生活,但你不去寻求个人的生活,而是坚持找党,这说明你和代英一样忠于党。你的儿子呢?他在哪里?"沈葆英说:"还留在上海,由四弟子强照顾着。""你给我写个地址,通过组织多照看照看。"沈葆英又向周恩来提出恢复组织生活的问题。周恩来叫葆英把这5年的主要经历写一下。后经组织审查,恢复了沈葆英的组织生活。

沈葆英暂时留在了周恩来身边,给周恩来做了特别护士。那些日子,沈葆英的心里充满着春天般的温暖。

1941年,在周恩来与邓颖超的安排下,沈葆英与一批同志家属乘卡车从重庆出发,经西安,来到向往已久的延安。

在延安,沈葆英参加了延安整风学习和边区的大生产运动。她虽然沉浸在紧张热烈的新生活中,但无时无刻不在怀念着代英,牵挂着留在上海的儿子。

1943年8月的一天,恽子强带着孩子们从上海来到了延安,住在交际处。沈葆英得知消息后,立即来到交际处,见到了分别10余年的亲人,悲喜交加。在一群孩子中,她一眼就认出了自己的儿子,可儿子希仲不认识妈妈。是的,母子分别时,儿子还是个不记事的孩子,如今已是15岁的少年了。母亲流着泪,把儿子搂在怀里,轻声地说:"希仲,连妈妈也不认识了。"儿子望着她一阵子,叫了声"妈妈"。

在周恩来的关照下,上海地下党组织常在经济上接济恽子强一家,这次来延安也是在党组织保护下,于1942年离开上海进入华东根据地,组织又安排恽子强带着孩子们跟随部队来到延安。恽子强对嫂子说:"路途遥远,又要经过敌占区,走了半年多的时间,才到达延安,太不容易了。可不来不行啊,你把孩子交给我,他是二哥的骨肉,革命的后代,我一定要把他送到延安,亲手交给你。"几十年后,恽希仲在一次采访中说:"沿途由新四军护送,途中太苦,比延安苦。我不知道妈妈在延安,到了延安才知道妈妈也在。"

相见之后,母子俩骑着两匹马,来到周恩来家做客。饭后,邓大姐带着他们去见朱德等人。安顿下来后,沈葆英安排儿子到延安自然科学院补习班学习,恽子强也在这所学校任副院长。

1953年周恩来录写恽代英的《狱中诗》:

> 浪迹江湖忆旧游,
> 故人生死各千秋。
> 已摈忧患寻常事,
> 留得豪情作楚囚。

沈葆英视为珍宝,她将周恩来录写的这首诗的手迹照片一直放在案头。

10

代英,你知道吗?你生前所憧憬的社会主义早已在三十三年前实现了。如今我们的国家和人民,在党的领导下,正在大踏步地前进。我们第二代人、第三代人,正在茁壮地成长,他们决心继承先烈的遗志,从革命前辈手中接过火炬,踏着先烈的足迹前进。

代英,今年的清明节,在你英勇牺牲五十一周年的前夕,我和希仲专程来到你就义的地方,把这五十一年对你的缅怀深情,写成这篇祭文,连同这本《恽代英传记》在雨花台前,敬献给你,以慰在天之灵。

沈葆英
一九八二年四月四日雨花台记

孤鸾失侣鸣何悲

1919年五四运动爆发时，邓中夏正在北京大学读书，任北京学生联合会总务干事，参与了火烧赵家楼的行动。此时正值"生逢强盗秽国时，儿女醉心救国事"的多事之秋。他的叙事长诗《孤鸾曲》就是在此时创作的。这是一曲爱情悲歌，诗人写一对青年曾是青梅竹马，私订终身，誓不相违。当爱情果实即将成熟时，民族苦难来了。为了救国，情郎与女子分手，远赴江南。当他风尘仆仆归来与恋人相见时，因阿母的软硬兼施，恋人已嫁进了朱门。诗中泣诉着他们相爱的往事：

邓中夏（1894—1933）

青梅竹马遥相忆，
豆蔻年华才十四。

十五未谙儿女情，

十六初解相思字。

生逢强盗秽国时，

儿女醉心救国事。

此时无情似有情，

两心脉脉如牵系。

忆郎身被创痍归，

软抱徐抚柔声泣。

我们摘录这首长诗中的第一节为此篇文章之序。

1

1926年8月12日。广州。

这一天是邓中夏的大喜之日。他住处的大门与窗户上都贴了大红"囍"字；门外的院子里，一丛丛合欢花开得正艳。这些合欢花似乎知道今天是个大喜日子，一夜之间竟开满了枝头，那单生于枝顶的粉红色花朵不停地释放出醉人的香气。夜间，邓中夏陶醉在合欢花的清香里似睡非睡。

已至中年的邓中夏终于要结婚了，朋友们替他高兴。新娘是

19岁的李惠馨。

邓中夏的小屋里挤满了客人,刘少奇与何宝珍夫妇、周恩来、苏兆征、陈延年等人都来了,还来了一些工人代表。

邓中夏特意请了刘少奇与何宝珍夫妇做他们的证婚人。刘少奇与邓中夏同在中华全国总工会(简称全总)工作,邓中夏是中华全国总工会的宣传部长,刘少奇为中华全国总工会的秘书长。此时,正值省港大罢工,邓中夏与省港罢工委员会委员长苏兆征一起领导着省港大罢工。邓中夏天天忙碌,找了这天没有会议、没有演讲、没有活动的日子与李惠馨完婚。

邓中夏的脸上洋溢着少有的喜悦与轻松,刚刚理过的头发清清爽爽,一袭长衫尤显年轻儒雅。

1894年,邓中夏出生于湖南省宜章县邓家湾村一个封建知识分子家庭。谱名邓隆渤,乳名隆顺,字仲澥,曾用名邓康。从事革命后,他将"仲澥"改为谐音"中夏"。父亲邓典谟是前清的举人,官至北洋政府铨叙局主事。生母欧庚翠,生有三子一女(隆泮、隆渤、隆潜、怀顺),26岁时死于一场瘟疫。生母死时,邓中夏兄弟还未成年,父亲给孩子们娶回一位继母,叫廖彩德。之后,邓中夏又有两个弟弟隆灏与隆渭。多年后的1956年,廖彩德被评为全国手工艺劳动模范,赴京参加全国群英会,受到毛泽东与刘少奇等中央领导人的接见,后由中央组织部和中央军委供养,定居北京。这是后话。

1908年，在家人的逼迫下，邓中夏与杨贤怀成婚。杨氏不是别人，是邓中夏大哥邓隆泮的妻子。杨氏端庄贤淑，年长邓中夏两岁。杨家是本县沙坪的一个大户人家，杨贤怀的父亲杨绍勋与邓中夏的父亲邓典谟是好友，两位父亲一女一子，一商酌就给杨贤怀与邓隆泮结下了娃娃亲。两个孩子到了结婚的年龄后，双方父母就给他们举办了婚礼。杨贤怀嫁到邓家，操持家务，孝敬公婆，小夫妻恩爱有加，一家子和和睦睦。谁知，婚后第二年，邓隆泮身患疾病，久治不愈。父亲邓典谟请来巫医，巫医说，邓隆泮身体不好的原因是与杨贤怀八字不合，要休妻另娶，身体方能恢复健康。邓典谟虽然对巫医的话深信不疑，但杨贤怀跟她的名字一样非常贤惠，媳妇没有任何过错怎么能休掉人家呢。再说，休妻必然有损两家的声誉与和睦。为了挽救大儿子的生命，邓典谟想出一个非常荒唐的办法，让杨贤怀改嫁，改嫁的对象就是邓家次子邓中夏。

　　杨家也无奈，嫁出门的女儿泼出去的水。而杨贤怀更是无力抗争，只能任凭邓家安排。

　　此时的邓中夏刚刚15岁，正在离家不远的樟桥小学读书。虽是小学，但他已受到进步思想的熏陶，对这桩封建包办的荒唐婚姻十分反感，但一个尚未独立的小学生，怎么有能力反抗这桩婚姻呢？只能无奈地稀里糊涂地与嫂子成了亲。

　　可以想象，婚礼上，杨贤怀是多么的尴尬与苦涩；而邓中夏又何尝不是呢！也许从这一刻开始，邓中夏就有了改变这个荒唐的封建礼教的想法。

据说,新婚之夜,杨贤怀没有等到邓中夏的抚慰。婚后第三天,邓中夏以求学为由,逃离了邓家湾,离开新婚妻子去了学校。

更可悲的是,邓父替长子邓隆泮另娶了位妻子廖氏,依然没能逃得过命运的安排。一年后,近城高等小学校长邓隆泮,因"苦读致疾,患咯血症",随父进京医病时病逝于衡阳旅次,留下了孤苦伶仃的廖氏。

湖南宜章邓中夏故居

成婚 3 年后,邓中夏考入宜章县高等小学做了插班生。在这里,他接触到一些新书报,开始意识到自己的婚姻是不道德的。这年的秋天,辛亥革命爆发了,三湘的革命党人推翻了清王朝在湖南的统治,并宣告全省独立。年轻的邓中夏热血沸腾,特别关注国家大事,广泛阅读各种新书和报刊。他的父亲邓典谟看儿子如此兴奋，如此激进，看出了这个儿子是当时社会的叛逆者，说："隆渤（邓中夏）这孩子，将来恐怕不是我家的人了。"父亲看得没错，邓中夏终究献身给了革命。

1917年，邓中夏考入北京大学，图为大学时的邓中夏

1917年，邓中夏随父亲来到北京，报考北京大学，被北京大学国文门（即中国语言文学系）录取，寓居景山东街西老胡同一号。此时的邓中夏已不是15岁结婚时的邓中夏了，他向父亲提出休妻的想法，遭到父亲的强烈反对。

杨贤怀于1973年回忆说："1919年，他（邓中夏）在北京大学读书，放暑假回来过一次，一共住了一个多月，曾在我的娘家养病两个星期。"邓中夏的弟媳杨友怀也记得邓中夏这次回家乡时的情景:"中夏1919年从北京回来,住了一个多月,在这一个月中,他宣传五四精神,在邓家湾的祠堂里演讲,我记得他说,妇女要读书,如男子一样,男女平等。他在郴州读书,每次回来再回校时,家中让他和他哥哥坐轿子去郴州,但他硬是不坐。他哥哥坐了,他就跟着跑。"

1920年7月,邓中夏从北京大学毕业,获文学学士学位。在北洋政府铨叙局任职的邓典谟托人在农商部为邓中夏找到了一个待遇优厚的职位,并将委任状送到邓中夏在西老胡同的宿舍。邓中夏将委任状退了回去。父亲强烈不满,问他为什么这样做。中夏对父亲说:"我不做官,现在的社会如此腐败,当官的人对百姓敲骨吸髓,做这样的官有什么意义呢?"父亲气极了,可拿儿子也没有办法,于是托宜章籍参议院议员彭邦栋,劝邓中夏听从父亲的安排,到农商部去谋职。邓中夏对彭邦栋说:"人各有志,不可勉强。"

当时北大学生有多名公费出国留学的名额,邓中夏名列其中,但他拒绝了出国留学的机会。从此,邓典谟断绝了对邓中夏的经济资助,不再给儿子提供任何经费。邓中夏由此开始了他职业革命家的生涯。

邓中夏的这段婚姻,给他带来的伤害是很大的。他认为杨氏也是封建包办婚姻的受害者,对她充满同情与怜悯。求学期间,邓中夏每次给家里去信,都会关心杨贤怀,问她的近况。邓中夏希望杨贤怀学一些技能,能够经济独立,不依附邓家而任人摆布。1921年,邓中夏在去重庆讲学途中,买了一架纺织机送给杨贤怀,并计划把杨贤怀和寡嫂廖氏一起送到长沙，学习纺织技术。后来，由于种种原因，纺织厂未能办成而作罢。第二年，邓中夏出资，送杨贤怀去长沙务本女子学校读书。

杨贤怀于1973年回忆说："（邓中夏）在长沙读书时，曾写信叫我到长沙独立生活、学习。于是，我到长沙见到了他，他见过我后，便离开了长沙。我在长沙生活了一年半，这一年半里半天学习，半天织布。我见到中夏时，曾对他说：'婆婆很想你，想让你回去让她看看。'但他说：'等我到广东后再回来见她。'"

邓中夏让杨贤怀去长沙读书也是用心良苦。

杨贤怀从务本女子学校毕业后，邓中夏认为，杨贤怀受过教育，掌握了一些女红手艺，能自食其力了，便不顾家人的强烈反对，一纸休书，结束了与杨贤怀十多年的荒诞婚姻。

拿到休书的杨氏，能不能理解邓中夏的做法我们已不知，但她没有反抗、没有怨言，选择留在了邓家，继续操持家务。因为与婆婆不和，杨贤怀搬到了邓家祖上留下来的一间老屋里居住。她把与邓中夏结婚时的雕花大床、邓中夏求学期间的用品都搬了过去。此后数十年，杨贤怀就守着邓中夏的这些物件，孤独地生活在邓中夏的家里，一直没有改嫁。邓中夏继母等家人被政府接到北京生活，杨氏也去住了一段时间，后来还是回到了湖南宜章邓中夏的老家，一个人孤苦伶仃地生活。1982年5月16日，90岁高龄的杨贤怀终老于邓家湾。

杨贤怀容貌秀丽，又受过一定的教育，如果能与邓中夏后来的妻子李惠馨一样，走出封建家庭，融入妇女解放的革命运动中，会不会摆脱这种命运呢？

李惠馨对这段悲惨婚姻里的邓中夏充满着同情与理解。

2

年轻的新娘李惠馨是李启汉的妹妹。邓中夏与李启汉既是同乡好友，更是一个战壕里的战友。

李启汉又名李森，小邓中夏4岁，1918年从岳云中学毕业后，为组织湖南青年赴法勤工俭学，与毛泽东一道来到北京，在邓中夏的帮助下，留在北京大学中文系当旁听生，后被推荐到上海华俄通讯社工作。1920年，李启汉与陈独秀、李达等人结识，随后加入了上海共产党早期组织，从事工人运动，创办劳动补习学校。这一年，邓中夏也参加了北京的共产党早期组织。1921年中国共产党成立后，在上海组建了领导工人运动的中国劳动组合书记部，邓中夏任北方部主任，领导北方工人运动，李启汉任劳动组合书记部秘书，参与领导上海的工人运动。1922年6月1日，因领导浦东纱厂和上海邮局工人罢工，李启汉被上海租界巡捕房以"煽动罢工"罪逮捕；9月，被引渡到上海护军使署，关入大牢，直到1924年10月13日才被释放。出狱时，邓中夏、刘少奇、李立三一起去迎接他，看

见他那受了重刑的身体,他们都流下了泪水。为了纪念这个日子,他们在一起合影,邓中夏还为李启汉写了一首诗《我们的战士》:

一

阴森黑暗的囚狱,
冰冷沉重的镣铐,
粗沙细石的牢饭,
哦哦！我们的战士！
苦了你了！
屈指算来,
已是两年四个月了,
你的神采似乎比从前还光辉了些,
但是,你乱蓬蓬的发呢?
你短鬓鬓的须呢?
呵！出狱时剃去了,
但是,解开你的衣襟,
笞笆减去了没有?
脱下你的鞋袜,
镣痕消去了没有?
呵！斑斑犹存,
我涔涔的泪流了。

二

你莫往下细问罢,

浦东之破灭,

开滦之败北,

京汉之流血,

都不过是几页的伤心史。

保定狱里的伙伴,

洛阳狱里的伙伴,

北京狱里的伙伴,

天津狱里的伙伴,

都不减于你今日以前的痛苦呀!

哦哦!我们的战士!

你莫再往下细问罢。

我涔涔的泪流了。

三

你出来了,

你我的责任更重大了。

你看——猛虎一样的军阀呀!

巨蟒一样的帝国主义呀!

蛇蝎一样的资本家呀!

他们联合着,而且紧密的联合着!

长蛇般的向我们进攻了,

铁桶般的向我们重围了,

磐石般的向我们压榨了。

哦哦!我们的战士!

准备着迎战!

准备着厮杀!

李启汉出狱后不久,党组织派他去广州工作。1925年5月,第二次全国劳动大会在广州召开,邓中夏与李启汉都出席了会议。大会决定成立中华全国总工会,取代中国劳动组合书记部,邓中夏与李启汉都当选为中华全国总工会执行委员会委员。会后,他们留在广州,邓中夏任全总秘书长和宣传部长,李启汉任中华全国总工会组织部长。五卅惨案爆发后,邓中夏与李启汉参加领导了省港大罢工,邓中夏任省港罢工委员会党团书记,李启汉任副书记。朝夕相处让他们亲如兄弟。

在领导省港大罢工期间,李启汉与薛英华结婚了。婚后不久,李启汉回到湖南江华码市,赎回两次卖给人家当童养媳的妹妹李惠馨,携母亲韦内雪,一家三口来到广州,住在广州贤思街近圣里的"龚寓"。"龚寓"是省港罢工委员会的办公联络地点,邓中夏、苏兆征、李启汉都住在这里。李启汉住在楼上,单身的邓中夏住在楼

1922年,邓中夏在中共二大上当选中央执行委员,
图为二大时期的邓中夏

下,时常到李启汉家蹭饭。邓中夏与李惠馨就这样相识了。

李惠馨于1907年12月出生在湖南省江华县码市镇的李家大屋。兄弟姐妹六人,大哥李启汉、弟弟李启蒙后来都成了革命烈士。李惠馨的父亲李士藩是个落第秀才,精神上受过刺激,整日郁郁寡欢,对家务事不闻不问,家里的生活费用,全靠变卖母亲嫁进李家时带来的嫁妆。

嫁妆总有卖完时,李家的生活终于到了维持不下去的时候了。父母商量,把女儿卖给别人做童养媳,一来减轻家里生活费用,二来卖女儿的钱可以维持家用。这个消息一出,买主上门了,买主左看右看,最后看中了小女儿李惠馨。李惠馨当时只有4岁多,非常活泼可爱。这样,李惠馨就被卖给人家做了童养媳。几年后,李家父亲遭人陷害,面对困境,17岁的李启汉向母亲提出了要去郡府(衡阳)告状诉冤。母亲同意了,但一时又筹不到路费,为解一时之急,母亲只好将卖给同乡做童养媳的李惠馨,再一次卖给了第二家。拿到了钱,李启汉到衡阳府法院告了陷害父亲的人一状。经过法院核实调查,法官判决李父无罪。

时至今日,可怜的李惠馨终于被哥哥解救了出来。

李惠馨母女来了后,"龚寓"的气氛一下子活跃了起来。李惠馨心灵手巧,她见邓中夏一人,不会做家务,就帮他洗衣服。邓中夏知道她从小没上过学,也抽空教她识字,带她参加一些社会活动,帮助她提高文化,增长见识。几个月的相处,李惠馨眼中的邓中夏很完美,不仅有文化,待人也和蔼可亲,完全是一个可以信赖的兄长。邓中夏眼中的李惠馨是纯朴的、善良的,也很聪明,他把她当作妹妹了。邓中夏认为李惠馨做革命工作应该是没有问题的。于是,他找到李启汉和他的妈妈,建议让李惠馨从家庭中走出去,参加革命。李启汉和妈妈同意了邓中夏的想法。从此,李惠馨走出了小家庭,来到了工人中间,和工人们一起工作,上夜校,主动参加工人罢工等革命活动,还帮助邓中夏送文件。与工人接触多了,从工人的口中李惠馨也更加了解邓中夏了。一天,邓中夏穿着白色短袖汗衫,操着很重的湘南口音,给工人们讲时事,李惠馨挤在人群中,听得入了神。她觉得天下的事,好像都装在邓中夏的脑子里。说到穷人的苦,李惠馨痛彻心扉,讲到帝国主义、土豪劣绅剥削工人农民,她更是恨得咬牙切齿。

李家姑娘对邓中夏开始有了爱慕之情。

两人相处的时间长了,邓中夏的爱好,也成了李惠馨的爱好。邓中夏爱读书,买回了很多苏联革命和历代王朝变革的书籍,工作之余夜以继日地阅读,李惠馨被邓中夏旁若无人的阅读状态迷住了,她就让邓中夏说给她听。邓中夏用通俗的语言讲给她听。在邓中夏的影响下,李惠馨也养成了爱读书的习惯,遇到不懂的地方就来问邓中夏。

李惠馨和邓中夏相爱了。

李启汉看出了妹妹与好友的心思,打心里高兴,他非常愿意妹妹嫁给邓中夏。于是,就给他俩牵起了红线。

出生于官僚地主家庭的北大学生邓中夏和两次卖给人家当童养媳的山里姑娘李惠馨谈婚论嫁了。在征得李启汉与母亲的同意后,他们的婚礼就定在了1926年8月12日这天。

简朴的婚礼开始了。

证婚人刘少奇说完几句祝福的话后,邓中夏与刘少奇、苏兆征、陈延年、周恩来等人小酌庆贺。

广州的婚礼有个习惯,新郎与新娘要穿着华丽的衣服,坐上车到大街上"兜风"。苏兆征就给他们派了一辆小汽车,让他们尽情地度过这幸福的一天。

饭后,邓中夏让司机把车子开向郊外的黄花岗。司机很疑惑,邓中夏看出了司机的疑惑,就说:"我们不去兜风了,去祭拜黄花岗的烈士。"

车子开到黄花岗的山脚,邓中夏让司机先回去了。他牵着李惠馨的手来到山上,站在黄花岗上眺望着不远处的广州城。此时,广州城是革命的中心,到处飘扬着红旗,波光粼粼的珠江在阳光下,如一条发着光的缎带在夏风中飘拂。

邓中夏带着妻子来到了七十二烈士墓前。夫妻俩肃立在烈士墓前,邓中夏的脸色从愉悦变得严肃,他对妻子解说七十二位烈士的事迹。邓中夏一边说着一边把妻子带到林觉民的墓前,他跟妻子说:"林先生是福建闽县人,日本庆应大学学生,起义前三天的4月24日晚,他与战友在香港滨江楼同宿,待战友入睡后,他在一块白方巾上给妻子陈意映写了一封绝笔信,我至今记得信的开头,'意映卿卿如晤:吾今以此书与汝永别矣!吾作此书时,尚是世中一人;汝看此书时,吾已成为阴间一鬼。吾作此书,泪珠和笔墨齐下,不能竟书而欲搁笔,又恐汝不察吾衷,谓吾忍舍汝而死,谓吾不知汝之不欲吾死也,故遂忍悲为汝言之'。"

邓中夏说完这一段后,又说:"他在这封信中,表达了对妻子、对祖国的深沉的爱,他把家庭幸福、夫妻恩爱、人民命运与国家前途紧紧联系在一起。记得我第一次读《与妻书》时,内心受到强烈的震撼。他在给妻子写信的同时,也给其父写了一封短信《禀父书》,这封不到40个字的信,每个字我都记得,'不孝儿觉民叩禀:

父亲大人,儿死矣,惟累大人吃苦,弟妹缺衣食耳。然大有补于全国同胞也。大罪乞恕之'。"说完,邓中夏眼中闪着泪光。李惠馨随丈夫向林觉民的墓深深三鞠躬。

新婚大喜之日,邓中夏居然带着新婚妻子来到烈士墓,还大讲牺牲、诀别。在旁人看来,这是件很不吉利的事情。对此,李惠馨也不能理解。夫妻肃立在烈士墓前对视,邓中夏对妻子意味深长地说:"人民要自由,国家和民族要独立,要经过多少艰难困苦的斗争,多少革命志士为此牺牲生命,要记住,要斗争就会有牺牲,不要忘记死去的烈士们,我们要去完成他们没有完成的事业。"李惠馨似乎明白了丈夫带她来此地的目的,她依偎在邓中夏的怀里,轻声地说:"我明白了你的意思,我记住你的话了。"

这个婚礼虽然很好,但邓中夏总觉得有一个遗憾,就是没有钱给新娘买件礼物,以致心里一直愧疚。后来,他被捕,在监狱待了3个月,被营救出狱后补发了3个月的薪水。他把这3个月的薪水交给了将要去苏联的周恩来,请他务必为李惠馨买一件礼物。周恩来怀揣着这笔钱,感觉到了邓中夏对妻子的深情。于是,他途经瑞士时,帮邓中夏给李惠馨买了一块坤表。这是李惠馨人生中的第一块手表,也是陪伴着她终生的一件最珍贵的爱情信物。

婚后,李惠馨随丈夫参加革命。只要是熟人,邓中夏都会带着妻子一起去参加他们的活动与谈话。他们也常去周恩来的家,周恩来看着邓中夏幸福的样子,开玩笑说:"中夏啊,要小心呀,你已离不开小妹了。"邓中夏说："恩来，你不是也一样嘛，你不是也离不开小超了嘛！"说完，大家一起哈哈大笑。

1926年11月，李惠馨经邓中夏的两位秘书罗伯良与罗仲文的介绍，加入了中国共产党。

1927年4月15日，李济深在广州发动了反革命政变，李启汉等共产党人被杀害。邓中夏与李惠馨闻此噩耗，悲痛不已，邓中夏挥泪写下了《无产阶级英勇战士李森同志的牺牲》一文，以示悼念。

3

1928年5月上旬，邓中夏告别怀孕的妻子，趁着黑夜，与几个同志从上海乘小舢板出吴淞口，上了一艘苏联货船"基辅号"，他们躲在船舱底下，经海参崴（今符拉迪沃斯托克）赴莫斯科，参加中共第六次全国代表大会的筹备工作。到达莫斯科后，寓居特维尔斯卡娅大街团结旅馆。6月9日，邓中夏与周恩来、张国焘、瞿秋白等部分中共领导人赴莫斯科民房大楼，受到斯大林的接见。6月18日，他们出席了在莫斯科近郊五一村召开的中国共产党第六次全国代表大会。会后，邓中夏留驻莫斯科任中华全国总工会驻赤色职工国际代表。

8月中旬，李惠馨在上海生下了儿子。这是邓中夏与李惠馨的第二个儿子。他们的第一个儿子生下不久就夭折了。

在莫斯科的邓中夏盼着妻子早点前往莫斯科。听说1929年1月底2月初,李惠馨将要带着他们的儿子前往莫斯科,邓中夏是多么高兴啊,天天数着日子等待着妻儿的到来。

1929年1月,在中共中央的安排下,李惠馨带着5个多月大的儿子,秘密越过满洲里封锁线,进入苏联境内。对于李惠馨来说,这趟行程太辛苦了,大约一个月的时间,她抱着儿子,一路舟车劳顿才到达莫斯科。

1929年的除夕前一天,也就是2月8日,李惠馨乘坐的火车终于抵达了莫斯科。邓中夏早早地就等在了火车站,火车一停门一开,邓中夏就冲上火车,看到李惠馨抱着儿子,跑过去从妻子手中抱过儿子。5个月大的儿子被吓得往妈妈怀里躲,邓中夏不管儿子愿不愿意,抱过来一个劲儿地亲着儿子的小脸蛋,吓得儿子都哭了。邓中夏对李惠馨说:"天天盼着这一天,你们终于到了。"

一家三口重逢,邓中夏高兴得忙前忙后。他们入住莫斯科高尔基大街陆克斯大厦的二层小楼内。邓中夏给孩子取名邓钢,希望儿子长大如钢铁一般坚强。邓中夏的秘书兼英语翻译冀朝鼎管孩子叫斯提尔·邓(Steel Deng)。邓中夏抱着儿子,带着妻子串门,他任赤色职工国际的代表,也是中国共产党驻共产国际的代表,常驻莫斯科。

李惠馨来到莫斯科的第三天(2月10日)就是中国的大年初一,在这个祥和的日子里,邓中夏想留下一家三口的幸福时光。于是，他带着妻儿来到莫斯科的一家照相馆，拍了一张团圆照。邓中夏坐着抱着儿子，李惠馨站在丈夫的后面。这是他们唯一的一张全家照，邓中夏特别喜欢，洗了许多张，分送给中共代表团的很多人，也送给了当时在莫斯科的周恩来。

邓中夏在莫斯科与妻子、孩子的合影

说起这张照片，有着一段不平凡的故事。邓中夏与李惠馨先后回国，不久又先后被捕。邓中夏牺牲，李惠馨大难不死，出了监狱，但丢失了所有的东西，包括这张照片。1937年，李惠馨到了延安，见到久别的战友们，她也去看望了周恩来夫妇，邓颖超大姐看到李惠馨非常高兴，就从箱子底下找出当年邓中夏送给他们的这张全家照，对李惠馨说："小妹，这是中夏同志在苏联送给我们的，我们带着这张照片一起经过了长征。你们经历了牢狱之灾，想来这张照片也丢了。"李惠馨接过照片，看着已经牺牲的丈夫邓中夏，还有下落不明的儿子，再也控制不住，泪如雨下。一家三口，就剩下她一个人了，李惠馨怎能不哭呢。从此，李惠馨视这张照片如无价之宝，想丈夫和儿子时，就拿出来看看，后来，她带着这张照片到太行前线，日军大扫荡时，她从死人堆里爬了出来，随身携带的所有资料全部丢失了，但这张照片没有丢，她把这张照片放在内衣口袋里，贴在自己的胸口上，方保存了下来。在这张照片的背面，李惠馨写下了一行俄文："只给无所畏惧的男人。"在李惠馨的心中，邓中夏是个无所畏惧的男人。这张特别珍贵的照片一直保留至今，陈列在雨花台烈士纪念馆内。

我们再继续讲述邓中夏夫妇在莫斯科的故事。

春节后，组织上安排李惠馨到莫斯科东方大学学习，儿子上了幼儿园。邓中夏很爱孩子，只要有时间他就去幼儿园接孩子，有时夫妇俩一起去接孩子。这段时间是邓中夏夫妇一生中最幸福快乐的时光。几十年后，李惠馨回忆："在苏联，他忙得很，但每天我从学校回来，他都来学校的大门口等着我，我们一起穿过公园，肩并肩，手拉手地走回家。那时，他穿一双长筒皮靴，走起路来帅得很，神着呢。如果是我在家，只要听到他的脚步声，我就会跑过去迎接他。那种快乐，无法形容。"

每次邓中夏接到妻子，两人十指相扣穿过莫斯科的大街小巷，一路上各自讲述这天的工作与学习。来到幼儿园，接上孩子，邓中夏抱着孩子，李惠馨挽着中夏的胳膊再穿过那竖有巨大A字的城市花园，从城市花园里传出的悠扬琴声，让这对中国夫妇陶醉其中。妻子说："莫斯科的傍晚好美丽、好宁静啊！"丈夫说："这也许是我们生命中最祥和快乐的一段时光。"丈夫接着说，"我写的文章得了好多好多的稿费，或许是对我们这些外国人的照顾吧，比苏联本地人的稿费高出许多。"妻子调侃地说："难怪你今天这么高兴呢，那怎么用这些钱呢？"丈夫说："我们把这笔钱捐给苏联红军吧，资助他们买飞机，支援第一个社会主义国家的国防建设，你说好吗？""好呀，我同意，我双手赞成。苏联对我们这些外国人照顾得很好。"

这段时间，邓中夏在莫斯科出版的《赤色职工国际》月刊上先后发表了《上海新兴的黄色工会》《组织中国农村工会问题》《一九二八年之中国职工运动》等多篇文章，因此，得到不少稿费。

此时，他们住在莫斯科郊外的乡下，邓中夏正在写《中国职工运动简史》，每天写得很晚，写累了，第二天他们会带着孩子爬山，也去大森林里捉迷藏。正如邓中夏所说，这段时间是他们夫妇生命中最美好的一段时光。

4

1930年6月25日,国内的向忠发写信给在莫斯科的周恩来,让邓中夏、瞿秋白等人尽快回国。

7月初的一天,邓中夏回到家,把这一情况告诉了妻子,并说因为孩子,不便一起行动,让李惠馨暂时留在苏联。李惠馨听后,非常难过,她很想与丈夫一起回国。关于把妻子留在苏联的决定,邓中夏也感到遗憾。虽然不情愿,但他坚决执行党组织的决定。

几天后的一个深夜,邓中夏告别妻儿,告别莫斯科,与陆定一、余飞、陈修良等人一同离开了苏联。

他们四人从莫斯科乘火车到海参崴,因为没有护照,被安排在中苏边界苏方一侧的一座小房子里,一直等到对面的火车启动前半小时,他们分成两组,邓中夏与陆定一,余飞与陈修良,前后走出小房子。好在边境上没遇上巡逻哨,他们安然过境,到绥芬河车站后,立即买票上车,经哈尔滨、长春到达大连。在大连,两组人又会合在一个旅馆里,因为没有去上海的客轮,他们上了一条货船,四个人挤在货船中的大舱里。

一路上,邓中夏除了思考即将面对的国内工作,就是思念着留在莫斯科的妻儿,期盼着妻子早日回国。在回国前,夫妇二人商量着儿子的去留问题。此时,李惠馨正怀着孩子,为了孩子们的安全，也为了革命，邓中夏建议把他们的孩子留在苏联。可是李惠馨哪舍得把儿子留在异国他乡呢，邓中夏劝说妻子："带孩子回国不行，我们回国后随时都会有生命危险，把孩子留在苏联可以过着安静的生活，我们也可以安心地革命。"李惠馨觉得丈夫说得有道理，遂决定回国时把孩子留在苏联。

他们一路安全地到了上海，邓中夏与同行人挥手告别，各自踏上了征程。

回到上海后的邓中夏，担任中华全国总工会党团成员兼宣传部长。8月底，周恩来代表中央总行动委员会主席团与邓中夏谈话，委派他担任中央代表，去湘鄂西苏区担任特委书记兼红二军团政治委员、前敌委员会书记。周恩来对邓中夏说，湘鄂西地处中原咽喉，凭临长江天险，扼九省水陆交通枢纽，在军事上，可以控制长江中游，直接威胁武汉三镇，是一块重要的根据地，希望他到湘鄂西能充分发挥作用。邓中夏听后深感自己肩上的重任。

9月1日，邓中夏化装成生意人离开了上海，水陆兼程，于9月3日到达武汉，9月10日又离开武汉前往洪湖苏区。

此时，正是党中央推行"立三路线"时期，中央命令红二军团离开湘鄂西根据地南下，援助中央红军攻打长沙。

红二军团进攻监利未能攻克，后转至普济观。在"左"倾路线影响下，红二军团连遭挫败，士气低落。邓中夏通过调查研究，认为红二军团进攻监利和沙市受挫后，再向武汉进军，显然是冒险行动。因此,他"当即派人飞至传达,每日一函",在几天内连续给红二军团负责同志写了4封信,"嘱其将军队调回,先集中洪湖附近,俟开军事会议后"再确定军队的下一步行动。同时,他如实地向长江局和中共中央报告,红二军团奉命进攻武汉,"惟据我观察,第二军团是否能担此重任,尚是问题,因其战斗能力实属有限,从上次进攻监利失败、此次进攻沙市无功可证"。

邓中夏因在莫斯科反对过王明,因而遭到王明等人的残酷打击,指责邓中夏犯了"立三路线"的错误,又说他在莫斯科曾"反对过国际路线",将邓中夏在湘鄂西苏区所担任的一切领导职务全部撤销,并令其赴上海做检查。

1931年12月下旬,在一个余姓交通员的护送下,邓中夏从周老嘴南头的小河边登船,抱病离开战斗一年多的洪湖苏区,赴上海听候中央对他的处理。1932年1月中旬,邓中夏经武汉、芜湖、南京等地辗转到达上海。

此时的李惠馨也在上海。

李惠馨于1930年11月离开莫斯科回国。她按照邓中夏的意见,将刚刚出生的儿子和两岁多的邓钢留在了莫斯科。将儿子们留在国外,李惠馨的心里是不好受的,但即将与丈夫团聚给了她巨大的安慰。

李惠馨回到上海后,在中共中央备用的最机密、最隐蔽的无线电台工作。邓中夏一回上海就病倒了,按党组织规定,邓中夏与李惠馨是分开住的。看着病中的丈夫,李惠馨要求和邓中夏住在一起,照顾他的生活。组织上的一个同志不同意,对她说:"不行,邓中夏犯了路线错误。"李惠馨并没有因为组织不同意而放弃,继续向组织申诉:"只要邓中夏还是共产党员,他就是我的丈夫,我就要和他一起生活。"

李惠馨的要求组织最终答应了,但她也被调离党的情报机关,到一家日本纱厂做学徒工,月工钱7块钱。再穷再苦没有关系,与丈夫生活在一起,李惠馨的心里得到了些许安慰。

1932年,邓中夏在上海度过了他一生中最艰难的岁月。王明等人既不及时对他做审查结论,又不分配他工作,连生活费也不发。恰逢此时,他又患疟疾,贫病交织,只能依靠李惠馨的一点微薄工资维持着他们最基本的生活。他们住在上海一间非常简陋的房子里,每月房租3块钱,剩下的4块钱是他们一个月的全部开销。大多时候,他们以几把米一锅粥维持着两人的生计。

邓中夏不忍心让李惠馨一个人承担生活的开支,身体稍好一点,他就去码头、车站等地做搬运工。大多时候,他主动承担起家里的全部家务,每天天不亮起床,生火做饭,然后上街买些最便宜的菜,回家洗衣,做好饭等着妻子回来。而李惠馨呢,每天天不亮就出门,天完全黑了下来才回到家。12小时的做工,走出厂门,趁着天黑,她还要为党组织送信。回家的路上,她常常昏昏沉沉,直想睡觉。

邓中夏不会做家务，每件事情都要做好长时间，还做不好，常常累得满头大汗，精疲力竭，等他做好了饭，天也黑了。妻子回来了，看着丈夫做好了饭，她什么也不想吃，连丈夫倒好的水也不想喝一口，就想上床睡个好觉。而邓中夏，一定要妻子吃些饭再睡觉，难得有些小荤，自己是不下筷子的。

李惠馨看着这一切，心里说不出的悲凉，但更多的是感动。自己的丈夫，一个举人的公子，一个北大的学子，为了自己，竟然学会了做饭。

有一天，上海街头已是灯红酒绿，李惠馨转进了一条幽暗的巷子，推开破旧的家门，看见丈夫面色紫红，咬着牙，扶着一张凳子正在小炉子边做饭，屋子里还晾着几件刚洗过的衣服。李惠馨的泪水顺着她那疲劳憔悴的脸流了下来，她晓得，丈夫的疟疾又犯了，她用衣袖擦干泪水，急走几步来到丈夫身边，让丈夫趴在她那瘦弱的肩上，一步一步地把丈夫挪到床边，让他坐下，又扶着他轻轻躺下。转过身，她那忍着的泪水终于流了下来，丈夫看到了，强挤出一丝不自然的笑意说："妹妹，你这次到工厂的最下层工作，可以接近群众了，可以得到更大的锻炼和考验，虽然艰苦一些，但我还是很高兴的。"

李惠馨在日本人的工厂做学徒工很勤快，没日没夜地干活，很快，她的技术熟练了，也由学徒工转正，薪水涨到了每月15元。

第一次拿回来15元，夫妇俩笑得像两个孩子，苦难中难得露出笑容。李惠馨说:"我们快有孩子了,正需要这份工钱,现在也可以吃点荤菜了。"邓中夏觉得对不起李惠馨,好在薪水多了一倍,也可以给妻子做些好吃的补充些营养。李惠馨的肚子越来越大,快要让人看出来了。工厂有个规定,女工不得怀孩子,不然就要被开除。李惠馨不能没有这份工作,所以,她整天担惊受怕,加上每天从早到晚地干活,又没有营养,导致早产了。生孩子时,她昏迷了三天三夜。

邓中夏守着李惠馨三天三夜。这天,李惠馨终于睁开了眼睛,看着邓中夏瘦削的脸,知道丈夫受苦了。她拉着丈夫的手,用微弱的声音说:"孩子,我们的孩子,男孩,还是女孩?我想看看孩子。"

邓中夏的眼光立即暗淡了下来,随后移向了别处。李惠馨感觉到了不祥,紧紧抓住丈夫的手,带着颤抖的声音说:"我想看看孩子。"邓中夏把眼睛移向了李惠馨,看着她的眼睛低声说:"妹妹,你,你不要难受,孩子,孩子……没了。"

憋了好久的李惠馨一下子崩溃了,大哭起来。邓中夏抚着妻子凌乱的头发说:"妹妹,孩子没了,我也很难过。但我们是革命者,为了革命成功,就是要吃尽这世间的苦啊,我们不能被这暂时的痛苦打倒。"李惠馨把头埋进了被子。邓中夏看着妻子痛苦不已,又说:"我们都是党的战士,不能为了个人的小爱而放弃大爱啊,如果党需要,我们要把自己的一切都交出去,因此,我们要立即恢复往日的生活投入革命工作。"李惠馨不想让丈夫难受,止住了泪,说:"我知道,我们不应该为了自己个人的感情而影响革命工作。"

其实,他们的这个小儿子并没有死,邓中夏趁着妻子昏迷时送给别人了,他们实在没有精力与经济来养活孩子。等李惠馨从痛苦中走出来时,邓中夏把实情告诉了她。

李惠馨没想到儿子还活着,急切地问中夏:"送给谁了?现在在哪里?"邓中夏怕节外生枝,也怕妻子想念,就说:"妹妹,我们现在只有这一些钱,要先救济没饭吃的同志们,顾不了孩子。我们要割爱,要为革命割骨肉之爱,也为了孩子好,我才把他送给能养活孩子的人去养他。"

李惠馨懂丈夫,知道丈夫用心良苦,自己难受还在安慰她。本想吵一架的李惠馨看着中夏那心事重重的脸,叹了口气,不再问孩子的事了。

几个月后,邓中夏接到党组织通知,去谈他的工作问题。邓中夏很高兴,李惠馨也替丈夫高兴,这么多天,邓中夏无工作可做,像个失群的大雁,孤独而痛苦。他多么渴望组织分配他工作啊。

李惠馨下班回到家,等着丈夫,她为丈夫高兴,想立即知道组织分配什么工作给丈夫。

等来的消息是,让他去中共沪东区委宣传部刻蜡版,办油印小报《前锋》。

李惠馨沉默了。邓中夏是中国共产党创建时期的重要领导人，是中国工人运动的开拓者和杰出的工人运动领袖。1927年6月26日上午，以陈延年为书记的中共江苏省委在上海成立，省委机关遭到敌人破坏，3名省委委员被捕，陈延年与郭伯和牺牲，代理省委书记赵世炎很快也被捕牺牲。危难时刻，邓中夏出任江苏省委书记，在不到半年的时间里，使江苏成为大革命失败后党的组织和工人运动恢复最快、工作成绩最大的地方。1927年8月，邓中夏参加党的八七会议，被选为临时中央政治局候补委员。次年1月，邓中夏又被中共中央任命为广东省委书记，当时，广州起义失败的阴霾还笼罩在党内外，邓中夏力挽狂澜，迅速扭转了局面。5月，他到达苏联，在莫斯科筹备召开党的六大，留在莫斯科两年，担任中共驻共产国际代表团成员和中华全国总工会驻赤色职工国际代表，为国际共产主义运动和国际工人运动的发展，特别是为加强中国工会与国际工会的联系做出了贡献。现在却沦为一个办油印小报的人。

邓中夏却没有意见，他安慰着妻子。

第二天清晨，他走进中共沪东区委宣传部的办公室，趴在桌上，拿着一支铁笔，在蜡纸上吃力地一个字一个字地刻着，一坐就是一天。天黑了，他才离开办公室走回家。

邓中夏的具体工作是与匡亚明办油印小报《前锋》。区委书记陈伯明是个"左"倾教条主义者，处处以"百分之百的革命派"自居，他把邓中夏作为右倾机会主义分子对待，对邓中夏极不尊重。几十年后,匡亚明回忆:"中夏同志是中国共产党最早的党员之一,很早就是党的中央委员,一直担负党的重要工作。1927年大革命失败后,他担任中共江苏省委书记时,我就认识了他。1932年在上海再次见到他时,是他遭到王明宗派主义的打击、在苏区被撤销了一切领导职务、被当作机会主义者来对待的时候,但他依旧忠诚党的事业,没有一点消极悲观的影子","没有丝毫动摇他自己对无产阶级革命事业总的目标的信念","在区委编油印小报,仍是认真负责,一丝不苟","真正做到了以革命利益为第一生命,以个人利益服从革命利益","这种无产阶级的高贵品质和坚强的党性,是极其可贵的"。

即使这样,邓中夏还是把《前锋》小报办得很出色。上海党组织内的许多人都知道沪东区委宣传部有一个很会写文章的干部,纷纷到这里来求援。中共江苏省委妇女部长帅孟奇在上海开展妇女工作,写出《"三八"妇女节宣言》,感觉宣传力度不够,她听说沪东区委宣传部有位干部很善于写这类文章,就去了沪东区委找那位干部帮助修改。按事先约好的联络暗号,她上门与"那位干部"见面。相见之下,帅孟奇惊讶得张大嘴巴,一时不知说什么好。这位会写文章的干部怎么会是邓中夏呢!帅孟奇在莫斯科学习时就认识邓中夏,知道邓中夏是赤色职工国际中央执行局委员、中共驻共产国际代表,是党的高级领导干部。他怎么会在沪东区委宣传部办小报呢?帅孟奇顾不上纪律规定,问道:"中夏,你怎么到这里来了?"邓中夏看出帅孟奇吃惊的样子,笑着说:"共产党员嘛,哪里需要就到哪里。"帅孟奇不再问了,她说明来意,邓中夏一边帮助她修改文章,一边对她说:"宣传品要适合宣传的对象,要有鼓动性,内容要生动活泼。女工中有许多童工,她们对长篇大论的文章不感兴趣,也看不懂,应该针对童工爱唱歌谣的特点,编写一些好背、好听、好懂的歌谣。"说着,他顺手编了一首:

三八节,三八节,
劳动妇女大团结,
打倒日本帝国主义,
打倒汉奸卖国贼。

5

几个月后,邓中夏和李惠馨被调到党组织和外国革命者接头的机关工作。

1932年11月3日的晚上,已是深秋的上海特别寒冷。邓中夏有事要外出,他穿上外套,戴上帽子,一脚跨出门,又转过身来,对李惠馨说:"妹妹,这几天外边风声很紧,千万不要随便出去,我一会儿就回来。"李惠馨说:"一会儿我也要出去,要送一份急需翻译的外国文件。"邓中夏说:"暂时不要去了,这几天外边情况很紧张,有什么事等我回来再说。"

李惠馨看着邓中夏走出门,回头收拾碗筷,家里收拾好后,一个人坐在屋里想着:中夏为什么不让我出门呢?是心疼我,有意让我在家休息,还是真的外边有危险?如果真有什么危险,那他为什么还要出去呢?她想起自己手上的急需翻译的文件,坐立不安,看了会儿报纸,大约两个小时过去了,中夏还没有回来。她打开门,夜深了,周边一片静谧,没有任何不安全的迹象。她回到家里,穿上外套,拿起文件塞在衣服里,关上门,向着约定的地点走去。

　　当她走到圣母院路高福里,找到翻译朱仲芷,从怀里掏出文件,交给朱仲芷时,从黑暗中走出几个黑衣人,迅速向着她俩走来。李惠馨感觉不妙,转身想逃离时,已经迟了。

　　这边的邓中夏办完事,立即往回走,进了家门,喊着:"妹妹,妹妹,我回来了。"不见回话,再看看屋子,空空如也,哪有妻子的影子。邓中夏心里嘀咕:让你不要外出,还是去了。他躺在床上毫无睡意,等着妻子回来,左等右等,妻子还没回来。凌晨了,窗外透进一丝光亮,妻子还没回来。天完全亮了,还是不见妻子回来。邓中夏意识到,李惠馨可能出事了。他从床上爬起来,把家里的所有文件销毁,收拾些东西,穿上外衣走出家门。

　　邓中夏转移了。

　　李惠馨被捕了。

　　事情是这样的。那天晚上,由于叛徒出卖,特务蹲守在高福里周边的黑暗中,李惠馨一出现,他们立刻上前逮捕了她与朱仲芷。

审讯时,李惠馨承认,她曾是邓中夏的妻子,但邓中夏嫌她没文化,早已和她离婚了,她现在又和一位姓乐的男人结婚了。11月18日,江苏高等法院第三分院判处李惠馨3年零4个月的有期徒刑。

李惠馨被捕后,邓中夏被调到全国赤色互济总会任主任兼中共党团书记。这个职务是十分艰巨的,对于邓中夏来说,还很危险,因为邓中夏曾在上海大学任职两年,许多人都认识他,包括敌对的特务。但邓中夏绝对服从党组织的安排,接受了党中央交给他的任务。

越来越多的共产党员被捕了,全国赤色互济总会、各省市的分会及许多工厂、学校中的互济会基层组织也相继遭到破坏。如不及时营救被捕人员,他们随时有生命危险。为了加强对被捕人员的救济工作,根据组织安排,邓中夏与刘少奇妻子何宝珍(化名王芬芳)扮作夫妻,负责恢复全国赤色互济总会工作。何宝珍任总会援救部长。他们在上海复兴中路近嘉善路口的民房里建立了全国赤色互济总会第一个机关,"夫妻"两人都以教员的职业为掩护展开工作。他们四处奔波,联络旧部,恢复被敌人破坏了的赤色互济会组织并争取国际援助,也为到上海工作的同志安排生活、护送、转移,以及对被捕、遇难同志的家属进行援助等。他俩日夜奔波在上海滩。

经过邓中夏与何宝珍等人的艰苦努力,上海及各地被敌人破坏的互济会组织逐渐恢复起来了,会员人数超过了以往。各阶层中同情革命的人通过多种形式被组织起来,营救被捕同志和救济其家属。由于他们的工作强度大,范围广,很快引起了敌人的注意。"夫妻"俩一商量,在一个家门外没人转悠的夜晚,他们把机关"转移"了。新机关设在福履理路(今建国西路建业里)一家布店的楼上,这个地方与租界交界,人多路杂,比较安全。

1933年3月底的一天,何宝珍被捕了。邓中夏立即将互济总会机关转移到麦琪路178号的光华理发店楼上,然后冒着极大的风险开始营救何宝珍。

在营救何宝珍的同时,邓中夏给狱中的妻子写了一封信,委托史良律师探监,并请史律师带去他给妻子的信。信是这样写的:

妹妹:

几次托人来看你,见不着,送的东西也送不进,真把我急坏了。托史良律师来看你,你又无只字告我,心里更难过,现在又托史良律师来看你。关于你和朱姊生活上应如何得到我们的帮助,请对史良律师详细的说,以便我好照办。无论如何,请你亲笔写一信给我。我很好,耳病已经治好。

哥哥
四月二十七日

从邓中夏的信中可以看出,李惠馨被捕后,邓中夏多次托人与妻子联系,而妻子只字未回。这次李惠馨会是什么反应呢？

李惠馨接过史良手上的邓中夏信,看着看着就流泪了。她要来纸笔,给邓中夏回了一封简短的信,告诉他,由于叛徒的出卖,敌人已经知道她是邓中夏的妻子,处境非常不利,恳求丈夫千万不要到监狱来看她。原来,她不与丈夫联系,是为了丈夫的安全着想。

5月8日,邓中夏又托史良律师给妻子捎去一封信。

妹妹：

你四月二十七的信,我收到了,自从你入狱之后,到现在,已是半年了,我没有接到你半个字,今天得到这封信,你想我是多么喜悦呵！

我前后写了四封信,每逢一、四、七我都托一位女人来看你。她说只有一次见着你,那时你恰在病中,后几次则因另请人看你,她看不到你了,信和东西送不去,从此就杳无消息,我多么的挂心呵！好,现在弄清楚了,多谢岳家兄嫂常来看你,我放心了,以后一切东西都请他代送,我一定照你的话办。是否有可能：每逢一、四、七都送食物给你？这样：食物虽少,常送总比较好,新鲜些。妹妹,有可能吗？请告诉我,如每逢一、四、七可送东西,则一月可送十二回。每次送的东西以哪几样为最适合？我经济困难,每月五元是出得起的。衣物按寒暑另送,为切合你的牢狱生活,我当托他们买暗色的布料做好送来。

妹妹,你既然和朱姊住在一块,是学英文的好机会,切不可放过。每天应常常学习,不可偷懒。我已把《英文津逮》和英文字典送来,这样学下去,等你出来,一定可以把英文学好呢!我打算还替你选购一批书籍寄来,你要知道,监狱是极好的研究室呀,每天读书又可以消却寂寞烦恼。我很好,你嘱咐我的话,我当时时记在心头。最不幸是平儿和宝姐,都病了,都进了医院,家中生病的近来很多,最痛心的是族里的败家子如像云成等(注:"平儿"即黄平,"宝姐"即何宝珍。"进医院",指被捕。"族里",指党内。"云成",即王云程,从苏联回国后,担任中华全国总工会组织部长、青年团中央书记时被捕叛变),他们狂嫖浪赌,向家吵闹。也好,这些败家之子,赶出去好,家道可以兴旺。妹妹,父亲知道你的消息吗?你没有写信回家吗?如父母不知道还是不告知他们的好,如已知道,我写信去。朱姊家中平安吗?可告知我,以便商议你们的问题。

慧妹是不是仍在同德医学院念书?亦请告知我,我有不少的话要说,有机会再谈吧!

即此,祝你健康!

哥哥书

邓中夏的这封信给了在狱中的李惠馨很大的鼓舞,也鼓励着同狱的难友。他们立即行动起来,安排学习计划。

妻子在狱中,邓中夏的生活常常陷入窘境。多年后,据南京大学历史系教授胡允恭回忆,1933年春天,他在上海浦东遇到邓中夏,当时邓中夏穿得衣衫破旧。邓中夏告诉他:"经济很困难,有时弄得没饭吃,当搬运工人。"胡允恭提醒中夏:"上海一定有很多反动分子认识你,码头你不能立足,须得仔细。"就是在这样的艰难环境下,邓中夏依然乐观地工作和生活着。

6

1933年5月15日,这天是星期一,在外忙碌了一天的邓中夏回到自己的小屋里简单地吃了点饭,等着暮色四合,华灯初上时,他离开自己的住处,步行来到大街上。霓虹灯依旧闪烁着,人们穿行在光影中,沪上的夜生活刚刚开始。邓中夏走到法租界环龙路骏德里时,脚步停了下来,左右看了看,走向一个卖烟小贩处,用他那浓郁的湖南口音问小贩,这里是不是骏德里,得到回答后,他又四处望了望,确定没有可疑人员时,向着37号走去。他来到二楼亭子间,这里住着新任的互济会援救部长林素琴,今晚他要与她研究营救被捕人员的计划。

邓中夏哪里知道,林素琴的活动已经被叛徒密告给法租界巡捕房。此时,巡捕房已在林素琴住处周边布置了暗探,监视与林素琴来往的人员。邓中夏到林素琴处后不久，大批巡捕、暗探悄然来到骏德里37号，将邓中夏与林素琴逮捕，并在屋内搜出许多革命书刊、党的文件、油印传单及各地监狱人员致互济会信件等。

特务立即将邓中夏和林素琴带回嵩山路巡捕房，邓中夏说自己叫施义，在湖南江华当小学教员，来上海访友。

邓中夏被捕的第二天，在狱中的李惠馨得知了丈夫被捕的消息。那天，同狱里的几个同志被提去受审，在候审室里遇到了邓中夏，见他裸露的身上布满了红肿青紫的伤痕。回到牢房，同志们就把看到的情景告诉了李惠馨，同志们还向李惠馨转告了邓中夏的话。邓中夏让她设法找一个能救他出狱的社会关系。在敌人没有掌握证据的情况下，只要有人证明担保，是有希望出狱的。但是，李惠馨入狱已经半年了，事先准备好的唯一的社会关系，已在她受审时用过了。她为丈夫着急，苦思冥想也找不到任何一个可用的社会关系了。她托狱中难友们想办法，可也无济于事。

邓中夏当晚托人带了封信给互济会的律师史良，信中提到"我因冤枉被捕，请史良律师速来巡捕房和我见面"，具名施义。史良接信后，立即去嵩山路巡捕房，并用三块大洋支走了巡捕，邓中夏对史律师说："我担任重要工作，请设法营救。"邓中夏虽没有说出自己的真实身份，但以十分信任的态度相托，这让史良十分感动。她问邓中夏："可有什么证据落在他们手里？"邓中夏说："没有，只是走错了房屋，才被错捕的。"史良说："这个案子我接了，你在法庭传讯时务必什么都不要承认。"邓中夏点头感谢。

史良深感责任重大，请了自己的老师、上海著名律师董康一起承办此案。他们分析后一致认为，当前最重要的是，不能让国民党当局把人弄走。

5月16日，设在法租界的江苏省高等法院第三分院开庭审讯施义。史良和董康都出了庭。上海市公安局派人来要求把施义引渡到上海市公安局，由该局处理。史良律师表示坚决反对，当天未作裁定。

邓中夏被捕后，互济会这边立即展开了多方面的营救活动，除了请唐豪等名律师为他辩护外，还将这一消息报告给了中国民权保障同盟主席宋庆龄，请她设法营救。宋庆龄不负重托，约史良到自己家里，和她商量如何营救邓中夏，特别嘱咐不能将他引渡到南京。

5月23日，"高三分院"第二次开庭。史良和唐豪律师出庭，事先史良做了巡捕房律师顾守熙的工作，请他也反对引渡。开庭时，上海市公安局拿出了正式公文，要求把施义和林素琴都引渡到上海市公安局审理。史良和唐豪再次表示反对，并驳斥了公安局的无理要求，顾守熙也表示反对引渡施义。于是，法庭作出对施义"不准移提"的裁定。遗憾的是，法庭作出了将林素琴移交上海市公安局的裁定。

为了营救邓中夏出狱，党组织做了不少工作，花费了大量的金钱。法院最后判处了邓中夏52天的徒刑。邓中夏一天天地数着日子,离刑满释放还有19天时,林素琴叛变了。

林素琴被引渡后,由上海市公安局交给了国民党特务机关"中央党务调查科",在老牌特务顾建中的威逼利诱下,林素琴不但承认了自己的身份,而且供出施义就是中共中央委员邓中夏,曾在湘鄂西苏区担任过红二军团政委等职。不仅如此,她还供出了去年被捕的李惠馨就是邓中夏的妻子。

为了确认林素琴的供词是否属实,"高三分院"决定提审李惠馨与施义当场对证。

7月26日早晨8时,狱中的李惠馨被告知要提审她。这突然的告知让李惠馨紧张得不知所措,她在心里快速地判断着重新审她的原因:法庭已经判我3年零4个月的有期徒刑,现在为什么又突然叫我上庭呢?和我有瓜葛的案子只有中夏,还有与我同时被捕的朱翻译。很有可能,是中夏的事,他是不是被人出卖了?如果是,让我出庭就是要与中夏对证。在法庭上我已说过,我与邓中夏早已离婚了。有可能敌人没有抓到中夏的真凭实据,要我去对质他就是邓中夏。如果是这样,只要我死不承认他是邓中夏,他就有得救的可能。想到这里,李惠馨的心稍稍地安静了下来。她又想:如果真是与中夏庭上对证,我在见到中夏的那一刻,肯定激动,那一定会被敌人看出来的。这么一想,李惠馨克制着自己的感情,告诉自己,如果见到中夏一定要"无动于衷"。

就在她思来想去时,牢门打开了,狱警押着她直奔法庭,李惠馨被带到审判员的面前。

审判员看看她,严厉地说:"叫你来,是想让你认一个人,这个人是你原来的丈夫邓中夏。"

李惠馨心里一惊:果然是。那我马上就要见到中夏了。她这么想着,又听到审判员说:"这事,对你也有很大的好处,如果说了实话,证明他就是邓中夏,就可以提前放你出去。"李惠馨看了看审判员说:"认得就认得,不认得也不能乱说。"审判员说:"好,好,你认认看。来人,先把她带到隔壁的候审室去。"

李惠馨被带到旁边的一个小屋里,她抬头看看四周,只见前方有一个小窗,她走过去,把头从窗户里探出去,能看见下边看守所的大门。正在她张望时,就看见狱警押着一个人来了。她的心一下子狂跳起来,中夏,是中夏。她不由自主地全身颤抖起来,脑袋一阵眩晕,泪水就流了出来。她想放声大哭,但不能。中夏走近了,他瘦了许多,好像被用刑了。李惠馨忍不住抽泣起来。突然,她止住了哭:我不能这样,我不能这样,如果被狱警看到,不是告诉他们中夏是自己的丈夫嘛;如果在法庭上被审判员看出蛛丝马迹,不也告诉审判员这个人就是邓中夏嘛;不是告诉敌人,她与他没有离婚嘛。想到这里,李惠馨用袖子擦着自己的眼泪,一边擦一边哭,根本擦不干,全身还在哆嗦。

忽然,她听到外面有动静了,中夏被押来了。但她的泪水还在往外流,根本控制不住。这怎么办呢?在这关键时刻,她突然想起中夏平日里跟她说的话：我们都是党的战士，不能为了个人的小爱而放弃大爱，如果党需要，我们要把自己的一切都交出去。李惠馨意识到，她现在这种感情外露是非常危险的，任其泛滥会把丈夫出卖给敌人。如果中夏为了她的这种感情而牺牲，那她就是一个叛徒，就是害死丈夫的叛徒。这么一想，李惠馨平静了下来，脑子也清醒了。她又用袖子擦干眼泪，这回该死的泪水不再出来了。

李惠馨平静下来了。大约十多分钟后，狱警开门了，把她带上了法庭。

有一份当年审讯李惠馨与邓中夏的原始笔录，审判员是推事郭德彰，我们来看看这份原始审讯笔录：

郭德彰：姓名？年龄？哪里人？

李惠馨：李英，24岁，湖南江华人。

郭德彰：你因为什么案子被捕？

李惠馨：共产嫌疑。

郭德彰：几时进监狱？

李惠馨：11月3日被捕的。

郭德彰：在什么地方被捕？

李惠馨：圣母院路高福里。

郭德彰：判几年？

李惠馨：3年4个月。

郭德彰：执行多久了？

李惠馨：8个月1天了。

郭德彰：你对共产党有什么感觉？

李惠馨：没有什么，一个姓周的利用我，我被他害的。

郭德彰：你加入共党很久了。

李惠馨：没有。

郭德彰：你因为嫁丈夫的关系加入了共产党关系？

李惠馨：是的，我自己不是党员。

郭德彰：先嫁谁呢？

李惠馨：姓邓，名中夏。

郭德彰：后来嫁的丈夫是什么人？

李惠馨：罗小华，是宁波人，做工的。

郭德彰：哪一个丈夫是共产党呢？

李惠馨：姓邓的。

郭德彰：你几时嫁邓中夏呢？

李惠馨：1928年。1929年脱离了。

郭德彰：他不是派你到莫斯科去的嘛。

李惠馨：不是他派去的，是一个男人姓什么，忘记了。

郭德彰：邓中夏到莫斯科去了？

李惠馨：他先去的，在广东一直去的。

郭德彰：谁先回来？

李惠馨：他先回来。

郭德彰：他回来做什么事？

李惠馨：不知道。

郭德彰：你回来做什么事？

李惠馨：没有做事。

郭德彰：他没有到莫斯科之前做什么事？

李惠馨：他没有告诉我过，他们工作秘密的。

郭德彰：他是中国共产党中央委员？

李惠馨：不知道。

郭德彰：邓中夏哪里人？

李惠馨：湖南宜漳[章]人。

郭德彰：宜漳[章]离江华有多远？

李惠馨：不知道。

郭德彰：你同他结婚有证婚人没有？

李惠馨：有媒人。是罗杜云，女的。他同我父亲和邓中夏是熟人。

郭德彰：邓中夏对外用什么名字？

李惠馨：邓中夏。

郭德彰：你常同他见面？

李惠馨：没有。

郭德彰：他有多大年纪？

李惠馨:结婚时他33岁了。

郭德彰:他怎么一个人?

李惠馨:圆脸。不高不大。

郭德彰:说话口音呢?

李惠馨:同我一样。

郭德彰:他到上海住什么地方?

李惠馨:不知道。

郭德彰:他平常对人说、做什么事?

李惠馨:在广东是公开的。

郭德彰:后来他说、做什么事?

李惠馨:他到莫斯科去了。

郭德彰:他几时回来的?

李惠馨:1929年。

郭德彰:他回来做什么事?

李惠馨:没有见过面。

郭德彰:你看这相片是什么人,是邓中夏吗?

李惠馨:他眉毛短短的,没有胡须的,耳朵短短的,须长长的。

郭德彰:眼睛鼻子嘴巴呢?

李惠馨:记不清楚了。

郭德彰:他面上有什么记号没有?

李惠馨:记不清楚了。

郭德彰:你看他面上有一个痣?

李惠馨:忘了。

郭德彰:你现在做什么事?

李惠馨:主任看守叫我写写犯人名字,洒洒药酒,现在不做了,叫我翻译俄文。

郭德彰:你同邓中夏结婚后养过小孩没有?

李惠馨:在莫斯科生过一个小孩,死了。

郭德彰:你几时回国的?

李惠馨:1930年。

郭德彰:你在莫斯科什么学校?

李惠馨:中山大学。

郭德彰:你学什么科?

李惠馨:学中文。

郭德彰:你去求学用费归谁出呢?

李惠馨:学校里的。

郭德彰:邓中夏到上海住什么地方?

李惠馨:不晓得。

郭德彰:林素琴又叫杜月英,你认识这个人吗?

李惠馨:不认识。

郭德彰:她后来同邓中夏一起做事?

李惠馨:不晓得。

郭德彰:邓中夏从前在上海常姘女人?

李惠馨:没有的。

郭德彰:他同你夫妻存在时,他那时女朋友多不多?

李惠馨:那时没有,后来他走了不知道。

郭德彰:你在上海未被捕时遇到他过吗?

李惠馨:没有。

郭德彰:江华离宜漳[章]有多远?

李惠馨:不知道。

郭德彰:你父母现在呢?

李惠馨:在家里。

郭德彰:你犯案你父母知道吗?

李惠馨:我写信回去告诉他们过。

郭德彰:你父母有多大年纪?

李惠馨:50多岁,现在家教书。

郭德彰:你有兄弟姐妹吗?

李惠馨:一个阿姊,两个兄弟,哥哥30岁,姊姊27岁,弟弟在家读书。

郭德彰:你同邓中夏结婚,你父母知道吗?

李惠馨:我写信回去的。

郭德彰:你认识邓中夏,你父母知道吗?

李惠馨:我写信说过的。

郭德彰:邓中夏也知道你父母?

李惠馨:知道的。

郭德彰:你同邓中夏离婚了没有?

李惠馨:我在学校里不是党员,读书不大认识字,他写信给我说,我这样子根本不能做夫妻,就此不往来了。

郭德彰:你们结婚有举行仪式没有?

李惠馨:没有举行仪式。

郭德彰:你后来嫁的丈夫姓罗的人呢?

李惠馨:宁波人,亦死了。

郭德彰:你如果看见这人能认识吗?

李惠馨:看见认识就说认识,不认识就说不认识。

郭德彰:他说他姓施名义?

李惠馨:没有讲过。

(推事命狱警带李英离庭。提施义入庭。)

郭德彰:你这次从哪里来?

邓中夏:由家到南京下关宾东旅馆两天。

郭德彰:现在本院去南京调查说,下关没有宾东旅馆。

邓中夏:有的。

郭德彰:你到上海住什么地方?

邓中夏:蒲石路218号。

郭德彰:姓梅的不认识你。

邓中夏:他不认识我。

郭德彰:你哪里人?

邓中夏:湖南江华。

郭德彰:宜漳[章]人吧。

邓中夏:不是的。

郭德彰:家里有什么人?

邓中夏:妻子。

郭德彰:有儿女没有?

邓中夏:没有。

郭德彰:你女人姓什么?

邓中夏:姓李。

郭德彰:结婚几年了?

邓中夏:3年。

郭德彰:女的哪里人?

邓中夏:同乡。

郭德彰:几岁?

邓中夏:30岁。

郭德彰:你女人叫什么名字?

邓中夏:没有名字。

郭德彰:你岳家叫什么名字?

邓中夏:李天值。

郭德彰:你女人家有什么人?

邓中夏:只有一个老母。

郭德彰:你岳母姓什么?

邓中夏:姓杨。

郭德彰:你家住什么地方?

邓中夏:江华南乡施家村,离城30里,岳家住莱水。

郭德彰:你女人叫李英吗?

邓中夏:不是的。

郭德彰:你到莫斯科去过?

邓中夏:没有。

郭德彰:你在莫斯科结婚的?

邓中夏:不知道,没有的。

郭德彰:你不是邓中夏吗?

邓中夏:不晓得,我叫施——义。

郭德彰:林素琴说你叫邓中夏。

邓中夏:我叫施义。

郭德彰:你不是住理发馆楼上吗?

邓中夏:没有。

(推事命提李英入庭。)

李惠馨又被带上法庭。她看到邓中夏站在靠窗户一边,真想好好看看丈夫,但她不敢看。

推事问李惠馨:李英,你看这人是否邓中夏?

听到推事的话,李惠馨抬起头来盯着中夏仔细看,她看到丈夫右侧额头上一块伤疤,往外渗着血水,憔悴消瘦的脸很平静。她又看到中夏的手腕有伤痕,李英心里一阵悲痛,心脏又狂跳起来,她在心里骂自己:这样会害死中夏的。这么想着,瞬间就镇静了下来。她把视线从中夏身上移开,转向推事说:邓中夏没有这么高,不大像。

郭德彰:你家在什么地方?

李惠馨:季头浦。

郭德彰:哪一乡?

李惠馨:南乡。

郭德彰:离县城有多远?

李惠馨:有80里。

郭德彰:你父亲名叫什么?

李惠馨:李镇。

郭德彰:他号什么?

李惠馨:没有的。

郭德彰:你不认识他(指邓中夏),他口音同你一样的。

李惠馨:不认识他。

郭德彰：他就是邓中夏呢。

李惠馨：不是他，我说的邓中夏比这人矮一两寸。

郭德彰：邓中夏是怎么样的人？

李惠馨：比这个人矮，耳朵比这人小，眼睛突出的。

推事转过头来问邓中夏：你认识这女子吗？

邓中夏：不认识她，我老婆是乡下人。

郭德彰：你上海没有另外住址？

邓中夏：没有。

推事很失望地宣布退庭。推事与书记员等挟着公文包离开了法庭。

这是江苏高等法院第三分院刑庭于民国二十二年七月二十六日的审讯笔录。

在看这个审讯笔录时，我们的心是提着的，可谓惊心动魄。推事反复问讯，回答稍有差错，邓中夏与李惠馨将陷入深渊。

狱警上庭分别带着邓中夏与李惠馨离开了法庭，走到候审室的走廊时，狱警看着推事走远了，丢下他俩，去屋里吸烟了。一个三堂会审，把这些狱警憋死了。这会儿他们迫切需要抽烟，他们在屋里一边抽烟一边聊天，一根烟抽完不过瘾，又互敬了一根。

走廊上只剩下邓中夏与李惠馨，两人距离不过几米远，可不能说话，咫尺天涯。两人深情地凝视着对方，所有的语言都在这凝视中。此刻，他们读懂彼此，李惠馨从邓中夏明亮的眸子里看到了坚定与力量，还有一种精神；而邓中夏从李惠馨大眼睛里看到的是温暖与担忧。李惠馨真想跑过去，抱着中夏，向他哭诉分别这半年的思念与担心。但她不能。

李惠馨不敢看了，她的身体动了一下，泪水又出来了，透过泪水，她又转头看着中夏，中夏对她摇摇头，李惠馨知道，中夏在提醒自己注意不要暴露，她再一次擦去泪水，把泪水吞进肚子里。

时间一分一秒地过去，他俩盯着彼此的眼睛，想把对方永远地定格在脑中。

狱警来了，他们彼此看了最后一眼。李惠馨分明看到坚强的中夏眼中闪过一丝泪光，然后就是中夏的背影。

这一刻的相见，这一刻的对视，将是李惠馨后半辈子刻骨铭心的记忆。

警方没有因为对质失败而否定林素琴的口供，经多方侦查核实，查明施义就是邓中夏。

9月5日，"高三分院"最后一次提审施义。开庭时，法庭内外布满了全副武装的国民党军警，门口还停放着国民党上海警备司令部的黑色警备车。法庭上的气氛也异常紧张，坐在律师席上的，除了史良和唐豪外，又多了上海市警备司令部的法律顾问詹纪风，他的两旁和身后还站着一些军警，为他助威。推事照例问被告姓名、年龄、籍贯后，紧接着就问詹纪风有什么请求？詹纪风将早就准备好的一件公文交给法警递给推事,指明施义就是中共著名领导人邓中夏,警备司令部奉中央密令要求引渡。邓中夏拒不承认自己的身份,唐豪也据理力争,反对引渡。但是"高三分院"的推事们慑于国民党中央的密令,不顾一切,认定施义就是邓中夏。"高三分院"宣读"裁定":被告施义即邓中夏,化名有林素琴供词可据,从前在湘鄂西戒严区域有指导红军各军之犯行,又有《红旗周报》足资证明,依据《危害民国紧急治罪法》第七条,将该案移交国民党军事机关审理。宣读"裁定"后,推事即刻忙宣告退庭。警备司令部的军警随即一拥而上,将邓中夏带上那辆停在法庭外的黑色警车,警车呼啸着开往上海警备司令部拘留所。

从此,邓中夏失去了营救的希望。

几天后的一天深夜,敌人将邓中夏、马乃松等7人叫起,将他们铐在一起,押上警备车,送往火车站,上了火车。第二天上午,火车到了南京下关车站,他们由专车送进首都宪兵司令部看守所关押。

在看守所,邓中夏知道自己不久就要上雨花台了,他跟同牢房的培济华说:"我们小孩他妈妈,可能和我也差不多,都不能照顾我们的孩子了,希望你们方便的时候,把我们的孩子照顾一下。"

1933年9月21日黎明,邓中夏被押往雨花台刑场。在刑场,面对刽子手的枪口,邓中夏留下最后一句话:"给我的妻子李惠馨带一个口信,把我们的孩子找回来,孩子的英文名字叫Steal。"

邓中夏在生命的最后一刻,想到的是他们留在苏联的孩子。

李惠馨何尝不想念他们留在苏联的两个儿子呢。

7

1936年4月,李惠馨出狱。

出狱后的第一件事,李惠馨把自己的名字改了,改为"夏明"。她的名字中注入了邓中夏的"夏",这就意味着,她永远与邓中夏在一起,邓中夏的肉体虽然消失了,但他们的灵魂与精神永不分离。

邓中夏已经不在了,但她与中夏的两个儿子还在苏联。她决定把他们找回来。于是,夏明通过各种渠道寻找她的儿子。小儿子在她走后一个月,得急性肺炎死了。那一定要把邓钢找回来,就是那张珍贵照片里的儿子。最后,外交部正式文件通知她"没有找到"。

英文名字叫Steal的邓钢下落不明。

这年的8月,夏明来到西安,原准备前往陕北苏区,但秘密交通站的负责人刘鼎传达上级指示,让她暂留西安,协助他工作。

刘鼎,原名阚思俊,四川南溪人。1924年,经孙炳文、朱德介绍加入中国共产党。赴德国勤工俭学时任旅德青年团支部书记。1926年,转赴苏联莫斯科东方大学和空军机械学校学习,并兼任教官。1929年,奉命回国后,任中共中央特科第二科副科长,在周恩来的领导下,协助科长陈赓开展情报工作。

西安事变时,刘鼎在西安是个大管家的角色,负责交通联络、通信联络、食物、军需品以及运输等。红军主力长征到达陕北后,中央租用西安七贤庄1号建立联络站。当时苏区最缺乏的是医疗药品和器材,为便于解决这个问题,刘鼎在七贤庄1号开了一个牙科诊所作为掩护。牙科诊所由德国共产党员海伯特出面设立,夏明以护士的身份,在七贤庄1号担任秘密联络员。刘鼎动员张学良来诊所看牙,因此,七贤庄1号也成为张学良私人牙医的诊所,起到了更好的保护作用。在西安事变前后的重要关头,夏明协助刘鼎做好物资、人员转运等工作。

1937年3月,夏明离开西安前往延安。在延安,毛泽东和刘少奇多次与夏明谈话,每次谈话都提到邓中夏。夏明提出要搜集邓中夏的史料,得到两位领导的支持。刘少奇对夏明说:"关于省港大罢工的资料很重要,在延安有便利条件,你要尽快搞起来。"

因工作需要,党组织让夏明嫁给了刘鼎。

1939年,夏明来到太行山抗日前线,次年春天,进入华北局党校受训。4个月后被分配到中央军工部,任军工部党委委员,后改任军工部工业学校党支部书记,为开创新中国汽车工业和军事工业,培养了一批军工科技人才。

在1942年的反击日军"五一大扫荡"中,她搜集到的邓中夏史料大部分丢失了。

1945年,夏明又回到延安,毛泽东鼓励她:不要忘记启汉、中夏的遗志，要继承他们的事业。1945年3月1日，毛泽东给夏明回了一封信。我们不知道夏明给毛泽东写信的原因与内容，但毛泽东的回信内容是这样的：

夏明同志：

信看到了，望你宽心休养，恢复身体，为党工作，以继启【汉】、中夏之遗志。你【冤】已获申，你是好人，别人是错了。刘鼎同志和我谈话，我去党校找过他一次，在那里告他。七大后我再找他一谈，叫他安心待【党校】学习，我们对他是信任的。已叫我的秘【书】把本子送你。

敬礼

毛泽东
3月1日

1950年，夏明第一次来到邓中夏的家乡，走访了邓中夏的亲人，搜集到一些邓中夏用过的实物、书籍及照片。找到邓中夏少年时的朋友与同学，了解到许多邓中夏的情况。让她高兴的是，她的父亲从湖南老家寄来了一些特别有价值的书、信、照片及实物，其中有党的早期刊物和夏明在狱中写的日记，尤其在日记中还发现了邓中夏给夏明的那封信。

夏明与刘鼎生了3个孩子后，终究不能忘怀邓中夏。于是，她做出一个惊人决定：向中央提出，与刘鼎离婚。我们不知道中央是怎么答复的。后来，夏明带着长子李致宁离开了刘鼎。

李致宁11岁时，母亲曾对他说："你还有一个父亲，他是工人阶级的领袖之一，叫邓中夏。"所以李致宁曾说："我是邓中夏的孩子，但我不是邓中夏的亲生儿子，是邓中夏的人格和他的信仰感动、激励了我，是妈妈的执着感动了我，我和妈妈一起完成着他最后的留言。为我们共同的信仰做了应当做的事而感到心悦和骄傲。"

离开刘鼎后，夏明带着儿子用毕生精力从事邓中夏与李启汉两位烈士的资料收集整理工作。1953年，夏明给刘少奇写信，请求中央支持她搜集邓中夏的史料。刘少奇批示中宣部给予她帮助。

1955年，中宣部部长陆定一指定工人日报社派人协助夏明搜集整理邓中夏的史料。夏明和《工人日报》的同志一起访问了李富春、贺龙、邓颖超、帅孟奇、蔡畅、陶铸、李立三等与邓中夏一起工作过的同志。同时，以上海、湖南、广东为重点，对邓中夏留下革命足迹的地方，做了一次全面深入调查走访，共整理出200多份资料，编出邓中夏三个时期的年谱。1958年，在夏明的请求下，中宣部和解放军总政治部商定，由著名军旅作家魏巍和作家钱小惠负责邓中夏传记的写作。1963年，《邓中夏传》初稿完成。但由于小说《刘志丹》案，《邓中夏传》的出版工作被迫停了下来。"文革"后，夏明给邓小平写信，请求重启《邓中夏传》的出版工作。邓小平指示，夏明的要求应当得到满足。时任中组部部长的胡耀邦，委托一位副部长专程去看望夏明，并负责落实工作。1981年，《邓中夏传》终于由人民出版社出版，后又相继出版了《邓中夏文集》《邓中夏的一生》《中国工人运动先驱》等书。

1954年，邓中夏妻子夏明来雨花台凭吊并读祭文

邓中夏在南京雨花台牺牲，遗骸不知下落。但夏明认为，既然在雨花台就义，她一定能找到中夏的遗骸。中华人民共和国成立后，夏明一直与雨花台的工作人员保持联系。她在1961年8月22日的信中说："我极希望能极早找到中夏同志的遗骨，务请大力协助寻找。"不久后，她来到南京雨花台烈士陵园，在没有找到丈夫遗骸的情况下，她想找到邓中夏牺牲的具体地点。

雨花台有个北殉难处，就是现在雨花台烈士陵园的北大门处，按邓中夏就义的时间,应该是在北殉难处被国民党当局枪杀的。李致宁在雨花台烈士纪念馆对着邓中夏的照片说:"母亲对您刻骨铭心的记忆,完全注入了我的灵魂,虽说我们没有血缘遗传,但有了浓于血的相同追求,心心相印,只要有空,每年9月21日,我一定来看您,向您汇报祖国日新月异的变化,把您爱国爱党爱人民的不朽的精神,永远传于后世。"

在看到《邓中夏传》《邓中夏文集》《邓中夏的一生》等书出版后,夏明于1987年3月病逝于北京。她未竟的事业由儿子李致宁继承。2013年5月,75岁的李致宁再次来到雨花台,在烈士纪念馆的邓中夏展区,动情地说:"爸爸,妈妈用一生去收集整理您的资料,我也为之奋斗了60年,现在您的英勇斗争事迹已基本弄清楚了,您的散落在各地的文稿也已收集齐备,只要我还能动,会一直努力下去,爸爸,安息吧!"他的声音虽然很轻,但每一个字都令人动容。

邓中夏早年曾写过一首叙事长诗《孤鸾曲》,长诗的最后一句是"孤鸾失侣鸣何悲",我们就用这句诗作为此文的标题。

你25岁的样子真年轻

葛淑贞一直有个愿望,就是去雨花台烈士纪念馆祭奠丈夫王崇典。1995年清明前夕,王家的几个儿女做出一个决定,今年的清明节要带娘去雨花台看大伯。这是葛淑贞第一次去丈夫就义的地方,她期待很久了,今年终于要实现了,心里不免有些激动。儿辈孙辈都要陪她去雨花台祭奠前辈烈士。

王崇典(1903—1928)

清明节这天到了,葛淑贞在14位晚辈的簇拥下,坐着轮椅第一次来到了雨花台烈士陵园。她被推进纪念馆,面对众多的烈士照片时,她的眼睛不够用了,她在寻找丈夫王崇典。当晚辈把她推到王崇典烈士的遗像前,她的眼睛盯着王崇典一动不动,晚辈们都安静地看着这一独特的画面:一位坐在轮椅上的92岁老太太看着墙上年轻俊朗的丈夫,看着看着,她那饱经风霜的眼睛里慢慢地溢出了泪水,泪水在一点一点地充盈着眼眶,然后无声地从那张历经沧桑的脸上往下流,再然后,那泪水就像闸门一样,一下子冲了出来。没有人劝说老人,任由她泣不成声。

晚辈们知道,此刻一定是时光倒流了,倒回了半个多世纪前,年轻英俊的王崇典走近同样年轻漂亮的葛淑贞,收起她手上的针线活,拉着她坐到桌边,手把手地教她写毛笔字,逐字逐句地教她识字。

在晚辈们推着她离开王崇典遗像时,葛淑贞自言自语地说:"你25岁的样子真年轻。"

1

1928年9月下旬,虽然临近中秋节,可天上没有月亮。秋风裹挟着细雨淅淅沥沥地飘洒在南京国民党首都卫戍司令部看守所监房的瓦垄上,似乎在清洗着那个肮脏的世界。

27日,也就是农历八月十四黎明前,雨水渐止。熟睡的王崇典被监房外面士兵集合的脚步声和开锁声惊醒,从拥挤的床铺上坐了起来,看着同样被吵醒的齐国庆说:"老齐,我们的事业还没有成功,看来要分手了。"齐国庆说:"我们不会分手,有可能同路去雨花台。"

他俩话音刚落，他们的监房门就被打开了，一束手电筒的光照进了牢房，黑暗中，40余人被这束移动的光刺得睁不开眼睛。看守一边晃动着这束光，一边喊着王崇典、齐国庆等四人的名字。名字喊完，监房里死一般的寂静，40余人的呼吸似乎也停止了。

王崇典知道这黎明前最黑暗的时刻喊"犯人"意味着什么，他从床铺上站了起来，迅速地穿好了衣服，走向牢门。

王崇典想得没错，他们四人被一队士兵押上一辆汽车，汽车径直向城南的雨花台开去。开到荒凉的雨花台时，天色已亮。他们四人被押下汽车时，远处几只鸟正一声一声地悲鸣，荒台上的死亡气息扑面而来。王崇典凝望着灰蒙蒙的苍穹，叹了一口气。他25岁的生日刚刚过去不久，青春的血液在他体内的血管中奔涌着，他不甘结束这年轻鲜活的生命啊。他追求的事业尚未完成；家里还有妻子与幼女、自小相依为命的弟弟；还有同学、同志、亲如妹妹的王澄……

"跪下！"身后一个端着枪的士兵对着他们大声喊着。他们四人一字排开，没有人跪下。士兵又喊了一声，四人依然站立着，一动不动，如四株雪松。王崇典的嘴巴突然张开："起来，饥寒交迫的奴隶，起来全世界受苦的人！"独唱变成了合唱，"起来，全世界受苦的人，满腔的热血已经沸腾，要为真理而斗争……"枪声从他们背后响了，身高一米八五的王崇典犹如一尊雕塑面朝大地轰然倒下。

山河破碎风飘絮，身世浮沉雨打萍。

2

4个月前,在家乡的王澍琪从同乡那儿听到哥哥王崇典在南京被捕的消息后,惶恐不安。他反复地嘀咕:"哥哥只是一个大学生,能犯什么法呢!"他要去南京,他要立即见到哥哥。此时正任小学校长的王澍琪抽不开身,无奈,他辞去小学校长的职务,跟岳父借了两块大洋连夜赶赴南京。与哥哥的同学联系后,他才知道哥哥被捕的具体情况。他在靠近监狱的地方租了间民房,人生地不熟的王澍琪废寝忘食,没日没夜地找人营救哥哥。可他一个外乡小学教员连哥哥的面都不容易见到,谈何营救。无奈至极的他只能在狱外陪着哥哥。王崇典受到酷刑后染上了伤寒,两个多月卧地难起,王澍琪想尽一切办法来到监狱探望哥哥。弟弟看着脱了形的哥哥躺在铺着稻草的地上,转过头哭了起来。王崇典对着哭泣的王澍琪说:"人总是要死的,为了革命成功,死也值得,将来一定会有更多的青年投身革命斗争。"王澍琪含泪点头道:"哥,我不回涡阳了,在你身边好好照顾你。"王崇典还不知道弟弟已经辞去了维持全家生活来源的小学校长工作,撇下全家老小五口人赶来南京。王澍琪找了一份抄写文书的临时工作,工资虽然不高,但能经常到狱中照顾哥哥,他也知足了。王澍琪曾在他的自传中写道:"1928年春,哥哥被叛徒出卖,被捕入狱,我在家乡突闻凶信,惊恐万分,驰赴南京探望,但以乡下小学教员到了大都市,举目无亲,无法营救。"

王崇典在狱中得了很容易传染的伤寒病,但王澍琪不怕传染,倾其所有为哥哥买了营养品与老母鸡,他把熬好的鸡汤送进监狱,给哥哥加强营养。在弟弟的细心照料下,王崇典卧地两个月的身体终于能坐了起来。8月到了,梨子成熟了,弟弟想着梨子能润肺,就买了些梨子来监狱看望哥哥。哥哥见到弟弟拿出梨不高兴地说:"吃梨干吗,吃梨不就要分离吗?"弟弟赶紧把梨子收了起来,他知道,哥哥不想与他分离,哥哥想活下去,继续做他追求的革命事业。所以,王崇典在监狱里总是孜孜不倦地看书,他一遍遍吟诵着杜甫的名句"出师未捷身先死,长使英雄泪满襟",感慨自己如诸葛亮一样,出师还没有取得最后的胜利就要离世了。看得出,王崇典虽然不想与亲友分离,不想现在死去,但他已经在为自己"壮志难酬"而遗恨千古了。52年后,80岁的王澍琪怀念哥哥,铺开宣纸,写下哥哥在狱中常念的这句名诗。

27日晚上,王澍琪得到哥哥王崇典被枪杀的噩耗后,久久难以相信。对于哥哥被捕的消息,他已做了最坏的打算,就是判个重刑,但他绝没有想到哥哥这么快就被枪决了。他难以承受这生命之重,一夜辗转反侧思无眠。第二天天没亮,他就起床了,走出临时租来的小屋时,东方虽然露出晨曦,但王澍琪感到满世界的黑暗。这天是中秋节啊,在这个举家团圆的日子里,他要赶往雨花台刑场替哥哥收尸。

当王澍琪赶到雨花台时，王崇典的几个同学也赶到了。几个同学筹了些钱为王崇典买了一口较好的棺材，女同学王澄把王崇典平日的一张小照连夜送到照相馆放大置于大镜框中，捧在手上已哭成泪人。

王澍琪与几个男同学将国民党当局提供的薄棺撬开，抬出已经僵硬的王崇典时，王澍琪抱着哥哥不肯放手，23岁年轻的身体虽已被折磨得瘦弱不堪，但他的悲怆哭声惊动四野。当王澍琪与同学将哥哥的遗体移放在棺材内，准备盖棺时，一件难以置信的事发生了。已停止呼吸一天一夜的王崇典的苍白脸上，突然有一股股鲜血从他两眼、两耳、两鼻孔和嘴巴里流出，瞬间左眼球脱落处和缺失门牙的嘴里涌满了鲜血。同学们惊叫："七窍流血呀！"王澍琪与几个同学全都愣在那里，不知所措……

王澍琪相信此时哥哥的身体是有感知的，相信哥哥的灵魂就在身边。他跪在哥哥身旁，一边哭一边说："哥呀，你干吗用血浓于水的亲情来与我作别呀！你的血不会白流，我们一定会追随着你的信仰走下去。哥，你放心，嫂子，我会像对待母亲一样敬重她；侄女，我会像对待女儿一样抚养她。无论怎么艰难，嫂子和侄女一定和我的一家生活在一起。哥，你就安息吧！"说完，又是一阵恸哭，哭声惊飞了树上的鸟。哭声中有一个女声时而号啕，时而哽咽，她是王崇典的大学同学、同志王澄。封棺前，王澄将厚厚一沓信纸小心翼翼地放在王崇典的脑袋下，她看着王崇典躺在棺材里枕着这封书信，哭倒在棺材旁，王澍琪与几个男同学赶紧把棺材合上。几十年后，王澍琪跟子女回忆，王澄的那封厚厚的信，他也不知道什么时候写的，或许连夜写的，信笺上密密麻麻的小楷字，也不知道写的是什么内容。

王澍琪与王崇典的几个同学在雨花台周围找了一辆板车，一起扶着王崇典的灵柩从城南雨花台出发，向着城北的方向走去，目的地是下关码头。出了中华门城堡，王澄再也忍不住她那悲愤的心情，旁若无人地大声哭泣。

王澄来自云南，是一位大家闺秀，来国立东南大学读书，与王崇典既是同学又是同志，一起从事党的地下工作。她与王崇典同时被捕，其父知道后，来南京找关系把女儿保释了出来。当王澄再找人保释王崇典时，已经晚了。她做梦也没想到，王同学这么快就离开了她。一个有文化的大家闺秀扶着被政府枪决的男同学的灵柩一路泪雨滂沱，让人敬佩。急着回家过中秋节的人们驻足互问："这个女娃是逝者的什么人啊？是妻子吧？不然怎么哭成这样呢！"路人不禁也陪着流了一回眼泪。

他们一路哭泣，从城南走到城北，从上午走到傍晚。他们在下关码头找了一只船，再把王崇典的灵柩搬到船上。王澍琪与众人挥泪告别，随小船经长江过淮河再到涡河，千辛万苦地把哥哥的遗体运到了家乡涡阳。

灵柩运到家,给这个家庭带来了巨大的伤痛。王崇典离开家时还是个壮实的大小伙,回家已是一具冰冷的遗体。王澍琪给哥哥布置了灵堂,将王澄放大的那张哥哥照片挂在墙上。白发苍苍的奶奶看着孙子的遗像几次哭昏在灵前;王崇典的妻子葛淑贞更是哭得死去活来,她那4岁的女儿不知家里发生了什么事,趴在母亲怀里哭成了小泪人;王澍琪的妻子正身怀有孕,由于悲伤过度将7个月的儿子过早地带到了这个世界……整个家族沉浸在巨大的悲痛中。

王澍琪将哥哥安葬在王氏祖坟后,看着哥哥留下的整天哭泣的孤儿寡母更加悲痛。哥哥已不在,当下最关键的问题就是这对母女今后的生存问题,她们母女今后怎么生活?

王澍琪14岁小学毕业后,因经济困难,无法升学,为了生活,在当地的一所小学教了一年的书,15岁考取安徽省立第三师范,毕业后当上了小学教师,后受聘于家乡一所小学任校长,微薄的薪水维持着兄弟俩家最基本的生活开支。兄弟俩都喜欢读书,认为只有上学读书才能改变自己与家庭的命运,因此哥俩约好,先让哥哥上大学,由弟弟教书养家,等哥哥毕业挣钱后弟弟再去上大学。谁知,祸从天降,哥哥没了,王澍琪的大学梦破灭了,两个家庭(包括奶奶)大大小小几双眼睛看着他,张着嘴巴等着他去养活。

再难也要活下去。王澍琪从未忘记他在雨花台哥哥棺材前说过的话。在以后的岁月里,他一直兑现着他的承诺,照顾着嫂子与侄女。从此,王澍琪的子女有两位母亲,葛淑贞为娘,自己的母亲为妈。

3

王崇典,字逸文,出生于安徽涡阳县城华祖庙街,就是现在的新华街,时间是1903年6月18日。弟弟王澍琪比王崇典小两岁。兄弟俩的父亲在安徽省芜湖警署工作,家里没有一点田地,全靠父亲一人工作维持生活。兄弟俩从小在家乡和祖父母生活,祖父原是私塾先生,王崇典三岁时,祖父开始教他背诵名人诗词歌赋,读四书五经。五岁开始写毛笔字,临摹颜真卿《多宝塔碑》,又研摹赵孟頫和董其昌字体,笔墨活跃,又显遒劲,大家称他笔墨为董赵体。上初一时,王崇典在报纸上看到安徽亳州人李少三要在安徽涡阳县建一家西医医院的广告。广告求医院名,并用毛笔书写医院名字,寄来择优录用。14岁的王崇典思索了两天,用自创的董赵体,写下"慈安医院"四个飘逸又遒劲的大字,并说明"慈安"意为安定一方,恩赐百姓。稿件寄出不久传来好消息,李少三在众多稿件中选中了王崇典的书法。一时间,家乡的父老乡亲求扇面、条幅的不计其数。王崇典待人热忱,处事谦逊,在他高小毕业时,全班40多位同学与其以"兰谱"互答、生死相交。高小毕业后,王崇典随他的父亲在芜湖芜关中学读书,在此期间,撰写剧本,组织话剧表演。王崇典不仅品学兼优,人长得也帅气,用他的老师与同学的话说,"面目清秀""身材修长""温文儒雅""平易待人"。身高一米八五的王崇典是个标准的青年才俊,《芜湖学生运动纪略》是这样描述他的:"性情沉静,不轻发言,但言必有中,遇有重大问题,辄即争论不休,必至达成正确决定而后止。"王崇典沉着稳健的性格,使他特别能耐得住寂寞,手不释卷,整天阅读传统书籍与进步书刊,特别关注各种反帝反封建的社会活动。

五四新文化运动吹响新时代的号角,时代精神唤起了王崇典对中国社会的责任,他怀着忧国忧民的情怀写出了《春思》《李家庄》《烈焰》等剧本,这些抨击社会弊病的剧本在师生中久久地传诵。他不仅有文章,还有行动,组织学生投身到反帝反封建的活动之中。由于他革命热情高,组织能力强,被同学们推选为学生自治会会长。

五四运动后,安徽芜湖市各学校组成了芜湖学生联合会,王崇典被选为代表。学联成立后,他发表了许多宣言,阐明了自己反帝反封建的观点,争取社会声援。后来成为左翼作家的蒋光慈当时是芜湖学生联合会副会长,王崇典和蒋光慈等学联代表一起奔走呼吁,争取更多的力量投入革命运动之中,他们带领同学赴南京、上海等地参加爱国救亡运动。王崇典与一些进步教师学生及社会青年的革命行为,为后来涡阳中共党组织的建立奠定了基础。

这段时间是兄弟俩最幸福的时光。但好景不长,王崇典上高二时,他们的母亲在芜湖因病去世了,家庭的变故使兄弟俩手足无措。不久,更让他俩烦恼的事情发生了,他们的父亲给他们兄弟俩找了个大脚老姑娘做后妈,因后妈掌管家中的财务,致使兄弟俩无钱继续上学。此后兄弟俩相依为命,相约一个工作赚钱一个上学。

1923年7月的一天,王崇典高中毕业从芜湖返回家乡涡阳县城,不久受聘于县立第一高等小学,从事国文教学。据传,他授课认真、精彩、富有耐心,深受学生们的欢迎。王崇典在涡阳县城任教的两年期间,目睹家乡豪绅官府鱼肉百姓,愤慨异常,他对弟弟说:"这些土豪劣绅终有一日要被人民打倒!"

4

也就在这一年,王崇典与葛淑贞完婚了。一年后,王澍琪也成了家。兄弟俩成家后,没有分家,在祖母的操持下,两家和和睦睦地生活在一起。

葛淑贞与王崇典同岁,出身于商人家庭,父亲是涡阳商会会长,与王崇典可谓郎才女貌。王崇典身材修长,青年才俊,葛淑贞是当地名媛,白里透红的脸上有一双灵动的大眼睛,见过他们的人都说他们是天生的一对。婚后,夫妻二人情深意浓,王崇典主外,葛淑贞主内。葛淑贞非常爱干净,每天都把家里收拾得干干净净,但她没有读过书,王崇典就教她识字、写字。王崇典是大学生,教不识字的妻子认字非常有耐心,温柔体贴。让葛淑贞终生难忘的一件事是丈夫每次回家,看到她在做针线活,总是从她手中拿开针线活,牵着她的手来到书桌边,手把手地教她写毛笔字。

王崇典在外参加革命活动,葛淑贞心知肚明,她在家做贤妻良母,哺育着他们刚刚出生的女儿。

1925年五卅惨案发生后,王崇典首先组织学校师生成立了"沪汉罢工后援会",领导200余名学生与社会青年抵制日货,得到社会各界人士的支持。为追悼顾正红烈士,他在孔子庙组织召开追悼大会。在追悼会上,王崇典述说了顾正红被害的经过,谴责日本帝国主义的罪行。会后,他带领大家冲破了警察的层层阻挡,涌上街头,进行了长达两个多小时的示威游行。他们沿途张贴标语,高呼反帝口号,并焚毁了英美日造的人丹、肥皂、香烟等商品。游行中他带领大家高唱着自编的诗歌,今天读来仍然让我们热血沸腾:

今日肆虐一倭奴,入据中原别有图。
旅大未来真可恨,澎台久占是何由?
横行海内奚堪问,何时能有大众羞。
异臭腥膻侮我族,好如不共戴天仇。

那年夏天,王崇典在亲友的资助下考入了上海大夏大学预科,次年9月又考入了国立东南大学,因他的父亲从事法律工作,所以他进入了国立东南大学(后改名为国立中央大学)法学系。

在王崇典进入国立东南大学前,学校就有了中共党组织。

1927年2月,王崇典被学校党组织吸收为中共党员,成为涡阳籍最早加入中国共产党的人。那时候,虽然还在国共合作期间,但国民党右派排挤中共党员,王崇典在军阀的严密控制下,与国民党左派人士积极从事革命活动,并很快成为中共国立东南大学党支部书记。作为大学的支部书记,王崇典组织学生频繁地奔走于南京校内校外,散发传单,张贴标语,并深入南京各医院,向国民党伤兵讲解革命道理。暑假期间,他和几位同学在各地各单位举办暑期讲习会,王崇典给学员们讲"联俄、联共、扶助农工"三大政策的重要性。除此之外,他还担任苏北特区党委书记兼任阜阳、蒙城、涡阳、亳县、颍上、太和、霍邱等安徽七县学生会会长,并参与领导如皋、南通等地的革命工作。

北伐战争发展到江南,南京的社会秩序一时混乱不堪,各个学校纷纷放假。王崇典与魏季高、王伯衡等涡阳籍同学返回家乡。他们是带着南京党组织的指示回乡的,在王崇典的帮助下,中共涡阳党支部很快建立起来了,虽然党员只有四五个人,但它是涡阳县第一个党支部,也是安徽省成立较早的党组织,地点在涡阳县立第一小学的前院。

中共涡阳党支部建立后,采取多种形式开展宣传工作。他们创办了《涡上青年》杂志,其主要内容是介绍马克思主义与社会主义,以及呼吁学生抵抗帝国主义的侵略,反对封建统治。当时创办出版这份杂志很艰难。他们在家乡把杂志文稿编好后,由王崇典带着稿件来到南京,在南京铅印200份,再带回涡阳、蒙城、亳县等地散发给青年学生。这份32开的杂志很受青年们的喜爱。由于形势突变,以及经济困难,该刊仅出版了一期就停刊了。

1927年,国民党实行了"清党"。国民党方面的要人方治、邵华、刘贞如等都是王崇典的同学,私交也很好,他们力劝王崇典到国民党安徽省党部做官,王崇典有他的思想与策略,他以学业未完为借口,拒绝了同学的"关照"。王崇典以学校为隐身之地,不顾个人安危在南京秘密地坚持着革命活动,他当时的职务仍是国立东南大学党支部书记。此时革命形势更加险恶,中共地下党面临着生死考验。

1927年12月4日,在浦镇附近的小山上,中共南京市委召开了第一次代表大会,共有25名党员代表,会议讨论了中共中央临时政治局关于《中国现状与共产党任务决议案》,选出了13名市委委员与4名候补委员,王崇典与王澄都当选为市委委员。

1928年5月5日晚,共青团江苏省委巡视员史砚芬召集国立中央大学、安徽公学等学校的青年团员在鸡鸣寺城墙上开会,出席会议的有20余人,筹划"红五月"暴动计划。他们在醒目的台城上边走边谈,大家你一言我一语地谈论着,突然旁边树丛里发出了不正常的响声,惊动了开会的青年人。大家警觉地分头散开。当史砚芬、王汇伯等人走进学校侧门时,遭到南京特别市公安局警察逮捕,团市委学委委员王汇伯随即叛变,供出了南京党团组织的情况，并带领警察在全城大肆搜捕共产党员和共青团员。

危险正一步一步地向着王崇典靠近。

几天后的一个夜晚，国民党军警突然包围了位于成贤街的中央大学第二宿舍，王崇典、王澄等人当场被捕，随即他们被关押在南京特别市公安局看守所。短短几天内，五个党团支部遭到破坏，21位党团员被捕，许多秘密文件落入敌手。

公安局随即将这20余名党团员移交给江苏省特种刑事地方临时法庭。

中央大学的许多同学被捕，在外面的学生们开始营救，被捕学生的家长纷纷来到南京活动，有的还请了律师。营救的形式多种多样。不久，律师就传出话来，哪些人会被无罪释放，哪些人会被判刑，没说有人会被枪毙。王崇典等人交由江苏省特种刑事地方临时法庭审判，被冠以"煽惑伤兵，军事谋乱"的罪名。国民党首都卫戍司令部司令谷正伦下令发布了705号公函，通知江苏省特种刑事地方临时法庭将他们转交首都卫戍司令部军法处审理。

在首都卫戍司令部，王崇典只承认自己是中共党员，任国立中央大学的支部书记，其他一概不知。

王崇典的妻子葛淑贞得知丈夫被捕后焦虑不安，在家乡日夜等待着丈夫的消息，弟媳陪着她、安慰她。葛淑贞知道公公与弟弟会全力营救丈夫的。王崇典在上海法院工作的父亲到处托人营救儿子，终因没有过硬的关系也拿不出钱来而营救无果。父亲来到南京,到狱中看望儿子,见到儿子也是痛哭不止。王崇典见到父亲很平静,对父亲说:"你不要悲伤了,回去准备棺材吧。"听到儿子这样的话,父亲无奈地一步三回头离开了监狱。

5

王崇典在南京雨花台就义时只有25岁。王崇典的妻子葛淑贞从早到晚看着丈夫的遗像,无声地哭泣。她的神经也受到了刺激,一听到有枪声,就全身哆嗦,她知道就是这种枪声致使她的丈夫命丧九泉。

在家乡时,王崇典不仅对妻子恩爱有加,对他的弟媳,也就是弟弟王澍琪的妻子也非常尊重。在安徽涡阳等地方有个风俗,大伯哥不能与弟媳说话。但王崇典不讲究这些,在他那里,没有男尊女卑的思想,他对弟媳说:"我虽然是你的大伯哥,你就把我当你的哥哥一样看待,我们是兄弟姐妹,一家人为什么不能讲话呢。我弟弟要是欺负你,你就和我讲,不用忌讳什么。"王崇典比弟媳大5岁,弟媳觉得这个哥哥真好。弟媳看到哥哥手把手地教嫂子认字和写字,也让王澍琪教她认字与写字。妯娌俩很快就认识了不少字。1958年扫盲时,葛淑贞还拿到区里扫盲优秀奖。

王澍琪非常崇敬这个哥哥,认为哥哥做的事都是正确的。如今,哥哥没了,嫂子葛淑贞决不愿意改嫁,王澍琪认为,照顾大嫂与侄女是他的责任。

王澍琪在安葬好哥哥后，继续在家乡当小学校长。一年后，王澍琪因"共党"之弟遭到当局追捕，一个王家崇字辈的人被误抓，王澍琪侥幸逃脱。从此，他就把原名王崇礼改为王澍琪，跑到南京从事抄写文书的工作。

1931年的秋天，国民党军需学校招生，学制三年，除学习军事后勤外还学财经课程，与普通商业大学相同。因为学费全免，点燃了王澍琪的大学梦。可是他考完第一场国文后，想到哥哥是被国民党杀害的，就弃考了。同事知道上大学是他的梦想，再三劝他把几门考完，王澍琪却坚决不再考了。只考一门，在数千名考生竞争中被录取的可能几乎为零。但主考官一眼看中了王澍琪的文章，还有他的一手好字，竟然破格录取他了。这个意外让王澍琪有些为难，思来想去，最后还是决定不上这个学校。他的同乡又劝他："你的岁数已超过大学录取的年龄，这所大学能录你，又不收学费，还是学经济的，难得啊，还是上吧。"王澍琪就这样阴差阳错地上了国民党的军校。他想好了，毕业后就脱离军界另谋职业。1934年秋毕业时，他才知道想要脱离军界，必须把三年的学费交出来才能离开。他哪有这笔钱来还给学校啊！他曾在自传中写道："由于哥哥牺牲后，我成为独子，是全家生活所唯一的依靠，国民党反动派封锁严密，革命路线无法联系，当时又值李立三和王明相继执行'左'倾路线，加之受经济和年龄的限制，1931年我考上了不交学费的国民党军需学校。"

1937年全面抗战爆发后，王澍琪带着葛淑贞母女及自己的妻子、孩子踏上了逃难之路。当时，王澍琪在抗日名将陈明仁部队负责军需财务工作，跟随部队阻击日军。出色的工作加上他廉洁奉公，王澍淇深得上级赏识，于1943年8月38岁时升为少将。

王澍琪在前线抗战，两位母亲带着一家人住在城郊农村，生活条件很差。前文说过，王澍琪的孩子们把自己母亲称妈，把葛淑贞叫娘。那次在桂林躲警报，日军的飞机来了，第一次拉警报是预备警报，再拉一次飞机就到了，飞机飞得很低很低地扫射，子女们的妈胆子大，每次拉警报她都不跑，娘就对妈说："你不走我也不走！"于是，妈才离开了屋子。她们躲在"七星岩"防空洞里，在孩子们的眼里这个洞很大，一层一层的，下到最底层还有条河，流水哗啦哗啦的，两位小脚母亲带着一帮孩子，大的背小的，稍大的拉着娘与妈的手。还有一次在芦苇丛中躲警报，一个孩子被吓得哇哇大哭，警报过后往周围一看，只剩下她们老少几个人，其他人都被吓跑了。多年以后，每次说到这些事，两位母亲都笑得合不拢嘴。

在那个特殊年代，女人生孩子不可能去医院，更找不到接生婆。妈生的几个孩子都是娘接生的。小女儿王瑞萱出生在牛棚里，也是娘接生的。因为前面有个孩子是娘用剪刀剪脐带感染了破伤风，这次，娘就想出了一个办法，把碗打碎，用碗茬子割断婴儿的脐带。

两位母亲带着孩子们在逃难路上历经了7年艰难岁月，1945年初逃难到了重庆。日子刚刚有了好转，灾难又降临到了葛淑贞的身上。她与王崇典唯一的女儿不幸患上了肺结核。当年的肺结核如同现在的癌症，虽然她的叔叔王澍琪安排她住院治疗，她还是在重庆市磁器口吐血病故了。一家人悲伤不已，尤其是葛淑贞，年轻时失去丈夫，中年后唯一的女儿也离她而去。

王澍琪想着侄女是哥哥的唯一后代，一定要把她送回家乡，与她的父亲团聚。于是，他花了三两黄金雇了一只船，将侄女的灵柩从重庆磁器口码头，沿着长江、淮河、涡河运往安徽涡阳老家，王澍琪一路随行，亲自把侄女安葬在哥哥的墓旁。女儿被运走后，葛淑贞悲伤过度，失去了活下去的勇气。孩子们的妈与娘形影不离，妈对娘说："你要想开啊，我的孩子就是你的孩子。"三个女儿非常懂事，都对娘说："我们都是你的女儿，随便你怎么管教我们，我们都听你的话。"葛淑贞听了这些话，心情慢慢地好了。

1945年抗战胜利，在重庆的王澍琪很想追随哥哥的足迹，他悄悄订阅了《新华日报》，每天关注报上的消息。国共内战爆发后，他认清了国民党当局的腐败，多次想到重庆中共办事处找共产党，苦于家中人口众多，需要他养活一大家子。如果他去参加革命了，这一大家子的生活怎么办？思考再三，王澍琪还是随部队到了上海，葛淑贞也随着王澍琪的一大家子来到了上海。

1949年3月，王澍琪所在的国民党经理学校要搬到台湾去，他绝不愿意去台湾，就借口需要安置家属没有跟学校去台湾。当时，他的同学劝他："你哥牺牲都21年了，他当年的战友认识你吗？你44岁人到中年了，又是国民党少将，共产党能用你吗？去台湾，还能继续升迁，移花接木难呀！"王澍琪果断地说："我哥被国民党反动派杀害，仇恨的心情时时萦绕在心头，我早想投奔共产党了，今天终于迎来解放，我哥的信仰实现了。国民党给我再高的官，再多的钱，我也决不去台湾。"王澍琪决意留下来是因为他的哥哥为之奋斗牺牲的新中国实现了。

6

1949年5月上海刚解放时，王澍琪来到上海市委，将崇典兄牺牲的经过呈报存查。市委派人两次到他家慰问，给予生活补助20万元，并且两次为王澍琪介绍工作，遗憾的是专业不合适。王澍琪没有工作，一大家子生活成了问题。为了减少生活开支，王澍琪带着全家老小从上海迁往安徽涡阳。走到蚌埠时，妈说话了："不能再往前走了，再走孩子们没学校上了。"这样，全家就留在了蚌埠。但孩子们上学需要钱，妈就帮人切萝卜干，切一百斤萝卜干能挣八毛钱，有时去帮人砸石头，把一方大石头砸成手指甲盖大的石子能挣一元钱，脸上和眼睛经常被石子砸得青一块紫一块。妈还经常扒稻壳回来做饭，弄得满脸灰尘。其实，孩子们的妈也是出身于富裕家庭，但是她能随遇而安。娘呢，在家做饭、洗衣服，收拾家务。

1950年春，一家人住在蚌埠老飞机场附近，政府民政部门补贴帮助他们盖了三间房子。1951年春，王澍琪应聘华东区军事交通学校并任教学小组组长。1952年10月，又调往镇江华东区运输学校。1953年8月，调往北京中央军委后勤学院任教员。有了经济来源后，他们一大家子的生活有了改善。1959年底，王澍琪转业到蚌埠五金化工批发站任计财科科长。

此后，王澍琪夫妇及子女对葛淑贞更加细心照顾，有了孙子辈，孙子孙女称葛淑贞为"胖奶奶"，称自己的奶奶为"瘦奶奶"。

1961年春节，葛淑贞得了腹膜炎，人很瘦，当时这种病很难治好，医生说准备后事吧，孩子们不信医生的话，第二天早上5点，几个女儿推着板车来到大厂南厂门码头，搭乘6点的渡轮到南京下关码头，带着他们的娘来到鼓楼医院，医生看后也说不行了，可是几个女儿还是没有放弃。她们听说军区总院医疗条件好些，就带着娘及烈属证找到医院院长，特批住进医院。大女儿高兴地说："娘，你住进这个医院，就有救了！"在军区总医院不光吃药还可以吃饭，结果葛淑贞一天天好起来，腹部和腿也消肿了，住院三个月花费470多元。

还有一年的夏天，娘发高烧，子女们赶紧送她去医院，娘的弟弟正好在医院，他说他来照看，让其他人去上班。中午大女儿下了班赶到医院，娘的弟弟说娘睡着了，大女儿一摸身子，滚烫滚烫的，大便都出来了，人都不行了，赶紧叫人从厂里拿来冰块，同时用凉毛巾不停地抹身子，持续用冰块冷敷了大概有一个小时，体温才算降下来，又过了一会儿娘才醒了过来。晚年时，葛淑贞臀部骨折，半个身体不能动，躺在床上几个月，几个女儿轮流照顾，没生一点褥疮。

孩子们的娘与妈这对妯娌亲如姐妹，从她俩进了王家的门就在一起生活，从没分开过，也没红过脸。娘爱干净，妈处处提醒着孩子们，不要弄脏了家里东西，不要惹娘生气。娘喜欢喝蜂乳，儿孙辈轮流给她买，从没断过。第三代小辈是听着胖奶奶说着王崇典爷爷的故事长大的。

葛淑贞的女儿离世后，王澍琪就把他的儿子过继给葛淑贞做儿子。葛淑贞对这个儿子比亲生女儿还亲。儿子插队第二年，66岁的葛淑贞执意要去看儿子，五一节放假了，小女儿王瑞萱陪娘坐长途汽车到金湖，再坐船过河后到三河公社，娘用小脚硬是步行了20里路才到儿子落户的农村，住了一夜第二天又步行20里路，往返40里。小女儿说："20多岁的我都吃不消，回来后，小腿肚子酸疼了半个多月，娘能支撑下来。"那年夏天，南京连着下了多天暴雨，屋外下大雨，屋里妯娌俩在呜呜地哭，娘不停地说："小毛（儿子小名），你怎么过呀，这么大的雨，庄稼都没有收成了……"后来听说金湖招工了，小女儿又陪娘到招待所找招工负责人。娘哭着讲王崇典的革命故事，把在场的人都感动得流下了泪，儿子终于进金湖无线电厂上班了。因为儿子不在娘身边，娘天天想他，想得不行,茶饭都不思了。没办法,小女儿又陪她到南京市政府人事局,娘又哭着叙说着丈夫王崇典的革命往事,把申请报告递上。几天后,儿子就接到回南京的调令了。小女儿说:"娘疼爱我们有时比我妈还亲。"

7

葛淑贞跟着王澍琪一家南下北上,几度迁徙,把许多东西都丢掉了,但有两件物品没有丢,一直带在身边:一是她20岁嫁到王家时的嫁妆——衣柜;二是王崇典照片。这张照片是1928年9月27日王崇典牺牲当天,王澄放大的那张遗像。几十年来,王崇典的遗像一直摆放在葛淑贞的这个衣柜上。衣柜里曾经装着王崇典一家三口的衣物。对于葛淑贞来说,这只衣柜不仅仅是装衣物的柜子,还是她追忆与丈夫王崇典幸福生活的源泉。衣柜与丈夫的遗像随着她从老家涡阳搬到蚌埠,再搬到南京。70年来,衣柜上始终摆放着王崇典的这幅遗像。葛淑贞从25岁开始就看着同样25岁的王崇典照片,她一天天地变老,可丈夫还是25岁的样子。她用以后70年25 000多天来追忆着她与王崇典共同生活的那段甜蜜时光。

葛淑贞每天把王崇典遗像上的玻璃擦得晶亮,能照见她的脸才罢休,然后对着衣柜上的镜子梳妆打扮。梳头时,她先用头油把头发抹一遍,然后把一根绳子扎在头上,绳子两头紧紧地咬在嘴里,待头顶的头发都紧紧地贴在头皮上,再把后面的发髻挽成圆形,用发卡固定好,最后用两面镜子一前一后对着发髻看是否挽好,不合适还得重来,直至满意为止。每天梳头发的时间至少半个小时。头发梳好后,她站在王崇典的遗像前久久地停留。孩子们记得一事,20世纪70年代初市面上刚刚风行一种叫"的确良"的布料,非常紧俏,大女儿特意让出差

王崇典用过的衣柜

在上海的同事买来一块淡紫小格花的"的确良"面料给娘做衣服,由于价钱不菲,女儿没舍得给自己的妈买一块。娘拿到这块面料后十分喜欢,就自己动手裁剪缝制。衣服穿上身后,用两面镜子前后身照了一下,非常满意,就来到那台衣柜前,久久地凝视着丈夫王崇典的遗像。子女们知道,娘每天花这么多时间梳妆打扮自己,就是为了给伯父看。娘穿着"的确良"的新衣服心里一定在说:崇典,我好看吧!子女们对我很好,你放心吧。王澍琪的小女儿王瑞萱说:"伯父的遗像和衣柜就这样一直落户在我们家中。是遗像吗?不!是伯父一直在我们家中生活着,是伯父和伯母70年生活在一起从未离开过。每年伯父的生日那天,娘都将一碗长寿面摆

放在衣柜伯父的遗像前；每年的9月27日伯父的忌日那天，娘独自面对着伯父的遗像流泪；每年的大年三十晚上，我们家的餐桌上会多一双筷子和一只碗……"

1991年，83岁的妈去世了。孩子失去了妈很悲伤，但比妈大5岁的娘还在，孩子们更加孝顺娘了。王澍琪去世后，大家庭里的所有成员也秉承了王澍琪一生恪守"老嫂比母"的古训，继续悉心照料葛淑贞，七十年如一日。

8

葛淑贞与晚辈们在雨花台合影

1995年那个清明节，葛淑贞完成了多年的夙愿，在晚辈的簇拥下第一次来到雨花台烈士纪念馆祭奠丈夫王崇典。回到家里，老人对晚辈说:"我每年都要去!"因多种原因,后来老人没再去过雨花台。1998年12月30日,95岁的葛淑贞无疾而终,离开了她的晚辈,与王崇典团聚去了。

最后,还有一个人要交代一下。这人就是王崇典的同学、同志王澄。当年她连夜写了一封厚厚的信,也许是祭文,放在王崇典的棺木中,让王崇典枕着进入了王家的祖坟。后来政府征集王崇典的革命事迹时,因年代久远,知情人很少,就找到了王澄。远在云南的王澄不遗余力地把她知道的事情写了下来,还将她保存的王崇典生前穿西装的一张照片寄给了雨花台烈士纪念馆。

葛淑贞与晚辈们在王崇典遗像前合影

王澄终生未嫁,90岁时离开了人世间。

我要与你就义地的泥土合葬

马克昌(1906—1931)

在那个"父母之命,媒妁之言"的年代,男女双方的婚姻大多是不幸福的,我们这本书中的男女主人公大抵也是如此。但马克昌与向自芳这对夫妇是个例外。自马克昌掀起向自芳的红盖头,双方第一次看到彼此那一刻起,他们的心就再也没有分开过。马克昌离开家乡外出革命后,向自芳常常抱着独生女儿守候在家乡的村口,眺望着路的尽头,渴望着那个熟悉的身影出现,一等就是18年。1947年,向自芳方知丈夫早已不在人世。与丈夫几年的相爱,支撑着她度过后半辈子的艰难岁月。向自芳临终前,跟女儿嘀咕,生不能与丈夫在一起,愿死后同穴。可是马克昌没有墓。于是,她跟女儿说,要一抔丈夫就义地的土,与她合葬。

我们就从他俩的婚礼开始这个故事吧。

1

1922年底的一个阳光明媚的日子,云南河西县(今通海县)汉邑村的马家张灯结彩,马父要为长子马克昌完婚。

汉邑村坐落于滇南通海坝子北隅曲陀关下,距通海县城秀山镇40里。通海坝子山清水秀,土地肥沃,人们生活富足,农工商学仕各行各业皆兴旺,素以"鱼米之乡""滇南甲秀""礼乐名邦"闻名。马家更是殷富之家,有田地百亩,昆明三市街还开着纱铺,殷富的家境不仅使马家子孙衣食无忧,还能保证他们接受良好的教育。私塾先生及祖父辈的言传身教,使马家子孙们置身其中,耳濡目染,不外乎功名利禄,成家立命,可马家长子马克昌是个例外。

马克昌,字敬德,7岁入私塾启蒙,结婚时就读于河西县第五区第一国民小学。16岁的马克昌对父母包办的这桩婚姻是有抵触的,但迫于父命,不得不被家人套上新郎服装,像木偶一样任家人摆布。

十里八乡的亲友齐聚马家喝喜酒。他们听说马父为其子克昌娶的是通海四街向家的姑娘。据说向姑娘貌美如花,贤淑善良,女红手艺精美绝伦,但大家都没有见过,今天想一睹芳容。

姑娘芳名向自芳,芳龄14岁。对即将嫁入婆家的新生活不知所措,一切听任父母的安排。两个年轻人都怀着惶恐不安的心情置身于这场婚礼中。当新郎掀起新娘的红盖头时,新郎惊呆了,正如乡亲们传的那样,新娘容华若桃李,满脸娇羞,美目低垂,可用明代诗人张乔的那首《洞房曲》来形容此刻的向自芳:芙蓉双脸玉微红,恰在金屏翠幕中。蝶翅舞馀春粉热,阑干十二锁香风。

婚后20余天,马克昌返回学校继续他的学业,向自芳在家伺候公婆。

14岁的向自芳,一入婆家就挑起了家庭的重担。马家是个大家庭,上有爷爷奶奶,公公婆婆,下有小姑子及七大姑八大姨。初来乍到的小姑娘向自芳每天的生活如履薄冰,她如那个时代的新媳妇一样,每天第一个起床,摸黑烧火做饭,操劳家务,伺候祖父祖母和公公婆婆,任劳任怨。

马克昌假期回家,看到年少的妻子每天十分劳累,稍不留意,还要遭受长辈们的责骂,十分同情与怜惜。几十年后,向自芳还记得当年丈夫愤然不平的话:"像我们这样的家庭,讨个媳妇只是忙家务,简直就是买丫头!你不必老是这样劳累,也不要害怕,该干什么就干什么。"他一边安慰着妻子,一边帮着妻子做家务。可长辈们看着不舒服,一代一代传下来的习惯,哪有男子做家务的,就骂他"男儿做家务没出息"。马克昌只是笑着,并不在意长辈的话,继续帮着妻子做家务。

不仅如此,马克昌还给妻子讲男女平等、妇女要翻身解放、要放开裹足的布条。说到做到,晚间,他瞒着父母,帮妻子放开那又臭又长的缠脚布，一边解着一边跟她讲着缠脚的坏处、天足的好处。几十年后，向自芳回忆这些时说："那时候，我什么也不懂，只觉得，我在这个家庭里，比别人苦和累，没有别人吃得好，也没有别人穿得好，但总不至于挨饿受冻，比一些缺吃少穿的人好多了。那些人实在太可怜了，所以我就常常把家里的米和饭，偷偷拿出来送给他们。"

向自芳

丈夫在家的日子是短暂的，丈夫离开的日子，向自芳更加受欺负。

1924年，马克昌随经商的父亲来到昆明，考入私立成德中学。成德中学是"五四"时期受新思潮影响较大、学生运动发展较快的学校之一，师生的思想活跃，言行激进，身在其中的马克昌在浓烈的学习气氛和师生们激进思想的影响下，思想不断进步，有了摆脱封建家庭桎梏的想法。

他们结婚三年多后，马克昌求得父亲的同意，把妻子接到了昆明。在昆明的这段日子里，向自芳的生活有所改善，马克昌让她去学校念书。向自芳说："我是农村人，是小脚，年龄大，不好意思去跟小学生们坐在一起。"马克昌看妻子不愿去学校,就买来识字课本和字典,利用晚间和星期天的时间亲自教妻子认字读书、查字典,马克昌教妻子非常有耐心,每晚灯下手把手地一笔一画地教妻子写字,向自芳学起来很刻苦。在丈夫的帮助下,向自芳识了许多字,后来还可以单独读一些书籍了。

昆明的这段时间是他们这一生最幸福的时光,这段幸福时光将是向自芳一生回忆的源泉。

2

1925年,马克昌考入云南省立第一师范学校。在这里,他的交往广泛,眼界也开阔了。当时,昆明成德中学毕业生杜达等人在杜达家里办起了"青年读书会",其成员有昆明讲武堂学员那维新、龙应奎,成德中学毕业生张淑良,省立女子中学学生杜光昭等一批青年学生和文化界人士。"青年读书会"刚开始时,只是个文化沙龙,会员把各种书刊集中起来,每晚聚在一起读书、交流学习心得,每周举行一次报告会或讨论会,以文会友。后来,随着与中共地下党团组织有关系的进步青年艾思奇、雷同、聂耳、马子华等人的加入,读书会从一个普通的文化沙龙发展为研究、传播马克思主义思想、参加社会政治活动的组织。马克昌也由他的校友张淑良介绍,加入了"青年读书会"。

据马子华先生（原左联作家、云南文史馆馆员）回忆：马克昌身材矮小，经常穿一身白色师范校服，一双灵利锐尖的眼睛炯炯视人，平时沉静严肃，在读书会很少见他说笑，总是坐在灯光下阅览各种报纸，其中最喜欢看的是《向导》。

此时的马克昌除了阅读和研究马克思主义著作外，也开始参加中共外围组织的活动，随即加入了中国共产主义青年团。

马克昌在竞赛获奖后的照片

入团后，马克昌从思想上行动上与自己出身的剥削阶级家庭决裂了，实现了他人生的巨大飞跃。他将大部分时间和精力投入革命活动中，经常不回家。

假期回到老家，马克昌在村里组织了"家乡青年同乐会"，教乡亲们唱歌，给乡亲们讲翻身闹革命的道理，他给穷苦人家的孩子提出几个为什么：为什么村里有些人家的大人娃娃当牛做马做苦工，还是吃不饱、穿不好？为什么有钱人家的老爷太太、少爷小姐不干活却衣来伸手、饭来张口？他又对表弟和伙伴们说："这些不公平将来都要变成公平，像我们这样的人家就是要把自家的田地拿出来分给穷苦人家，让大家都有饭吃、有衣穿。"

为了今后的革命活动，马克昌每天天一亮即起床，穿着背心短裤，光着头赤着脚到村边的沙沟里、砂石上跑步，到村后的龙潭箐游泳。

他的言论，他的所作所为不被乡亲们理解，一时间议论纷纷。有人说，马家的儿子在外学坏了；有人说，马克昌疯了，尽说疯话，做疯事。他听了也不生气，笑着告诉大家："我没有疯，我说的话都是有道理的，我赤脚跑步是练铁脚板，为将来走长路做准备。"马克昌用各种方法锻炼身体，以达到磨炼自己意志的效果。经过一段时间的锻炼，马克昌的身体明显强壮了，他的短跑速度在学校名列前茅。1928年12月28日学校运动会上，他获得了1 500米赛跑亚军。

马克昌的这些言语和行为传到父亲的耳朵里，父亲气极了。祖父死后，马克昌回家住过几天，父子见了面，一场争论不可避免地发生了。父亲叫儿子不要再读书了，回家跟他学做生意，将来好把他在昆明的生意接下来。此时的马克昌一心想着为穷苦人做事，为他的共产主义理想奋斗，不可能再回归家庭了。于是，他对父亲说："我不愿做生意，我要读书，等大学毕业了，我要到日本去留学。"父亲说："你们个个都读书，家里的田哪个种？生意哪个做？家哪个管？你读完大学再留学，别做好梦了。"马克昌回父亲："田以后自会有人种，生意也会有人做，我就是要读书。"父子俩你一言我一语，最后闹翻了。父亲气得几乎是吼着对儿子说："滚，你给我滚出去。你媳妇是我帮你讨的，你养得起就把她领走，养不起我帮你养着。"马克昌也气极了，进屋拿着铺盖就要走，父亲说："要走就走，铺盖不许拿。"马克昌放下铺盖，拿了件衣服就冲出门去。父亲在家里气得大骂他是不孝之子。马克昌无处可去，就到一个同学家里暂住。第二天，马克昌的二弟马定昌悄悄地把他的铺盖送了去。回到家后又劝父亲，让大哥回家。

父亲也是一时气极了，儿子真的走了，他也舍不得，于是同意让马克昌回家。马克昌回来了，但他还是坚持自己的做法，要读书不回家做生意。他对父亲说："我只有一学期就毕业了，等我把这学期读完再说。"父亲与儿子一样执拗，坚持让儿子立即回来帮他打理生意，继承家业。父子第二次闹翻，马克昌搬到学校里去住了。父亲极度失望，将其视为忤逆，以断供学费要挟儿子。马克昌坚持要读书，决定半工半读完成学业。

3

1929年4月，怀胎十月的向自芳将要临产，马克昌没有让妻子像那个时代的妇女一样在家里生产，而是到医院联系了一个三等床位。他对妻子说："这样的房间好，有四张床，你初次生产，有伴，有人说话。"向自芳住进了医院，生下女儿。马克昌见到女儿非常高兴，为女儿取名马丽佳，每天下课后准时到医院陪妻子。向自芳产后发烧，马克昌非常着急，不让妻子出院，一直到退烧病好才让她出院。

回家后，马克昌抢着给女儿洗澡、洗尿布、洗衣服，在那个时代，这些全是女人的活，男人是绝不会做的。马克昌不仅帮着妻子做家务，还买了一本叫《育儿一般》的书，要妻子严格按照书上的方法喂养孩子。女儿满月那天，马克昌买来漂亮的花布，自己动手给女儿剪裁衣服，请妻子缝纫。马克昌的母亲骂儿子窝囊，做婆娘的活，不像男子汉，没出息，不许儿子帮向自芳做事带孩子。可马克昌不听母亲的话，继续帮妻子做事，夫妇二人把女儿打扮得人见人爱。有个男性朋友来看他们，马克昌把朋友带到他们夫妇住的房里坐着聊天。这在当时的环境中，是有悖常理的。他父亲骂他："把朋友带进卧室，成何体统！让朋友在客房里坐着，叫你媳妇出来倒倒茶，把孩子抱出来给人家看看就行了嘛。"从马克昌的这些行为中，可以看出马克昌已经从传统文化的约束中走出来了。

马克昌对妻子体贴入微，对女儿疼爱有加，让向自芳倍感幸福。在此后的艰难日子里，一想到丈夫对她的爱，再难她也能平静地度过。

4

1929年盛夏,昆明的天气异常炎热。国民党新军阀和云南地方军阀之间争夺统治权的斗争也随着气温的升高日趋激烈。为了巩固自己的统治地位,占据昆明的地方军阀不断加强武装,调集军火,大批火药从昆明北郊商山寺运往城内,存放于北门街火药库里。

7月11日那天,北门街一声巨响,地动山摇。北门街外围的人们不知道发生了什么,惊恐地跑出来,只见整个天地硝烟弥漫。北门街、圆通街、螺峰街、青云街、平政街等街道的大部分房屋被夷为平地。事后方知,北门街的火药库爆炸了,据统计,居民死伤900余人,无家可归者达12 200人之多。

惨祸发生后,中共云南地下党组织立即以党的外围组织"互济会"的名义,成立了由党团员和进步青年组成的"七·一一青年救济团",立即投入了救护工作,他们提供抢救伤员、筹集善款购棺木、安葬死者、发放救济物品、为灾民烧水做饭等救灾服务,除此之外他们还揭露军阀只顾争权夺利,不顾民生,造成人民严重灾难的罪恶行径;组织灾民同反动当局进行斗争、要求当局查办引发爆炸灾祸的罪魁祸首。

根据党团组织的部署,马克昌与他的两位同志陈仲模、刘希禹积极投入了救灾工作。马克昌作为"七·一一青年救济团"的代表,参加了昆明市"七·一一赈灾会"常委会工作。

几十年后向自芳回忆:昆明火药库爆炸,克昌忙得不可开交,好几日不回家,他和刘希禹四处募捐,并从家中铺子里拿钱去买百宝丹救人,动员他爹捐钱救灾。后来回家了,他每天都要到深夜才到家,每次回来满头满脸满身都是黑的,衣服撕破了好几件,有时头上脸上都是血迹,手上洗干净血迹后十个指头都是伤口。他告诉我,火药爆发十分悲惨,几条街房倒屋塌,死人到处都是,有的头、手脚都被炸飞了,有的肠子拖了一地,很多人还被埋在倒塌的房子里,他们天天去救人。有一天,他还带回两个小姑娘,要我安排她们在家里住着,照顾好她们,说她们的爹炸死了,娘重伤送到医院,第二天也死了,一时没人照顾,非常可怜,所以才把她们领了回来。后来,他们四处奔走,直到把两个小孩送进孤儿院安置好才罢。

1929年10月,"七·一一"救灾已近尾声,云南地方当局与国民党中央政府"慰问委员"王柏龄密谋策划,以"慰问灾民"为幌子,在云南军官候补生队(原云南讲武堂)召开反共大会,公然把火药库爆炸的起因嫁祸于共产党,诬称惨祸为"共产党暴动"所致,妄图转移人民的斗争目标。为了揭穿敌人煽动反共的阴谋,在党组织的安排下,马克昌、刘希禹、陈仲模等人冲击会场,他们无所畏惧地在会场上散发传单,高呼革命口号,当局不知所措,乱成一团。正在进行造谣宣传的国民党中央大员王柏龄只得慌忙溜走,当局的这次反共活动失败了。

恼羞成怒的当局不甘心他们的失败,随即开始了对共产党人和革命群众的大规模抓捕,白色恐怖笼罩着春城。马克昌也被当局严密监视。为了保存革命力量,昆明地下党组织作出指示,马克昌、刘希禹、陈仲模、聂耳等一批党团员和进步学生分散撤离,转移到异地开展工作。

当局搜捕开始时,组织已安排马克昌与一位湖南籍同志秘密返回汉邑家中隐蔽。

回到汉邑,正值农忙,他俩一边下田收谷子、挑稻草,帮助乡民秋收;一边在乡民中宣传"共产党来了为穷人做事,分田分地给穷人"。中秋节到了,马克昌在自家正堂屋墙上用红笔写下"中秋青年同乐会"几个空心大字,邀请本村青年参加。他让大家会唱歌的唱歌,会跳舞的跳舞,他自己怀抱一把"四弦琴",为大家伴奏。所有人都没有想到,马克昌是以这样一种特殊的方式向故乡和亲人作最后的别离。

离开昆明前,马克昌似乎预感到此别难以再见,遂邀二弟定昌、三弟国昌、表弟杨运昌、张士德等亲友共九人合影留念,照片中他与湖南同志身背包袱,布衣短裤,两人居中而坐,神情刚毅冷峻,身姿形态耐人寻味。

5

1929年中秋节刚过,地下党组织来了指示,让马克昌等人尽快离开云南,前往上海从事地下工作。此时,向自芳刚刚20岁,女儿刚满5个月,还不会喊爸爸。要离开家乡,马克昌唯一不放心的就是妻子与女儿,他知道自己不在家时,妻子一定会受苦。所以,临走前,他把妻子与女儿从昆明接回老家,带着向自芳母女来到岳母家,拜托岳母帮他照看好妻女。回到昆明后,他叮嘱妻子严格按照书上的方法喂养女儿,又去了商店给女儿买来漂亮的花布与食品,抱着女儿亲了又亲。马克昌尽力做了他想做又可以做到的一切。妻子感觉到丈夫的入微体贴,却没有想到丈夫即将离开自己。为了不使妻子伤心,也为了自己走得踏实,马克昌未对妻子吐露一字自己即将离开家乡的消息。

几十年后,向自芳回忆:我们的孩子出生才几个月,克昌和一个湖南人一起回河西老家,还去了我娘家,跟我妈讲要把我和孩子送回家乡,要我妈好好照管我们娘儿两个。回昆明后,他没有回家,住在代启文家。他的两个弟弟把他和湖南人送走,回家也不讲,全家人一个字也没跟我说。

马克昌和湖南伙伴离开了家乡,徒步从贵州,取道桂、粤、闽,目的地是上海。他们步行穿过许多州与县。两人身上的钱用完了,只能一路走一路打工,他们什么苦活累活都干过,每天工钱七个铜板。马克昌也去学校代过课,后来又来到一个部队上当了伙夫,在这里马克昌生了一身癞疮,满身脓肿,没钱医治。人家看他这样就把他抬到一个房间里,让他自生自灭。那个房间没人愿意进去,进去的人都捂着鼻子出来了。有人建议把马克昌抬出去埋了算了。

幸运的是,马克昌的弟弟接到了哥哥生病的信,带着钱与药及时赶到。这些药一到,弟弟立即让他内服外洗,身体逐渐地好了。有了弟弟带来的钱,马克昌一旦能起来走路,他们又上路了。历尽千辛万苦,于1929年底,马克昌才到了上海。

马克昌到了上海后,给他在云南的弟弟写了封信,随信寄去了一张马克昌与刘希禹、陈仲模的合影照片,照片后面写着:"我们过着又寒又冷的冬天,我们的生命永远向前。"信中请他的弟弟好好照顾他的嫂子与侄女。这封信是向自芳知道的关于丈夫最后的消息,从此,就杳无音信了。

直至18年后,她才知道丈夫已死的消息。

马克昌到达上海后,在江湾区安乐里租了一间房子。马克昌的朋友、同志陈仲模以去上海劳动大学读书为由,辞别了祖父,独自从昆明老火车南站乘车,经河口、海防、香港,先期抵达上海;刘希禹也随之辗转抵沪。他们两人与其他两位朋友一起租住在江湾新市路的一家小杂货店楼上,进入上海劳动大学就读。三位朋友在上海重逢了。

不久,他们与上海的地下党组织取得了联系。在残酷的对敌斗争中,马克昌与他的这两位朋友先后秘密加入了中国共产党,各自担负着党的不同工作。马克昌担任中共江湾区委书记,刘希禹担任中共江湾区街道支部书记,在江湾一带进行广泛的革命工作,组织、领导和参与了一系列的革命斗争。

当时的上海是国民党的经济中心,冒险家的乐园,当局控制得十分严密。在上海做地下工作,不仅要面对当局的军、警、宪、特,还要面对外国巡捕和各种帮派势力,斗争形势十分艰巨复杂,稍有不慎就会给党组织造成严重损失,也会给自己带来生命危险。不久,与刘希禹、陈仲模同住的一个地下党员被捕,当时两人刚好不在住处,逃过一劫。后来,他们搬到江湾安乐里与马克昌住在了一起。几年来,共同的理想与奋斗的历程已经使三人之间产生了深厚的革命友谊。从此,他们三人并肩战斗,共赴生死。

6

马克昌离开家乡不久,他的父亲把向自芳母女接回了河西老家。在老家,向自芳的一个表嫂告诉她,马克昌已经离开云南去了远方。向自芳这才知道丈夫已经离家出走了。回想丈夫走前的一些言行,向自芳恍然大悟,抱着5个月大的女儿暗自落泪。从此,河西汉邑村就多了一处令人落泪的场景，瘦弱的向自芳抱着女儿马丽佳站在村头久久地眺望着路的尽头，盼望着那个熟悉的身影出现。只要有个人影，向自芳的心就怦怦跳动，一次又一次的希望，一次又一次的失望。就这样，她一等就是18年，从20岁等到了38岁。

马家兄弟三人，长子马克昌，次子在昆明做生意，三子后来死了。马家分两处住，一处就是老家河西县（现通海县）汉邑村，马克昌的祖母在老家，家里有不少田地，家中有长工、短工，农忙时还有临时工。马克昌离家后，向自芳就在汉邑村负责向家的整个家务活，全年烧火、煮饭、洗衣，没有帮手，就她一个人。只是农忙时会有一位姓普的大姐来帮几天忙。农闲时，向自芳织些桌布赚点零钱为自己与女儿买些衣服。晚上，夜深人静时，向自芳思念着丈夫，渴望丈夫有一天突然站在自己的面前。几十年后，女儿马丽佳说："由于我从小没有父亲，孤儿寡母家庭地位低下，我母亲担负着整个家庭的家务，常年烧火做饭，每天从早到晚忙碌，还经常受祖母和婶婶的歧视、侮辱和欺凌。家中每隔一两年才给每人缝套衣服再加上给我点读书的学费和伙食费，别的什么都不给，所以，我母亲还得抓紧农闲时家务劳动的空闲时间，挑花、织布，挣点钱弥补生活费用并供给我读书的其他费用。"

7

1930年11月17日,中共江南省委要求上海各区委集中主要问题进行讨论,动员工人、学生和革命群众,成立广州暴动纪念筹备会。同时中共江南省委、省执行委员会印发了"关于纪念广州暴动三周年"的传单,准备在12月11日广州暴动纪念日这天,呼吁"大家一致罢工、罢课、罢耕、罢操,参加南京路大示威"。江湾附近的劳动大学、劳动中学、立达学院、复旦大学、持志大学,吴淞的中国公学、同济大学等学校的一些学生和进步教师纷纷响应。他们走出学校,到附近工厂、农村联络工农大众一起行动。学校内外的这些活动很快被当局得知,军警、特务日夜出巡侦查,对可疑人员加紧追踪。马克昌为了筹备这项活动,连日来频繁地到各校开会动员,传送文件传单,引起了特务的怀疑,他的住处江湾安乐里也被特务监视。12月9日,马克昌参加完筹备会议返回寓所,刚进门即遭到潜伏的军警逮捕。当时马克昌身上带有纪念广州起义三周年的示威游行路线图,他在看到特务的一瞬间,把路线图塞进嘴里,被特务发现制止,纸张卡在喉咙,未能吞下,被特务取出。刘希禹、陈仲模几人同时被捕。随即,他们被军警押往上海市公安局龙华监狱。

因叛徒出卖,还有游行线路图和传单,当局认定他们的活动是一起"共产党组织暴动"的要案。羁押19天后,马克昌于12月27日与另案被捕的20位革命志士一起,从上海被押解到南京陆军监狱。1931年3月,他又被转押至南京江东门外国民党中央军人监狱。同年4月29日,国民党当局以"危害民国紧急治罪法"判处马克昌、刘希禹、陈仲模3人死刑,就地执行。

这天下午,马克昌被提出牢房时,一边拖着沉重的脚镣,一边隔窗向各监房的难友点头诀别,当他看到刘辉炜望着他哭泣时,镇静而坚定地对他说:"哭什么,刑满出狱后,继续革命!"说完大步地走上刑场。据说,马克昌不愿看到两个战友先自己倒下,要求先枪毙自己。随即,他连中数弹,倒在南京国民党中央军人监狱的刑场上。这年,马克昌25岁。家中的妻子23岁。

就是这天的中午,中国青年热爱的领袖恽代英也在这里被枪杀。

8

马克昌就义的消息很快传到了云南的马家。马父及全家悲痛不已。马父把家人及亲友全部召集起来,嘱咐他们联合知情人对向自芳封锁这个噩耗。马父的这个做法并不是担心向自芳悲伤。马克昌与向自芳的女儿马丽佳后来谈到这件事时说:"父亲1931年牺牲,祖父、祖母、叔叔等人怕连累他们,又怕母亲知道了守不住寡，伤了他家的门面，故把父亲牺牲的消息封锁起来，对我们欺骗说：'人走远了，也许到国外去了，信寄不来，人也回不来。'就这样，我们母女在盼望和期待中过了漫长的18年。我上高中时，我的班主任张淑良老师无意中把父亲的事告诉给了我，我才知道父亲早已不在人世。"

女儿马丽佳知道这个不幸消息后，独自悲痛，怕母亲承受不了这个事实，就没有告诉母亲。马丽佳高中毕业后考上了大学，可她的祖父不愿继续供她读书，说："姑娘子家，读到高中毕业就够了，上什么大学。"马丽佳想上大学，母亲也拿不出学费供她上学，一气之下，她写了一封信留给母亲，如她的父亲当年一样，离家出走了。信中告诉母亲，她的父亲早已光荣牺牲了。她要继承父亲遗志，到解放区去，像她的父亲一样干革命。

向自芳不见了女儿，看到女儿留下的信，痛不欲生。一痛丈夫死了，18年来，她一直以为丈夫还活着，或许在国外，一时回不来，但总有一天会回来的，这是她活着的意义，也是希望，这个希望支撑着她把女儿养大，在家受多大的苦也无所谓，等待着丈夫的归来。如今，她突然得知，丈夫早已不在人世了，这让她怎么能承受；二痛相依为命的女儿像她父亲一样，不告诉她也离家出走了。向自芳寝食皆废，日夜哭泣，哭了几天几夜，失去了生的欲望。但女儿是她的牵挂，她战胜了自己，从床上爬起来到处请人打听女儿的下落，最终打听到了，女儿去新平参加游击队了。几十年后，马丽佳说：“知道父亲的事后，我几乎每天都处于要不要把此事告诉母亲的矛盾中。直到1949年，在祖父不同意我上大学的情况下，一时冲动的我，给母亲留了封信，将父亲早已牺牲的事告诉了她，然后离家出走，前往新平参加边纵滇中独立团，去继承父亲遗志。现在，每每回想起这一幕，我的心总因自责而久久地疼痛：18年啊，整整盼望了18年，父亲早已不在人世！我又离家出走！这生命中难以承受之重，在瞬间被我压给了母亲，那一刻，母亲该是怎样的绝望啊！"

1950年，马丽佳从玉溪军分区转业回到家乡，在通海河西中学任教，时常回祖屋陪伴着她的母亲。母亲这才有了安慰。

1951年，政府颁发了"为革命牺牲人员家属光荣证书"，向自芳成为烈属，得到了政府的关心和优待。1952年，马克昌的父亲被划为地主成分，在一次批斗会后自杀身亡；马克昌的母亲也于两年后病逝。"地主分子"的帽子就落到了向自芳的头上。从此，向自芳有了双重身份：烈属与地主。在慰问烈军属的大会上，向自芳被邀请到主席台上戴着大红花接受众人的敬意；但更多时候，她要在四类分子批斗会上低头认罪。作为地主分子，平时要劳动改造，接受管制，要写保证书，要义务做200个工分。1969年，生产队还把她年终分红时存在信用社的结余款40多元和节约所得的50斤粮食没收了。对此，她对女儿说："你爹是为革命而死的，我苦守了他一辈子也值得，想起旧社会在那个地主家庭里过的那种日子，真是有

我要与你就义地的泥土合葬

苦没处诉,这样我自己劳动自己吃,受这点气没什么。"豁达大度的向自芳总是默默承受,不喜也不悲。似乎生活中没有什么事情能影响到她对丈夫的思念和对儿孙的照顾上。

马丽佳通过马克昌生前战友艾思奇,知道南京雨花台烈士陵园建了烈士纪念馆,馆里陈列着马克昌与云南同乡刘希禹、陈仲模的革命事迹。为了了解父亲的生前事迹,马丽佳四处打听,多次写信给雨花台询问父亲的情况。不知是因为信没能到达,还是没有找到负责史料的人员,10多年来,一直没有消息。有一年,刘希武到雨花台烈士纪念馆看到马克昌的照片与事迹,写信到云南河西查询马克昌家属,当时马丽佳正受"资反线"的迫害,信被压了近一年,直到运动结束后,她才听到消息,四处找寻,好不容易才找到这封信。她给刘希武去了信。接到刘希武的回信后,她才知道雨花台烈士纪念馆陈列着她父亲的详细情况。

马丽佳说:"39年了,我无时无刻不在想念着父亲,解放前,我只单纯地想着父亲回来,在我知道父亲早已牺牲后,开始懂得了仇与恨,爱和憎,对国民党,我有不共戴天的仇,对封建社会和封建地主家庭,我有刻骨的恨,仇恨之火在我胸中燃烧,使我走上了革命的道路。"

9

  为了丰富雨花台烈士纪念馆的资料与文物，南京市人民政府在全国范围内征集牺牲在南京的烈士资料，向自芳也收到了这个信息，她翻出收藏多年的丈夫的一件长衫与两张照片，看了又看，最后依依不舍地把它们捐给了雨花台烈士陵园。

  自从向自芳知道雨花台烈士纪念馆展出马克昌的事迹后，她就固执地认为雨花台是承载着马克昌烈士英灵的地方。多年来，她有个心愿，就是到南京看看丈夫死的地方和他的遗容。由于诸多原因，这个愿望一直未能如愿。但这个愿望从没有在她心中熄灭过，很想有生之年能去雨花台看看丈夫的坟墓，以了却她几十年的心愿。所以，她让女儿写信给雨花台烈士陵园，问能不能来南京看烈士坟墓，特别问要办什么手续。其实，马克昌是牺牲在南京江东门外国民党中央军人监狱，坟茔已找不到了，但远在云南边陲的向自芳认为南京就是丈夫牺牲之地，到南京就能感受到丈夫的气息，更何况南京雨花台烈士纪念馆里挂着丈夫的照片。

  1972年5月，在雨花台烈士纪念馆同志们的热情帮助下，向自芳由女儿马丽佳陪伴，从云南出发前往南京。丈夫牺牲40多年了，已是65岁的向自芳感慨不已，从未出过远门的她终于踏上了丈夫的牺牲之地。向自芳来到雨花台烈士纪念馆，走到马克昌年轻的遗像下，再也控制不住自己的感情，母女俩抱头痛哭，她们撕心裂肺的哭泣让观众与雨花台烈士纪念馆的工作人员为其动容，也都陪着一起流泪。

马克昌家属在纪念碑前的留影

几十年的思念就在此刻化作滂沱泪水，在亲人面前尽情宣泄。哭后，向自芳对着丈夫的遗像细语倾诉，她有太多的话要对丈夫说。她相信，丈夫知道她的到来，丈夫能听到她的话。她絮语连连，如室外的细雨一样，绵绵不绝情深意浓。

离开纪念馆的时刻到了，向自芳舍不得，她一步三回头地看着年轻的丈夫。女儿也不忍心催促母亲离开，犹如重逢又别离。

从此，南京雨花台烈士纪念馆就成了她们母女的娘家人。遇到任何伤心事，她们首先想到的就是娘家人，会给纪念馆的工作人员写信倾诉寻求帮忙。

在那个极左路线盛行的年代，马丽佳也屡遭波及和不公正对待。虽然她认真教书，经常获得学校表彰，但运动一来，她就要坦白交代，与地主母亲划清界限。1977年，马丽佳在担任校革委会副主任时，卷入了一场派系斗争，同年11月，被某些人戴上了"为地主母亲翻案"的帽子，定为"阶级报复"罪，被判刑15年，在云南省第三监狱服刑。马丽佳进了监狱，母亲向自芳担心成疾，马丽佳的孩子为了照顾外婆而弃学。马丽佳的两个孩子向各级部门写了近百份申诉信，无果。在这样的情况下，向自芳想到了雨花台烈士纪念馆的同志们。抱着最后一线希望，她让外孙女来到雨花台寻求帮助。纪念馆的领导立即派出两名同志专程赶赴云南，走访了玉溪、通海等地，查阅有关马丽佳的案情材料，弄清了马丽佳的案情后，到各相关部门为她申诉，证明她是烈士女儿，是烈属身份。但他们的努力一时没有效果。可纪念馆的同志没有放弃，回到南京后，继续竭尽全力地寻找各种途径和机会为马丽佳申诉。遇到云南省的领导到雨花台参观时，他们热情接待之余，向他们诉说马丽佳的情况，寻求帮助。此后，纪念馆的工作人员利用去各地开会之际，打听马克昌烈士当年战友的下落。苍天不负有心人，马克昌的狱中难友、时任铁路运输高级法院院长的陈坦，在一次会议上提到了马克昌的名字。这个信息很快传到了纪念馆，纪念馆的领导立即与北京的陈坦联系,向他介绍马丽佳的案情并寄去马丽佳的申诉信,从而得到了陈坦的帮助。在各方的努力下,1983年初,马丽佳在入狱5年零2个月后终于走出了监狱。

出狱后的马丽佳,第一件要办的事就是带着母亲与儿子再一次来到雨花台烈士陵园,表达她与母亲对陵园工作人员的不尽感激。

1984年,政府给她们换发了"革命烈士证明书",向自芳开始得到每月8元的抚恤费。1986年,向自芳随女儿迁到昆明,享受每月111元的抚恤费,医疗费用全报。从此,这对母女朝夕相伴,79岁的向自芳真正地安定了下来,含饴弄孙,享受晚年生活。

2007年4月,100岁的向自芳,感觉身体一天不如一天,嘴里时常叨念着丈夫马克昌的名字。此时,马克昌已经牺牲77年,离开她79年了,在生命的最后一刻她还在思念着丈夫。一天精神稍好一些时,她跟女儿说,她死后要葬在家乡的祖坟里,想要一些雨花台的土与她合葬。

马丽佳立即给南京雨花台烈士纪念馆写了一封信,述说了母亲的要求,请求他们寄上一包雨花台的土。很快,马丽佳就收到了一包带着雨花石与松针的泥土。女儿把这包泥土拿到母亲的眼前时,这位百岁老人的眼睛放出了异样的光。她让女儿感谢雨花台烈士陵园的亲人们。

两个月后的6月27日下午3时,向自芳无疾而终。

向自芳 20 岁时丈夫离她而去,她带着对丈夫的爱又生活了 80 年。向自芳的讣告中这么说:老人家用生命的 80 年守护那份真爱;用生命的 80 个春秋期盼丈夫的归来。

　　百年跨鹤咸称人瑞
　　世纪奉献垂范彤徽

遵从向自芳老人的遗愿,她的骨灰被运回故乡,与马克昌烈士遗像、衣冠及南京雨花台烈士陵园的一抔泥土合葬于马克昌原籍通海县河西镇汉邑村马家坟。

向自芳终于与丈夫团聚了。

在看不见你的地方，我的心和你在一起

谭寿林（1896—1931）

1928年的春天，沉睡了一个冬天的上海大地慢慢地复苏过来了，街边的行道树在春风里冒出了新绿。一位外省青年风尘仆仆地来到上海。虽然此时的上海军警、便衣特务满街行走，但这位青年依然沉醉在树木、花草的清香里。

他是谭寿林，此前在香港从事中共的地下工作，因香港党组织遭破坏，被调来上海，参加中华全国总工会工作。此刻他还不知道，他生命中的一场旷世之恋即将在这里发生。

1

中华全国总工会于1925年5月在广州成立；1927年2月，全

总机关由广州迁到汉口；1927年9月，全总机关秘密地迁到上海。上海及其周围地区的工人运动由全总直接领导。谭寿林调入中华全国总工会后不久，又调入全国海员总工会任秘书长。

谭寿林是广西贵县三塘乡谭岭村人，长着一张广西人特有的面相。他出生于1896年4月，到上海这年刚好32周岁。在这32个春秋里，谭寿林有着不一般的经历：1917年，考上广西贵县中学；1921年9月，考入北京大学乙部英文预科班。在北大学习期间，结识了共产党员黄日葵等人，因而加入了北大马克思学说研究会。1922年，加入中国社会主义青年团。1923年秋季开学时，谭寿林进入了北大国文系学习。先在英文系，后入国文系，因此，谭寿林英文好，国文更好。1924年的秋天，他加入中国共产党，在李大钊领导的中共北方区委和中国劳动组合书记部北京分部工作，主要负责编辑《工人周刊》。

谭寿林在北大国文系读完一年级后，因家中经济困难，难以维持他的学费，准备辍学。此时李大钊在北京女子高等师范学校开设女权运动史、社会学等几门课程，他利用讲授这些课程的机会传播马克思主义。当他得知谭寿林因家庭经济困难而无法继续学业时，就将他介绍到学校来协助自己。有了这份工作，谭寿林半工半读，也能继续他的学业了。不久，因为参与了"驱杨运动"，谭寿林无法在女师教学，也无法继续北大的学业了。

离开北大后，谭寿林成了一名职业革命者。

1925年,谭寿林被党组织派回广西工作。同年12月,广西第一个党的领导机构——中共梧州地方执行委员会成立,谭寿林担任地委书记兼宣传委员,谭寿林以一个全新的身份在梧州及广西其他地方活动。在此期间,他积极发展广西地方党组织,发动和指导工农革命运动。到了1926年,谭寿林身兼五职:梧州地委书记、广西区委筹备组成员、省立二中国文教员、梧州民国日报社主任、宣传员养成所讲师。

大革命失败后,1927年5月,谭寿林被派往广州,负责对中共广西地委的联络工作。此时,四一二反革命政变刚刚过去,时局的动荡让谭寿林的家人担心他的安全,于是,父亲从贵县来到广州找到他,劝他回家隐蔽一段时间,免得家人担心。谭寿林对父亲说:"就现在的情况看,回家也不妥当,避免不了来自各方的恶势力。要战胜恶魔的势力,唯一的方法还是战斗。"父亲虽然不赞同儿子的话,但儿子决定的事,劝也没用。于是,父亲独自回了贵县。

1927年底,谭寿林参加了广州起义。起义失败后,他经佛山、中山到达香港。

1928年的春天,谭寿林化名覃树立,来到上海。眼前飘着清香的魔都上海,与几个月前腥风血雨的广州判若天渊。进入灯红酒绿的都市,谭寿林更加警觉起来。

他穿着西装,打着领带,拎着一只箱子踏进了中华全国总工会的石库门。

几个月后的夏天,中华全国总工会秘书处迎来了一位年轻秀气的女同志。谭寿林还不知道,这位女同志即将成为他的革命伴侣。

2

1928年7月,上海已进入盛夏,但接连几场雨水,把空气中的暑气驱散了。钱瑛穿着短袖旗袍,拎着一只小皮箱,神清气爽地走进中华全国总工会。

钱瑛被分配到总工会的秘书处,担任秘书与内部交通工作。谭寿林此时的职务是中华全国海员工会秘书长。

钱瑛长得娇小漂亮,两只水灵灵的眼睛透着机灵。她虽年轻,但聪明又勤快。通过几天的工作接触,谭寿林看出了她是一位有阅历、有个性、有知识的好同志。

钱瑛对这位兄长般的领导印象是怎样的呢?22年后的1950年7月7日,钱瑛在回忆谭寿林的一篇文章中写道:"他患肋膜炎,既不请假,又不肯告人,更未花钱诊治,直到一月之后高烧卧床,才找一个同乡医生看了一次,但仍照常工作。病后又不肯花钱调养,仍将生活费的一半节省下来供给穷的同志吃饭,而自己每月伙食则以三元为限。烧饭、洗衣琐事亲自料理,从未雇人更【未】赖其他同志帮助,且在他的工作完后,总是帮助我们。他每天必写日记,多为描写社会现状的短篇小说。"从这段文字的字里行间中,可以看出钱瑛对谭寿林为人的敬仰,也能看出她对谭寿林帮助别人,自己过极其俭朴生活的担忧。

彼此有了这些良好的基础,交流自然越来越多,谭寿林也就知道了钱瑛的经历与家族情况。

钱瑛比谭寿林小7岁,1903年5月14日出生于湖北省潜江县周矶镇钱家庄。父母在镇上开了一家小药店,生意不好也不坏,一家人的生活安安稳稳。钱家命运的改变是在钱瑛出生的前一天。那天,父亲买了彩票,竟然中了头彩,获得一大笔钱。第二天,钱瑛出生,家里人都说这个女儿给全家带来了好运,这也是钱瑛出生后受宠的原因。钱瑛是家中的老四,虽然是女儿身,可她享受的待遇与家中男孩子一样。

与大多数突然发了大财的人一样,父亲中了彩票却并没给他自己带来好运。他除了将中彩票的大部分钱,用来赈灾与救济亲友,一小部分钱用来造房买地,剩下来的数千元都给了家人。钱家是个大家族,因此而惹来钱瑛叔伯们的不满,家里终日不得安宁。父亲一气之下远渡日本,在东京参加了孙中山组织的同盟会,后来病逝于日本。

父亲去世后,家中的母亲独自经营着小药店,生意每况愈下,她放弃了生意,带着钱瑛及其兄弟姐妹离开周矶镇回到老家咸宁马桥镇力稼庄,靠着祖上留下的几亩田地度日。这年钱瑛刚满一周岁。

母亲虽然守旧,可也让他们兄弟姐妹读书,钱瑛7岁时入了私塾。她像所有女孩一样被母亲缠足。钱瑛自小就是个特别的孩子,很有个性,被缠足了一段时间后,疼痛让她无法忍受,就说服母亲不要再给她缠足。母亲虽不赞成女儿,还是顺从了她。但她的脚已经变形了。

19岁那年,钱瑛考入了潜江县职业女校,毕业后留在女校,当了一名教师。此时的钱瑛还没有成家,那时,20岁左右的姑娘还没出嫁,就是老姑娘了。钱瑛长相甜美,又有文化,当然不乏上门提亲的人。在众多的选择中,母亲替她相中了一个大户人家的儿子,也收了人家的聘礼。这是母亲的一厢情愿,女儿并不同意。钱瑛是个知识女性,在校接受了新思想,反对父母包办婚姻,憧憬自由恋爱,美满婚姻。于是,她要求母亲退掉这门亲事。此事,母亲一个人也做不了主,家族中七大姑八大姨都出来阻止家族中从未发生过的事情。钱瑛再三恳求母亲帮她退婚,母亲不同意。钱瑛痛苦不堪,整天以泪洗面,思虑再三,决定不要苟活于这个荒唐的世界。于是,她选择了一个日子,将自己关在屋里,写好遗书后,把藏在枕头下的剪刀拿出来,对准自己的颈动脉狠狠地刺了下去。母亲听到屋里不正常的动静,跑进屋,顿时吓傻了,女儿满身是血,她从女儿手中抢下剪刀,大喊:"来人,来人啊。"在家人的抢救下,钱瑛被救了回来。母亲不敢再坚持了,把钱瑛的婚事退了。但钱瑛的颈部留下了一道深深的疤痕。

凭着自己的执着与决绝,钱瑛胜利了。

谭寿林听到钱瑛的这些经历后,眼中闪着光,带着敬佩的语气对钱瑛说:"我真的佩服你,即使是个男子也未必有你的这番勇气。"

自这次交流后,他们的关系又近了一层,有一种难舍难分的感觉。谭寿林很想知道钱瑛更多的情况。

1923年初夏,钱瑛说服母亲,来到武汉投奔族叔钱亦石。此时,钱亦石在武昌高等师范附小担任教务主任,他很欣赏钱瑛这个侄女的个性,更欣赏她反封建礼教的勇气。在他的鼓励下,钱瑛考上了湖北女师。但在入学体检时,因钱瑛的脚曾经被缠而变得有些畸形,学校以不便参加体育课程为由将她拒之门外。这件事情对钱瑛的打击很大,一时难以接受,她又产生了轻生自杀的念头。接连几日,一会儿去江边,一会儿去井边。钱亦石看着侄女不对劲,一边让儿子钱远铎寸步不离地看着钱瑛,一边亲自与校方交涉。钱亦石曾是湖北一师的教员,与湖北女师有过合作,经过他的努力,钱瑛终于走进了湖北女师的校门。

钱瑛一入校就感觉到了女师进步的气氛。在她进校的前一年,女师曾爆发了一场学潮,这场学潮震惊武汉三镇。领导这次学潮的学生后来大多走上了革命的道路,有的成了妇女运动的领袖,她们是徐全直(陈潭秋夫人)、夏之栩(赵世炎夫人)、杨子烈(张国焘夫人)、袁溥之(陈郁夫人)、袁震之(吴晗夫人),以及庄有义、陈碧兰等学生领袖。她们要求剪发,读新书,反对"三从四德"的封建礼教。学生领袖的这些主张正是钱瑛的理想。她在这样的环境下读书,迅速融入湖北女师的学生运动中。

1927年3月,钱瑛由吴瑞芝介绍加入了中国共产主义青年团,两个月后转为中共党员。

这年夏天,钱瑛从湖北女师毕业,被派往江西九江总工会组织部担任干事,负责纱厂及火柴厂工会工作。汪精卫在武汉公开背叛革命后,九江的地下党组织也受到威胁。一天晚上,在九江的国民党当局全城搜捕共产党,钱瑛刚洗完澡就听到前门有几个陌生人的声音,她感觉不对,立即跑到后屋,打开窗户,纵身一跳,逃过了这次搜捕。

钱瑛从九江逃出后,根据党组织的安排,她与马玉香准备赶赴南昌参加武装起义。人还没动身,南昌起义已经结束,她们赶往广州,找到教导团的军医处才与党组织接上了关系。她们准备参加广州起义,谁知起义提前了一天,钱瑛所在的营团没有得到提前举行起义的通知,当他们步行到广州近郊时,起义已经失败。钱瑛他们沿着起义部队撤退的路线赶到白云山脚下,部队已经离开了。

听到这里,谭寿林感慨不已。他告诉钱瑛,他也参加了广州起义。原定于12月12日举行起义,起义前夕,粤军张发奎对起义计划有所察觉,遂准备解散教导团,在广州实行戒严,并调其主力部队赶回广州。在这紧要关头,中共广东省委决定提前一天,于11日凌晨举行起义。在张太雷、叶挺等人的领导下,教导团全部、警卫团一部、工人赤卫队7个联队、两个敢死队共3000余人及2万名农民,分数路向广州市各重要机关发起突然袭击。经过10多个小时的战斗,歼灭市区守军大部,攻占市公安局、国民党广东省政府等重要机关。12日上午,成立了广州市苏维埃政府。这天,张发奎部三个多师与在市区的残部,在英美日法等国的支援下,向起义军反扑。广州失守,起义失败。国民党军重占广州后,对未及撤离的起义军进行了镇压。他当时在起义指挥部肃反委员会工作,负责审讯文教界反革命分子。起义失败后,他与陈勉恕一起隐居在广州市郊大石街陈勉恕爱人刘曼舒家中。躲到12月下旬,他从广州绕道佛山、中山到香港,从香港来到上海。说完这些,谭寿林问钱瑛:"你是怎么逃出广州的?"

钱瑛更是感慨不已:"我比你艰难很多。"

钱瑛两次错过了起义部队,虽一路劳顿奔波,但生命还在。为了寻找党组织,接下来的一个多月,钱瑛的经历惊险而传奇。

自国民党四一二反革命政变后,中共党员都转入了地下。为了寻找党组织,党员们吃尽了苦头,有的把命都丢了。钱瑛也不例外,为了躲避国民党特务的追捕,她不敢住旅社,只能借宿民居农舍。某日,走了一整天路的钱瑛再也走不动了,此刻夜幕四合,她就走进一家农舍,刚好这家的主人是个寡妇,钱瑛的心踏实了下来。她跟寡妇说了一个理由,就借住在这个寡妇家的柴楼上。谁知这个寡妇见钱瑛年轻漂亮,就"乔太守乱点鸳鸯谱",让她嫁给当地民团团长做妾。钱瑛不愿意,一口回绝。但这方土地上的地头蛇看上了她,不嫁不行。钱瑛反过来做寡妇的工作,她说:"我急着赶路,看在都是女人的份上,放我一条生路。"说着,从手指上脱下一枚金戒指递给了这位寡妇。寡妇犹豫了一下,接过了金戒指,进屋拿了一套自己的破衣服让钱瑛换上,又随手递给钱瑛一包薯粉,低声说:"快,从后门走,遇人就说是要饭的。"钱瑛逃离了。

找不到党组织,钱瑛决定前往香港。经广九车站要检查,一个士兵一眼就看到她额头上有戴军帽的压痕,马上把她扣下盘问。钱瑛听出这个士兵的口音是湖南人,立即用刚学的湖南话对这个士兵说:"听你的口音是湖南人,我们是老乡,我也是湖南人,来这里给一位国军团长太太当丫头。哪知团长太太没良心,自己跑香港去了,不管我的死活,我无亲无故,也无钱吃饭,一路要饭才到这里。"说到这里,又来了几个湖南口音的士兵,大家七嘴八舌,都同情这位"老乡"妹子,就凑了十几元钱给她,又请连长给她开了一张路条。一位士兵对她说:"现在兵荒马乱的,你一个妹子,路上不安全,赶紧回湖南老家吧。"

钱瑛点头谢过,拿着这十几元钱,第二次逃脱。

钱瑛来到江边,想搭船去香港。她看到一只船停泊在岸边,不管三七二十一就跳上船。船舱内都是女人,一个个低着头不言语,钱瑛立刻意识到这是只什么船,就小声地问身边的一个女人:"大姐,这是什么船,怎么全是女的?"这个女人悄悄说:"这是贼船,你是自投罗网。"钱瑛心里暗自叫苦,这时一个男人向她走来,回头上岸已不可能了,她装着若无其事,慢慢朝船边走去。一到船边,她什么也不顾了,一头扎进江水,身后传来一片"啊啊"声,但还没游多远就被水淹没了。钱瑛醒来时发现自己躺在另外一条渔船上。她被一个渔民从江水中救了上来。这个好心的渔民看她醒了过来,劝她不要再寻死了,好死不如赖活着,赶紧回家吧。

这一次太危险了,倘若不是善良的渔民救了她,她已经做了落水鬼了。钱瑛连声感谢这位渔民的救命之恩,心有余悸地告别了渔民。

钱瑛来到街上,找了家小旅店住了下来。她一边考虑接下来的行程,一边走出房间找吃的。一出门看见隔壁房间的两个年轻男子不怀好意地盯着她。这两个男子看见一个年轻漂亮的女子住旅店,并没有家人跟随,立即起了歹心,跟在她后面问三问四。看着钱瑛不像一般女子,说话又干脆,并不好惹,立刻怀疑钱瑛是共产党。两人不动声色地回房了,想第二天抓她去报官请赏。这一夜,钱瑛哪里睡得着觉,猜想着第二天的情形。想着想着,钱瑛想出了一个办法,她从床上爬起来,在白手帕上写了一首仿《木兰辞》,意思是:未婚夫亡,自己立志守节,与父亲外出投亲,路遇土匪,父亲死,随身财物也被抢光,虽苦难连连,但其志不移。写好后,藏在身上,应对第二天的不测。

第二天,钱瑛早早起床,饭也没吃,就往火车站赶。她知道,那两个男人在跟踪她,她装作没发现挤上了火车。车上乘警也注意到她的前额有戴过军帽的压痕,就查她的票,钱瑛无票,乘警不由她说话,就说她是共产党,搜身检查。结果没搜出什么可疑物品,只有一些钱与写着《木兰辞》的手帕。乘警把钱瑛带到站长室,车站站长看到她的这首仿《木兰辞》,对她的身世深信不疑,站长对乘警说:"这样一位节孝双全之女子怎么会是共产党呢!"就放她走了。

俗话说,事不过三。可这一个多月来,钱瑛在寻找党组织的途中,连续遇到四次危险,能一次又一次成功地脱险,不能不说钱瑛是个聪慧的女子。

离开了车站,钱瑛继续寻找党组织。功夫不负有心人,不久后,她终于来到了香港,找到了党组织。此时,恽代英正在香港负责中共广东省委宣传部的工作,钱瑛被分配到广东省委宣传部,协助恽代英工作。

一个月后的1928年7月,党组织安排钱瑛去上海工作。钱瑛告别了香港的同志们,来到了上海。

听到这里,谭寿林看着钱瑛说:"真想不到,你寻党如此艰难,一路充满奇迹。写下来,就是一篇非常不错的小说。"

3

在朝夕相处的日子里,谭寿林和钱瑛的心紧紧地连在了一起。经党组织批准,1928年12月,25岁的钱瑛与32岁的谭寿林在上海举行了简朴的婚礼。

结婚,对于做地下工作的谭寿林与钱瑛来说,增强了安全感。在那个特殊时期,为了安全,为了不被国民党特务怀疑,男性地下工作者往往会找一个女性扮做假夫妻。谭寿林在广州做地下工作时,就曾与市妇联会负责人李省群假扮夫妇来做掩护。如今,他们是真夫妻,谭寿林既是钱瑛的丈夫,又是钱瑛的领导,生活上,他们可以互相照顾,工作上,他们可以互相掩护。在上海的这段甜蜜生活将是钱瑛的终身回忆。

两人的新婚蜜月刚过不久,钱瑛就接到了中共中央组织部的通知,让她到莫斯科中山大学学习。

谭寿林与钱瑛是不想分开的。但钱瑛一直有个愿望,就是到莫斯科中山大学学习。现在终于梦想成真,在对丈夫恋恋不舍的同时,也很兴奋,憧憬着去莫斯科的学习生活。

谭寿林更舍不得妻子离开。他曾将自己在广西梧州的革命活动和被囚经历写成小说《俘虏的生还》(1929年由泰东书局出版)。书中有一段话是这样写的:"一生最快乐的事,不是肉的纵欲和酒的沉湎，只是战斗的工作。"虽说谭寿林心里舍不得妻子离开他，但他还是支持妻子去莫斯科学习，这也是另一种"战斗的工作"。

接到正式通知后，他们就做着出国前的各项准备。他俩上街购买了两支同样款式的钢笔，一人一支。如同战乱时的恩爱夫妻在不得不分开时，将一对珠联璧合的物品分开，各人保存一份，若干年后凭着这件物品相识。妻子的心更细，特意为丈夫选购了一批信笺。从这些细节可以看出，这对恩爱夫妻在分别时是难舍难分的。丈夫嘱咐妻子在苏联学习期间也要注意联系国内的斗争情况。他与妻子约定，他定期给妻子写信介绍国内的斗争形势。为了不影响妻子在苏联学习，他嘱咐妻子没有重要的事情不需要每封信必回。

几天后，中共中央组织部派人带着孔原到钱瑛家中，向她详细交代了赴苏联的路线、接头地点、联络人员和注意事项。

夫妻分别的时间到了，两人依依惜别，谭寿林从怀里取出一只从未离过身的老怀表递给钱瑛。钱瑛接过带着丈夫体温的怀表，眼中噙满泪水。她懂得，这是丈夫向她表白，时间虽流逝，但他的心时刻跟她在一起，一辈子不分离。

1929年3月初，上海的春天来了，钱瑛走了。她与孔原等一行四人从上海乘船到大连，从大连再改乘火车到哈尔滨。按照中央交代的联络办法，他们一到哈尔滨，立即前往接头地点正阳大街的东紫阳果品店。可他们四人分别在道外正阳大街来来回回地找了整整两天，也没找到一个叫东紫阳果品店的店铺。时间不等人，他们知道不能有任何差错，否则会有生命危险。钱瑛虽然年轻，又是个女同志，但她在寻找党组织的途中经历了那么多危险，最后都是有惊无险。她思考了一番对其他人说："虽然正阳大街没有东紫阳果品店，那我们也可以去其他地方找，说不定有什么差错呢。"大家同意她的说法，扩大了查找范围。果然，他们在道里的中央大街上找到了这家果品店，钱瑛上门对暗号，没错，就是这家。四人悬着的心立刻静了下来。东紫阳果品店其实是共产国际哈尔滨秘密交通联络站。这次有惊无险的原因是口音问题，交通员将中央大街听成了正阳大街。交通联络站的负责人又将满洲里的接头地点和暗号告诉了他们。

满洲里位于中东铁路的西端，是中苏边境上的一个口岸城市，距苏联边境86号小站只有九公里。他们四人从哈尔滨乘火车到达满洲里，这一次很顺利，很快就找到了秘密联络点。钱瑛心情激动，马上就要到达她心仪已久的地方了。两位苏联人已经接到哈尔滨地下党方面的通知，提前准备好了两副爬犁，每副爬犁套着两匹马。上车前，两位苏联交通员向他们交代了出国境线的注意事项。当时满洲里国境线上站岗的是奉系边防军，一旦被他们抓到，关进监狱，轻则酷刑，重则枪毙。

他们走的是满洲里通往苏联的一条边境小路，爬犁在雪地上飞快行驶，九公里，一瞬间就到了国境线。这天正值大雪封门，虽然已是3月了,但满洲里还是零下30多摄氏度,爬犁到国境线时,因天寒地冻,边防军的哨兵都缩在屋内,向他们挥挥手就放行了。一出国境线,他们长长地吐出一口气,四颗心欢悦不已。

进入苏联境内,苏联红军边防部队的哨兵骑马过来,交通员用俄语与哨兵交流了几句后就放行了。到达86号小站后,交通员给钱瑛他们买了火车票,送他们上了去莫斯科的火车。86号小站离莫斯科较远,有6500多公里,火车行驶非常缓慢且一路颠簸,11天后才到达位于莫斯科河西岸的沃尔洪卡大街16号的中山大学。

这天是1929年3月27日。

多年后,钱瑛还能记得她在莫斯科中山大学的序号是406;学生证号是1252,入学时间就是他们到达的时间1929年3月27日。钱瑛与其他中国学生一样,也有一个俄文姓名,叫塔拉索娃。莫斯科中山大学学制两年,钱瑛为第四期。

入学不久后,钱瑛发现自己怀孕了。这是钱瑛不愿看到的事情,此时丈夫远在国内,自己又处在紧张的学习期。钱瑛非常焦虑,思前想后,她还是不想要这个不合时宜到来的孩子。她想办法做人流,但一个年轻学生哪里懂得办法呢。于是,她就用最原始的办法,拼命地跳、蹦,想把胎儿跳下来。肚子越来越大,有次她从桌上跳到地下,胎儿早产了。在校方的帮助下,钱瑛在妇产医院生下了一个女婴。为了不影响学习,钱瑛把女儿送到了苏联保育院抚养。

几十年后,同在莫斯科中山大学学习的陈修良回忆钱瑛:"她操着湖北口音同我谈话,她说她正在怀孕,要生孩子了。后来她生了一个女儿,因为要读书,婴儿由苏联的托儿所代为抚养,她一日两次到托儿所给孩子喂奶。我常常看到她拎着几瓶夜间挤出的乳汁,摇摇晃晃踏着雪地去托儿所,一双小脚在结冰的雪地上艰难地行走着。她怀着深沉的母爱,不顾一切每天按时送奶给孩子吃,我不禁对她产生了崇高的敬意。"

国内的谭寿林在紧张的工作之余,日夜思念着妻子,他用那支钢笔,用钱瑛给他买的信笺写了一封又一封信。钱瑛在苏联两年的学习时间里,谭寿林给妻子写了120余封信。除去钱瑛在路上往来的时间,谭寿林平均五六天就给妻子寄出一封信。这些信都是通过中苏两党的地下交通员传递的。当年的交通员每隔几天就收到谭寿林寄往苏联的信,会不会为这对夫妻的甚笃感情而感动呢?谭寿林信中内容除了国内的斗争情况外,更多的是对妻子的关爱。这位北大的高才生文笔细腻,文风流畅,钱瑛每次收到丈夫的信都是高兴的,见字如晤。她没有独享丈夫的这些信,大多情况下,都是分享给同学们。他们远在他乡,很想知道国内的情况,他们就根据谭寿林的信中内容分析研究国内的革命动态。

1930年底,国内革命形势发展很快,周恩来号召中国留学生回国参加革命。钱瑛响应周恩来号召,报名要求回国。对于钱瑛来说,回国最大的问题是:女儿怎么办?此时女儿才1岁多,回国路途遥远，也不知道途中会发生什么事，再说国内形势严峻，她与谭寿林也将居无定所，思来想去，最后决定将女儿留在苏联保育院，等待时局好转再把女儿接回国，谭寿林也同意她的这个做法。回国还有一个小问题，就是谭寿林寄给她的120多封信。这是谭寿林对妻子爱情的见证，钱瑛很想把这些信随身带回国，但她不能这么做，除了路途遥远不方便携带之外，途中也充满着危险，一旦被搜出，会暴露自己与大家的身份，可她也不想失去这些信。于是，她将这120多封信装订成两大本厚厚的册子，寄给在法国留学的一位姓韩的党员，请他帮忙保存这些珍贵的家信。钱瑛回国到苏区后，曾写信到法国给这位姓韩的党员，请他把两册信寄到上海图书馆（不敢直接寄给本人）。遗憾的是，直到钱瑛被捕也未收到这两册信。钱瑛对这两册信一直惦记在心，不知道这两册信最终流落到何处。

4

1931年的春天很快到来，钱瑛即将回国。她感慨不已，虽然不舍得离开苏联，但一想到马上要与丈夫重逢，要投入国内的革命斗争，就很期待。他们的回国旅程学校已经安排好了，回国与去莫斯科的路程不一样。他们与其他回国的同学一样，先从莫斯科乘火车沿西伯利亚铁路到达赤塔，在赤塔做着回国的准备。一天晚上，她与同学化装成商人来到边境,登上一辆带有车厢的马车,随着驭手穿越国境线,在满洲里乘火车到哈尔滨,再转车到大连,从大连登上开往上海的轮船。

离开祖国两年了,马上就要到达上海,就要见到日夜思念的丈夫了,钱瑛的心激动不已。

谭寿林在上海等待着妻子的归来。

两年的思念,一朝重逢化作彼此口中轻轻的一声"你好吗""你瘦了""你胖了"。

钱瑛沉浸在与丈夫团聚的甜蜜和回到祖国的喜悦中,彼此叙说着这两年分开的各自情况与国内外革命形势。

不久,他俩就接到了党组织派他们夫妇去湘鄂西革命根据地工作的通知。两人非常愉快,去根据地是他们的愿望。早在钱瑛去苏联前,他们就有一个想法,等钱瑛回国后,两人一起去革命根据地,现在,这个愿望终于实现了。他们做着离开上海的准备,一接到正式通知,立即动身。

谁知就在他们启程前,中华全国总工会突遭敌人破坏。作为全国总工会秘书长的谭寿林决定留下善后。谭寿林知道,妻子越早离开上海越安全,于是,他以领导的身份要求妻子立刻离开上海,前往根据地。

夫妇两人刚刚重逢又要分别,彼此不舍。但在革命工作面前,个人的情感不能影响革命。在彼此嘱咐注意安全时,钱瑛更担心丈夫的安全，一再叮嘱丈夫保护好自己，不能有任何差错，处理好事情后，立即赶赴湘鄂西根据地，她在那里等着他。

钱瑛对丈夫的担心是有道理的，当时的上海革命形势瞬息万变，往往早晨出门，晚上就回不了家。夫妻一旦分别，很可能就意味着分离，甚至永别。

钱瑛在湘鄂西根据地没能等到丈夫。

5

1931年的3月，又是一个上海的春天，钱瑛告别丈夫，悄悄地踏上了前往湘鄂西革命根据地的征程。

早在1930年7月，红四军与红六军合编为红二军团。9月，中共湘鄂西特委和湘鄂西苏维埃政府成立。1931年3月，根据中共中央的指示，红二军团改编为红三军，贺龙任军长，邓中夏任政委，这个月的27日，中共湘鄂西中央分局在湖北监利桥市镇成立，夏曦为书记。湘鄂西革命根据地的范围仅次于中央苏区和鄂豫皖苏区革命根据地。钱瑛一踏入这块根据地，恰遇国民党军队对洪湖地区发动了第二次"围剿"。钱瑛的到来，给湘鄂西革命根据地增添了一份力量。她先后担任湘鄂西中央分局职工委员会委员、常委兼秘书长等职。钱瑛一上任即全身心地投入工作中，她写了一篇题为《论怎样建立乡村工会》的文章，文章中指出："加紧建立和发展群众的组织，是我们目前刻不容缓的任务，特别注意最受压迫、生活最痛苦的乡村工人。""即刻地建立乡村工人的阶级工会。"文章分析了当时中国社会的经济特点，是"造成乡村工人的社会成分及其被雇佣形式的复杂，文化方面也是异常的落后"的原因，要改变这一状态，就"要动员最觉悟最有经验的城市工人竭力地去帮助他们这些最薄弱的兄弟，并且要普遍地提高乡村工人自己的文化程度，打破他们的一切封建思想与宗教迷信，发展他们的阶级觉悟和政治认识"。从这些文字中可以看出，钱瑛已有了一定的理论基础。虽然她刚从苏联回国，刚从大上海到根据地，但她非常接当时中国社会的地气。钱瑛担任潜江县委组织部长和县委书记后，掀起了打土豪、分田地、反渔霸等运动，很快打开城镇工作的新局面。这年的7月，国民党部队的24个团向湘鄂西革命根据地发动了第三次"围剿"。此时，正值长江中下游发生特大洪水，洪湖地区受涝面积达百分之八十。7月下旬，国军掘开江堤，导致水淹根据地，江左苏区一片汪洋，钱瑛组织群众抢险救灾。洪水退落后，钱瑛又带领群众生产自救，提出"水下一寸插（秧）一寸，水下一尺插（秧）一尺"的口号，掀起"赶秋运动"，并创办合作社和武装，到白区购买紧缺物资，在她的带领下，洪湖地区终于取得了抗灾的胜利。

钱瑛等人在潜江县建立了一支由几百人组成的游击队，通过政治教育和军事训练，成为一支战斗力较强的游击队。这支游击队曾三次阻击敌人的窜犯，四次配合红军部队进占潜江县城，打击了地主武装白极会。

钱瑛在湘鄂西革命根据地的这段经历很传奇，被当地群众传颂。1958年，湖北省实验歌剧团将钱瑛的这段事迹搬上舞台，作为进京参加国庆十周年的献演节目。1959年金秋十月，在中华人民共和国成立十周年之际，歌剧《洪湖赤卫队》进京演出。演出场场爆满，北京大街小巷一时响起了"洪湖水浪打浪"的歌声。1960年1月5日，歌剧《洪湖赤卫队》演出第100场时，周恩来、李先念等党和国家领导人亲临中南海怀仁堂剧场观看。演出结束后，周总理上台和全体演员一起高唱"洪湖水浪打浪"。周总理后来对此剧高度评价："我活了65岁，才找到了一首真正的革命抒情歌曲。"1月9日，当年在洪湖战斗过的贺龙元帅在北京饭店宴请了剧组人员，梅兰芳、老舍等许多知名艺术家前来赴宴。大家落座时，贺龙还特地请王玉珍、夏奎斌、刘淑琪等主要演员坐在他身边。他斟满一杯茅台，起身向大家敬酒，高兴地说："这个剧编得好，演得也好，台上的韩英典型地再现了当年的钱瑛同志。感谢湖北人民排出了一台好戏，把洪湖人民斗争的历史搬上了舞台。"

1961年，《洪湖赤卫队》第二次进京公演时，周总理、陈毅、李先念等许多党和国家领导人再次观看。为使全国人民都能看到这出好戏，贺龙元帅提议将这部歌剧搬上银幕。以钱瑛为原型的赤卫队队长韩英的形象，更是电影中"英雄"形象的经典之一。主题曲《洪湖水浪打浪》歌词也很美，一经唱出，家喻户晓，老少皆会唱：

"洪湖水呀浪打浪,洪湖岸边是家乡。清早船儿去撒网,晚上回来鱼满舱。四处野鸭和菱藕,秋收满畈稻谷香,人人都说天堂美,怎比我洪湖鱼米乡……"1962年,电影《洪湖赤卫队》获得第一届电影百花奖最佳音乐奖。

钱瑛观看这部剧后,接见了演职人员,激情赋诗一首:

回首湖滨三十秋,几番风雨几多愁。
狂飙蒋匪同为敌,鱼米家园两不留。
杀敌抗洪双苦战,红军义士血争流。
英雄智勇贯古今,一曲名扬震五洲。

当年在洪湖的战斗情境跃然纸上。

6

我们再回过来说说谭寿林的情况。钱瑛离开上海后,中华全国总工会秘书处负责技术工作的黄大霖被捕叛变,供出了中华全国总工会秘书长谭寿林的身份与住处。

1931年4月22日清晨,谭寿林被国民党上海市公安局会同老闸捕房特务抓捕,并在家中搜出中华全国总工会组织系统表和附注说明书一份,以及包东西的红布一块。

谭寿林被关进上海老闸捕房拘留所的一个三米见方的铁笼子里。与谭寿林同时被捕的还有中华全国总工会秘书章夷白和红旗报社的肖伯唐,他们同样被关进了铁笼子里。三人互相使了眼色,装着互不认识。傍晚,谭寿林、章夷白和肖伯唐被押往巡捕房的看守所。晚上,他们躺在阴湿冰冷的水泥地上,每人身上只盖着一条破毯子。三个人紧紧挨着,互相取暖。

第二天,谭寿林被审讯。审讯官拿着从谭寿林住处搜来的那块红布说:"中国共产党的红旗在这里,还有什么好说的。"并以此作为"罪证",将谭寿林移交给江苏高等法院第三分院,关押在上海市公安局看守所2号牢房。一周后,章夷白和肖伯唐也被引渡到上海市公安局看守所,他们两人被关进谭寿林隔壁的1号牢房里。通过砖墙的缝隙,谭寿林与章夷白互传信息。

4月30日上午,谭寿林被第二次审讯。这次审讯,谭寿林遇到了章夷白。章夷白看出谭寿林被用过酷刑,伤痕累累。他不能与谭寿林说话,只用眼神表示对谭寿林的敬佩。5月23日,谭寿林被当作"要犯"从上海移解南京,关押在首都宪兵司令部看守所。在对谭寿林严刑审讯后,宪兵司令部依然一无所获。最终,谭寿林被判处了死刑。

谭寿林知道今生今世再也见不到钱瑛、远在苏联的女儿及家乡的亲人了,生命中的最后一刻,他给钱瑛写下了一封诀别信,信中写道:"亲爱的:我们未竟的事业,我们满心憧憬的未来,还有我们的孩子,只有靠你一人去奋斗了!但请相信,在看得见你的地方,我的眼睛和你在一起。在看不见你的地方,我的心和你在一起。"

我们不知道谭寿林写下这封信时的心情,但字里行间,我们能看出来,他在生命的最后一刻,想着几件事:一是他们为之奋斗的事业;二是他未见过面的女儿;三是他的妻子钱瑛。他告诉妻子,虽然他看不见妻子,但他的心时刻与妻子在一起,他时刻思念着钱瑛。

1931年5月30日凌晨,谭寿林被押往雨花台刑场前,监狱当局问他:"你死后有无家庭与朋友需要通知?"谭寿林怕连累党组织、家人及其他同志,回答说:"没有。"

这天,谭寿林被枪杀在雨花台刑场,年仅35岁。

此时,钱瑛战斗在湘鄂西革命根据地,对丈夫的情况一无所知。

后来,钱瑛回忆,那年的6月,她在洪湖苏区看到上海出版的一份旧报纸,报纸上竟然刊登了谭寿林被捕的消息。但她不知道谭寿林已经牺牲在南京雨花台。直到11年后的1942年,钱瑛在延安遇到和谭寿林一起工作、同时被捕的章夷白,才知道谭寿林被捕牺牲的具体情况。

钱瑛为丈夫的英勇而自豪。

7

1932年的秋天,红军主力被迫撤出洪湖苏区。党组织命令钱瑛到沔阳沙湖区,寻找潜江县委书记率领的独立团。

钱瑛连夜出发,赶到沙湖时,区委及独立团正在撤离沙湖地区。于是,钱瑛与区委人员一道撤退。在险恶的环境中,钱瑛与区委人员走散了。钱瑛身穿蓝布裪,头戴草帽,装扮成农村妇女混在群众之中。走到沔阳通海口镇时,敌人听出她的口音不是本地人,怀疑她是红军,便将她扣押审讯。此时钱瑛怀揣着谭寿林送给她的那块怀表,她自称农妇,但是农妇身上不可能揣着怀表,如果被敌人搜出,那一定凶多吉少。于是,她说内急,要去趟厕所。在厕所里,她掏出爱人的遗物,含着泪把怀表扔进了粪池。

敌人将钱瑛带到一户老百姓家进行审问。钱瑛称自己名叫陈秀英,二姐夫从汉口贩药材来这里做买卖,很久没有回家,二姐不放心姐夫,自己又走不开,就派她到这里来寻找姐夫。一位农村大娘看着钱瑛一个姑娘家被男人审讯,就站出来为她作证。敌人虽然审不出钱瑛什么问题来,但也不释放她。

钱瑛被捕后,她的二姐钱轩很着急,一边担心妹妹的虚弱身体,给她寄去人参和生活用品,一边让丈夫请当地王福记药铺出面作保,钱瑛终于重获自由。可以说,钱瑛与二姐钱轩姐妹情深。新中国成立后，钱瑛走上了领导岗位。那时正在完成土地制度改革，发展新民主主义经济。1950年春天，钱轩提着一只大皮箱来到武汉钱瑛的家，钱瑛看着二姐的这只大皮箱很警觉地问："箱里装的是什么？"钱轩说："装的是田地、山林、房产等契约，现在农村要土改了，你看怎么办？"钱瑛听完，非常严厉也很生气地说："你赶快拎回去，全部交给贫农协会，一件都不准留下来，现在就走。否则，我要给公安部门打电话了。"钱轩都未来得及坐下歇会儿，就又提着大皮箱走了。回乡后，主动将她的全部家产上交了，贫协给她评了一个守法分子。这也是后来钱瑛被称为"女包公"的一个原因。这是后话了。

这次脱险是钱瑛多次有惊无险中的一次，但钱瑛知道，不可能永远有这么好的运气，她愈发谨慎起来。一走出农民家，她就捡了一只破篮子，浑身脏兮兮的，一瘸一拐沿途乞讨，一直走到汉口童万泰药铺。

家人见到她，又惊又喜又担心，给她在汉阳租了一间房子。在汉阳隐蔽期间，家人苦口婆心地劝她放弃革命，也免得家人整天为她提心吊胆，受连累。钱瑛怎么会答应家人的恳求，放弃自己的追求呢。两个月后的1932年底，她离开了汉阳前往上海寻找党组织。

一踏入上海，钱瑛感慨不已。在这里，她与谭寿林相识、相知、相爱。如今爱人又在哪里呢？

根据亲友提供的地址,她找到公共租界赫德路正明里,敲响了族叔钱亦石家的大门。堂弟钱远铎开门看到钱瑛时,像见到了"鬼",一下子呆在那里,说不出一句话。钱瑛不解地问:"难道你不认识我了吗?"钱远铎这才请她进门。

数月前,钱远铎在上海《申报》上看到一则新闻:"潜江女匪钱瑛落网,就地正法,枭首示众。"几天前又看到《社会新闻》上刊登的一篇题为《匪中一贞姑,誓抱独身志》的文章,文章上说:"著名共产党员钱秀英,年仅二十三岁。""不知何时,忽加入共产党,不久派赴俄国留学。返国后,即任共党重要工作,常骑马率共匪冲锋陷阵,与剿匪军作殊死战,在保卫局长任内,杀人亦甚多。但彼仍坚守贞操,誓抱独身主义,凛然不可犯,此为最可异处。匪首贺龙甚尊敬之,常呼之为钱先生,外传系贺龙之妹者误也。后在周家咀被义勇队所杀。"所以,钱远铎看到钱瑛吓得不知所措。钱瑛听到这里,高兴地说:"太好了,敌人说我死了,那我就安全了,在上海又可以活动了。"

钱亦石举家搬到上海后从事着翻译工作,也与地下党保持着联系。在族叔的帮助下,钱瑛很快找到了党组织。此时,上海党组织遭到了严重破坏。1933年1月,临时中央政治局被迫由上海迁到中央革命根据地瑞金。对于中共地下党来说,上海笼罩在一片恐惧之中。

钱瑛被调入中共江苏省委,担任妇女部长周超英的秘书。钱瑛是个成熟的革命者，出于安全考虑，她化名彭友姑，对别人隐瞒了她的所有经历，包括她的直接上司周超英。周超英不清楚钱瑛的历史，但她知道钱瑛的住址。

8

两三个月后，周超英被捕叛变，领着国民党特务来抓捕钱瑛。钱瑛被捕了，关押在国民党上海市公安局看守所。被审讯时，她自称彭友姑，湖南人。周超英也不知道钱瑛的真实身份，所以，她的身份没有暴露。第二次审讯时，审讯官说："你不要再说谎了，你是中共江苏省委妇女部长周超英的秘书，她已经向我们交代了，现在就看你的态度了。"钱瑛说："我是湖南人，经朋友介绍来上海给周超英当跑腿的，我也不知道她是做什么的。"审讯官说："你的案情重大，如果你不肯自首，只能将你送到南京去了。"

钱瑛被押解到南京首都宪兵司令部看守所。1933年7月12日，钱瑛被判处15年有期徒刑，移送南京老虎桥监狱，后被转移到首都反省院。

在首都反省院保存下来的档案中，是这样记录钱瑛的："隔别训管"，"从十一月起个别训话"，"思想顽固，言行不良，继续留院反省"。

1937年8月14日夜，躺在首都反省院的钱瑛与她的难友们，被一阵飞机的轰鸣声惊醒了,还没等她们反应过来,爆炸声响起,接着就听到了高射炮对空的射击声。

钱瑛知道,日本飞机来轰炸南京了。不久传来一个消息:国共两党第二次合作,共同抗日。

8月9日,周恩来、朱德、叶剑英飞抵南京,参加国民政府军事委员会国防会议,商谈国共合作具体事项。周恩来利用与国民党谈判合作之机,提出释放一切政治犯。国民党当局于8月16日发布了《战时监犯服军役办法》。9月25日,钱瑛与她的难友们走出了首都反省院。

钱瑛4年零5个月的牢狱生活结束了。

钱瑛的这段牢狱之灾,"文革"期间又被提起,当时的专案组到处搜集她的"叛徒罪证",结果没有搜集到她的"罪证",反而调查到钱瑛的光荣历史。无奈之下,专案组找到了一位当年在国民党法院经办钱瑛案子的在押犯,专案组把他押解到北京,要他证明钱瑛当年的叛变行为。这位在押犯说:"当年彭友姑没有叛变,而且在法庭上和法官辩论的英雄气概实在了不起,我不能在这里说假话,再给自己增添新的罪名。"从这位当年国民党的在押犯口中可以看出,钱瑛是一位了不起的女人。

钱瑛出狱当天,即由八路军驻南京办事处工作人员接到傅厚岗66号,受到中共中央书记处书记秦邦宪的接见。钱瑛被留在了"八办",参加政治犯审查小组工作,负责审查从各地监狱释放出来的党员干部。审查通过的，去延安工作，也可以到长江中下游各省的党组织去工作。

审查工作结束后，钱瑛被分配到了湖北。

9

经过人生的一系列遭遇后，钱瑛又回到了家乡湖北。这年的10月，在董必武的领导下，郭述申、陶铸、钱瑛3人组成了中共湖北省工作委员会，钱瑛负责农委和妇委工作，机关设在汉口富源里。因郭述申到延安参加党的六届六中全会，钱瑛代理湖北省委书记一职。武汉失守前夕，周恩来由延安来到汉口，亲自向钱瑛布置人员转移任务。钱瑛把湖北省委领导干部和从上海、华北等地撤退来武汉的干部组织起来，有的被安排到西南去工作；有的被安排到湖北各县战地文化服务站工作；还有一些人到农村建立武装，开展敌后游击战；还有一些人被派到郭沫若领导的国民政府军事委员会政治部第三厅工作；她自己则带着少数干部留在武汉，随八路军驻武汉办事处行动。

日军占领武汉的前一天，周恩来决定长江局、八路军驻武汉办事处、湖北省委和新华日报社最后一批人员乘轮船向重庆撤退。钱瑛和湖北省委的一些同志也挤上了这艘船。谁知，途中新升隆号轮船被日军飞机炸沉，钱瑛落水后抱着一块木板游上了岸。

钱瑛随湖北省委转移到了宜昌。在宜昌,她组建了中共湘鄂西区委,并任书记。1940年2月,钱瑛调入南方局工作。

1946年,国共谈判。5月3日,周恩来率邓颖超、廖承志、钱瑛等人乘马歇尔的专机飞抵南京。中国共产党代表团对内称中共中央南京局,钱瑛任南京局组织部长兼地下工作委员会成员。6月26日,国民党进攻中原解放区,全面内战爆发。周恩来考虑到国共谈判即将破裂,中共代表团很快要撤离南京,他做出一个重要决定,派遣钱瑛秘密潜伏到上海,继续领导国统区的地下斗争。11月上旬,钱瑛潜伏到上海,扮作张文澄的表嫂,以临时家庭作为掩护,领导党在国统区的地下斗争。随后她担任了中共中央上海局组织部长。

第一任监察部长钱瑛

1952年底,为了加强中央纪委的领导力量,中共中央调中南局组织部长钱瑛担任中央纪委副书记。当时中央纪委书记是朱德,因他工作繁忙,钱瑛作为唯一的专职副书记,主持中央纪委的日常工作。1954年9月,她被第一届全国人民代表大会第一次会议任命为监察部长。

敢于谏言和勇于担当是钱瑛最突出的优秀品质。刘少奇曾称赞她"是有领导能力的,是能够独当一面的好同志";周恩来赞许她"铁面无私";邓小平称誉她"大公无私,能坚持原则";而干部群众则称她为"女包公"。

10

自1928年12月钱瑛与谭寿林结婚,到1931年春夫妇永别,两人结婚2年多,但他们在一起生活的时间仅仅百日。

钱瑛失去丈夫时才28岁,正风华正茂。可她心中的爱情之花已经枯萎,她回绝了介绍人的好心,也谢绝了青睐于她的爱慕者。任何男人都不能替代谭寿林,此后余生,她的心中只有谭寿林,凭着百日的恩爱滋润她一生的情感生活。

谭寿林牺牲后,女儿是她唯一的牵挂。多年来,她不在狱中,就是奔波于各地为党工作,没有时间也没有条件打听女儿的情况。新中国成立后,钱瑛越来越牵挂在苏联的女儿。算起来,女儿已经20岁出头了,是个大姑娘了,她无数次地想象着女儿的模样,是像她,还是像谭寿林。于是,她多次委托有关部门帮助她查找女儿的下落。

1951年,钱瑛终于得到了女儿的确切消息。钱瑛离开苏联后不久,女儿就在莫斯科的保育院夭折了。这是一个令人悲痛的消息,更令钱瑛无法接受。那天深夜,钱瑛站在谭寿林的遗像前,向丈夫倾诉她心中的悲痛。

钱瑛命途多舛，青年时丧夫，中年又失女，这些人生的不幸严重影响了她的身体，加上在国民党监狱四年多的摧残，她虽还未到知天命的年纪，但身体每况愈下，1951年，苏联医学专家在给钱瑛做全面体检后，断定她的健康严重受损，活不了几年。钱瑛很坦然，爱人早逝，女儿又不在了，她了无牵挂，只有拼命地工作。

钱瑛与谭寿林没有留下一张夫妻合影照，钱瑛的房间里一直悬挂着谭寿林的单人照片。钱瑛珍藏着谭寿林于1929年上海泰东书局出版的《俘虏的生还》。为了纪念谭寿林就义30周年，1961年，董必武指示中国青年出版社重新出版谭寿林的《俘虏的生还》，钱瑛把她珍藏的这本书交给中国青年出版社。拿出这本书时，钱瑛触书生情，写下《再读〈俘虏的生还〉》一诗：

> 生还何处寄萍踪，骤雨狂风肆逞凶。
> 几度铁窗坚壮志，千番苦战表精忠。
> 丹心贯日情如海，碧血雨花气若虹。
> 三十一年生死别，遗篇再读忆初逢。

董必武为再版的《俘虏的生还》题写了书名，也赋诗一首：

> 热情如火吼如雷，俘虏生还气不隤。

恨病折磨难杀敌，回家探问亦招灾。

穗城喋血乌云堕，沪渎逢春旧雨来。

两卷遗编容我读，怅然怀念惜英才。

遗憾的是，中国青年出版社再版的《俘虏的生还》已装订成册，正赶上批判小说《刘志丹》一书，草木皆兵。新书没有面世就被送到造纸厂化为了浆。1993年，广西人民出版社出版了《谭寿林文集》，才将《俘虏的生还》收录其中。

"文革"中，钱瑛蒙冤，忧愤交加，1972年4月，被北京日坛医院诊断为肺癌，弥留之际的钱瑛，身边没有一个亲人。1973年7月26日深夜，70岁的钱瑛在北京日坛医院含冤离开了人世，去寻找她的爱人与爱女了。

胡不破云归望

1982年,年近80岁的章蕴在女儿与儿媳妇的陪伴下来到南京雨花台烈士纪念馆。她站在李耘生的遗像前,久久地凝视着英俊儒雅的丈夫,感慨地对女儿说:"你父亲离开我们整整50周年了,看,他还是这么年轻啊!"说着,哽咽不语了。50年前她怀着女儿,与丈夫在南京匆匆一别的情形又浮现在眼前……

李耘生(1905—1932)

1

1928年初,经过汪精卫制造的"七一五"反革命政变后,武汉的形势更加严峻了。党组织决定把李耘生调往南京从事党的地下工作,因章蕴有孕在身,不能与李耘生同去南京,李耘生准备独自前往。

夫妇二人在武汉过了一个团圆年。春节后,李耘生和章蕴离开了武昌督府堤的住处。在前往南京前,李耘生先送章蕴回湖南娘家待产。李耘生在章蕴娘家住了几天后,与妻子告别。临行前,他拉住妻子的手说道:"按上级指示,我把你的组织关系一同带走了,你安心待产,等生完孩子后,我通知你去南京及南京的接头地点,到时再接受新的任务。"章蕴忍住泪水,与丈夫告别。

丈夫一离开,章蕴的泪水就顺着她的面颊流了下来。如果不是怀孕,她怎么会与丈夫在这关键时刻分别呢。她知道,在那个特殊时期,夫妻一旦分别就可能永远不再见面。

章蕴,原名杜韫章,1905年出生于湖南长沙西乡杨家冲。1925年,加入中国共产党,1926年7月,国民革命军誓师北伐,武汉的革命力量日渐活跃,受党组织派遣,章蕴担任了还处于地下状态的国民党汉口特别市党部妇女部长,发动和组织妇女参加国民革命,迎接北伐军。

她与李耘生就是在这个时期的一个特别恐怖的环境下相识的。

1926年8月27日清晨,章蕴早早起床,洗漱好悄悄出了门。这天她要继续向妇女同胞宣传北伐,组织她们秘密做好迎接北伐军的准备工作。就在这天,国民革命军第四、第七军发起全线总攻击,经激战突破吴佩孚军队的坚固阵地,于上午9时许胜利结束了著名的汀泗桥战斗。傍晚,章蕴沿着武昌省公署门前的路走着,远远看见一颗血淋淋的人头悬挂在武昌省公署门前的电线杆上,她的心一阵狂跳,走近一看,竟然是汉口特别市党部的青年部长陈定一。章蕴如五雷轰顶,正当她站在原地不知所措时,迎面走来一位个子高高的青年,看见章蕴苍白无血的面色,走近她低声说道:"此地不宜久留,赶快离开此地,跟着我走。"两人一前一后,走出这片区域,两个年轻人互报了姓名。男青年告诉章蕴,他叫李耘生,山东广饶人。章蕴看得出来,李耘生对刚才那一惨绝人寰的祸事愤怒之极,由于两人初次相见,说出的话点到为止。青年陪章蕴走到区委机关时,章蕴说,她家就住在这附近,谢过李耘生,两人遂分手。

李耘生比章蕴入党要早。1923年,他加入了中国社会主义青年团,1924年,他在中共一大代表王尽美的介绍下加入了中国共产党,后任济南团地委书记、青岛团地委书记。为了配合北伐战争,1926年,党组织抽调一批优秀干部到武汉,李耘生遂被调来武汉。此时的武汉还是在北洋军阀控制之下,国共两党的党员被他们称为"革命党",一经抓获即被就地正法,如陈定一一样。

自武昌省公署门前邂逅后,章蕴与李耘生互相留下了美好的印象。此后,两人常常交流,知道彼此是同一战壕里的战友后,往来更加密切。章蕴与李耘生同龄,在相识相知后,互生情愫。

据章蕴后来回忆,经党组织的批准,她与李耘生大约在1926年的9月间结婚。

1926年10月10日凌晨,北伐军占领武汉三镇。国共两党的党员从地下走到了地上,开始公开活动。

1927年1月,李耘生由中共湖北区委被派到汉口中共硚口特区任区委书记。不久,章蕴也被调往中共硚口特区任组织部长兼妇女部长。

当时特区区委设在湖北省总工会驻硚口办事处内,房子是泰安纱厂的一幢大工房,里面有党的特区区委、团特区区委、工人子弟学校、工人劳动童子团、工人纠察队队部等。

区委书记李耘生高高的个子,英俊儒雅,走到哪里都是一道风景,吸引着众多女同志的目光。但他的目光只聚焦在一个人身上,就是他的妻子章蕴。

不久,李耘生调任中共武昌市委书记。章蕴随李耘生来到武昌市委做机关工作。表面上,她是一个家庭主妇,买菜、做饭、洗衣、打扫卫生,有时还与邻居打打麻将。但这一切都是在掩护机关。夜深人静时,她用明矾水密写文件材料与书信;白天,她也敢在警察眼皮底下按指定地点运送武器弹药。枪支和弹药放在箱子最底层,箱子上面放几件衣服与书籍。虽然当时她已经身怀有孕,提着这些沉重的箱子有可能导致流产,但她毫不在意,在大街上转移武器时,装着毫不吃力的样子。

这年的9月，章蕴还是出事了。

那天，她到汉口姨妈家取东西，被一个工贼认出，被捕了。李耘生十分焦急，每天让交通员送一张字条到姨妈家，字条上写着鼓励的话，夹在饭菜中送进监狱。这些温暖的话给了狱中章蕴无限的温暖与鼓励。好在这个工贼不知道章蕴的具体身份，只知道她在硚口时的公开身份是工人子弟学校教员。在姨父的奔走下，被提审一次后作为"误捕无罪"而开释。释放后，章蕴回到姨妈家，姨父非常生气，怕她再在武汉惹出是非，让她立即回湖南老家。正在姨父训斥她时，交通员来了，章蕴如见到救星，不等姨父的话说完，就随交通员离去，回到了李耘生的身边。

几个月后的1928年初，章蕴因李耘生调往南京而回到湖南老家待产。

2

李耘生大约在1928年2月底3月初来到南京。此时南京是国民党的一党天下，大街小巷都有便衣特务，警车时而呼啸而过，稍有不慎被怀疑为共产党人就会遭到逮捕。李耘生化名李立章，到了南京就设法寻找党组织。他怀揣党的组织关系满街走动，想尽快地与党组织取得联系，投入工作。

此前，中共南京地下党团组织连续两次遭到破坏，几十人被捕。此时,孙津川任地下党南京市委书记,在秘密地从事着党的工作。在国民党首都这个陌生而又戒备森严的城市里,李耘生想寻找到党组织谈何容易。

巧的是,正在李耘生无处落脚之时,章蕴的姨父回到了南京,李耘生就暂时住到了姨父家里,这比一个人住在旅馆里安全得多。李耘生一边托姨父帮自己找工作,一边在寻找党组织。不久,姨父帮李耘生在《时事新报》里找到了一份新闻记者的工作,工资挺高,每月有40元的薪水。谁知工作才一个多月,李耘生就出事了。

那天,李耘生在路上碰到一个山东青州中学的同学,这个昔日同窗在国民党中央党部做事,见到李耘生后,居然跑到中央党部去告密,说李耘生在中学时曾煽动过学潮。4月30日,李耘生作为"共党嫌疑"被捕了。5月1日的南京《民生报》还进行了报道:南京市公安局奉中央党部密令,谓李立章有共党嫌疑,因于昨日令侦缉科将李捕获,将解特种刑庭审讯。因这个同学不知道李耘生当时的身份,李耘生就以煽动反革命学潮罪,被判有期徒刑10个月,关押在江苏第一监狱,也就是老虎桥监狱。

此时,章蕴正在湖南老家"儿奔生,娘奔死"的苦难中。章蕴分娩时,长沙当局正到处通缉共产党人,满城风紧,母亲不敢把女儿送到医院,只得请农村接生婆到家里来接生。谁知胎儿难产,接生婆让章蕴吃尽了苦头,结果孩子还是没能保住,章蕴也大病了一场。一个多月后,章蕴接到李耘生的来信,方知夫妻二人同遭磨难,李耘生正在南京狱中服刑。

李耘生为了不让妻子担心,在信中把自己的案情说得轻描淡写。但是,章蕴还是心急如焚,不顾产后虚弱的身体,要立即赶赴南京,看望丈夫。母亲劝说女儿不要急着去南京,把身体养好再去,怎奈女儿去意坚决,母亲只得给女儿缝制了一套青布衣裙。章蕴借了三块钱,急匆匆地前往南京。

章蕴大约在5月底来到南京。一到南京,章蕴顾不得休息即去老虎桥监狱探望丈夫。

看到妻子的到来,李耘生意外的同时,感到莫大的安慰。看着妻子瘦弱的身体,知道他们的孩子没了,他安慰妻子:孩子没了,我们可以再有,你要把身体养好;我这里你放心,失去自由的这十个月时间,我不会浪费的。

看到丈夫,章蕴的心稍稍得到了宽慰。但她也面临与丈夫同样的难题,如何尽快地找到党组织。现在丈夫在狱中,自己又刚到南京,一时半会儿是难与党组织取得联系的。于是,她决定先找工作,定下心来慢慢找。她找到她的叔外公,经叔外公的帮忙,在国民政府农矿部任主任秘书的方叔章介绍下,在农矿部谋了一份差事,每月薪水有30多元。困难面前,有这些钱,章蕴稍稍有些安慰,她省吃俭用,把余下来的钱都用在李耘生的身上,给他送吃的穿的,为他买书,章蕴甚至从农矿部的图书馆"偷"书,然后买通看守送进监狱。李耘生把牢房变成了书房,坚持每天看书。

在这段狱里狱外的生活中，一件非常巧的事发生了。李耘生与章蕴在狱外没有做成的事，居然在狱中完成了。李耘生在监狱中找到了党组织。

老虎桥监狱关押着一位叫王警东的难友，他是中国工人运动的先驱、担任过南京第一个党小组组长王荷波的弟弟，也就是王凯。狱中化名王警东，他被判为无期徒刑。交谈中，李耘生了解到王凯的具体情况后，送给王凯一本书，署名"四维"。非常敏感的王凯知道这是李耘生在试探自己，"四维"谐音就是市委。一来二去，李耘生与王凯联系上了。王凯与党组织是有联系的，那么，李耘生也就与党组织接上头了。章蕴来狱中探望丈夫，李耘生就将狱中找到党组织的情况告诉了章蕴。随后，章蕴在狱外与党组织也联系上了。

与党组织接上头的章蕴想离开农矿部，但党组织认为还是在农矿部好，一是可以掩护她的身份；二是有点收入，也能照顾狱中的李耘生和其他难友。

10个月的牢狱生活终于结束了。1929年4月，章蕴为了迎接丈夫出狱，特意给李耘生买了一双皮鞋，又为他做了一件长夹袍。

见面的日子到了，章蕴还没把礼物送给李耘生，李耘生即对妻子说："我送你一件礼物。"说着，递给章蕴一本日记本。

章蕴翻开近300篇的日记，篇篇都是写给妻子的信，有时是对妻子的思念，有时是学习体会，有时是对过去工作的思考与感悟。翻着这一页页的日记,章蕴流下了泪水。这是这段艰苦日子里她第一次流泪,是热泪。李耘生久久地看着妻子,然后帮妻子把泪水擦干。

对章蕴来说,这是一件非常珍贵的礼物,她一直珍藏在身边。后来,李耘生第二次来南京工作,当他们从游府西街的那间小平房里搬出时,章蕴感觉再把日记本带在身边不安全,就将这本日记本藏在小平房的砖墙里。南京解放后,章蕴到南京找那幢房子,遗憾的是,那间小房子已经不在了。章蕴非常失落,如同丢失了一件生命中最宝贵的东西。

李耘生穿上章蕴给他买的皮鞋与夹袍,整个人都变了,变成了一位成熟儒雅的先生。由于与党组织联系上了,在李耘生出狱三个月后,他被党组织派到上海做沪宁路铁路工人的工作。

李耘生到上海工作后,党组织决定让章蕴仍然留在南京的农矿部工作,按照地下工作的要求,她只与李耘生联系,不与南京党组织发生横向联系。不久,因农矿部和卫生部合并,章蕴又到中央图书馆做打字员的工作。夫妻俩一个上海一个南京,分居两地,生活基本靠章蕴的工资维持,日子过得十分清苦。

这段时间,章蕴又怀孕了。由于地下工作的严密,李耘生无暇顾及怀孕的妻子,只有到南京来办事才能回家住上几日。

1930年初,章蕴怀孕足月,终于要去上海与丈夫团聚了。她来到上海新闸路胡康里B623号李耘生的住处。这是一间只有几平方米的亭子间,亭子间里有一张床、一张桌子、一个泥巴炉子,还有一只破箱子,箱子里面放着几件衣服和几本书。章蕴看着这间大约只有三四平方米的"家",心里很不是滋味。虽然有一个炉子,但李耘生不在家开火,每顿饭只是在街上买几块烧饼或几根油条充饥。

1月19日,章蕴在上海红十字医院分娩,生下一个儿子,这个儿子就是李晓宁。几十年后,在采访中李晓宁说:"那时家中十分清贫,听母亲说,自己出生后,因为生活艰难,买不起小床,就拿一只破箱子当床,把我放在里面。有一天夜里,箱子盖掉下来,差点把我闷死。可是,我真情愿那次被闷死……"

章蕴后来回忆,就在那时,她被奶水胀醒,朦胧中没有听到孩子的任何气息,急忙起来一看,原来打开的箱盖不知什么时候盖上了,章蕴赶紧打开箱盖,此刻,孩子已经被憋闷得脸色发青,幸好是只破箱子,箱体不严实,才保全了这个小生命。

因为章蕴在南京有公开的职业,便于掩护,中共江苏省委决定派李耘生回南京工作。

1931年2月,在南京党组织历经了六次大破坏后,李耘生又化名李涤尘,从上海调至南京,被任命为中共南京市委组织部长,恢复和重建已经支离破碎的南京党组织。李耘生的公开身份是白下路贫儿教养院的历史教员。李耘生白天在学校上课,晚上和假日到大中学校和工厂访问,借机宣传革命;在工人、学生中秘密发展党员;与国民党的宪、警部队和高级机关中的秘密党员恢复联系。

经过半年的努力,南京地下党建立了十多个党支部,党员人数达到近200名。

这段时间,虽然李耘生早出晚归,工作艰苦,环境恶劣,但这是他们一家难得团聚的日子,章蕴挣钱维持家用,精心抚育孩子,夜晚帮李耘生抄写文件,两人共同探讨革命问题。

这年的秋天,贫儿教养院学生党员胡寿元叛变,李耘生被迫转移,离开了贫儿教养院,把家从游府西街搬到城北水佐岗。

11月,中共江苏省委成立南京特委,李耘生被任命为特委书记,领导江宁、江浦、句容、溧水、溧阳等地党的武装工作。李耘生在茅山一带组建游击队,常常一出去就是好多天没有消息。章蕴带着孩子在忐忑

李耘生全家在南京的合影

不安中等待着丈夫归来,直至丈夫平安回家后才安心下来。

李耘生老家的父亲想念孙子,想要一张孙子的照片,李耘生体恤父亲思孙的心情,在繁忙中抽出半天时间,抱着儿子与章蕴到照相馆拍了一张一家三口的合影照。照片上章蕴坐着抱着儿子,李

耘生侧立在妻子的身后。照片寄回山东老家后，李耘生父亲见到儿子、儿媳及从未见过面的孙子，高兴极了。这张照片一直收藏在老家，才得以保存下来。这是李耘生留下唯一的一张照片。后来章蕴带着这张照片回到湖南老家，章蕴被通缉时，章蕴的母亲将这张照片藏在家里墙壁缝里，外面用泥糊上。几十年后，山东画报社出版的《老照片》收录了这张照片。照片右边的空白处，有两行小字："全家合影　一九三一年于南京"。这是三十年代全家合影的经典照片。

3

正在李耘生革命活动顺利之时，南京的革命形势急剧恶化。

京华印书馆中共支部书记李向荣和军委交通吴恕相继被捕，供出暴动和罢工计划；军委书记路大奎被捕后叛变，带领特务守候在街头搜捕党员；市委书记王善堂被捕后叛变，交出了全市党员秘密名单。

1932年3月底，李耘生家门前的居民发现五六个陌生人在他们的周围走来走去，东张西望。太阳西沉后，这几个人还没有走开，天色完全黑下来后，这帮人从四处向着李耘生家走去。粗暴的敲门声后，开门的是李耘生的妹妹玉梅，领头的叫喊着："李耘生，李耘生。"玉梅惊慌地说："哥哥一直没在家，去汉口了。"来人又问：

"章蕴在哪里?"玉梅又说:"嫂子也不在家,不知道到哪里去了。"玉梅看这帮人在家里翻箱倒柜,就把哥哥的儿子晓宁抱到房东家去了。这几个人把李耘生的家翻个底朝天,也没有搜出他们想要的东西。于是,他们留下两人在暗处蹲守,等着李耘生与章蕴夫妇回家。

这天,李耘生与章蕴正好在外奔波忙碌,只有李耘生妹妹带着他们的儿子李晓宁守在家里。

一连三天,没见李耘生夫妇回来,这两人只好把玉梅和两岁多的李晓宁带走了。

自从特务闯进李家后,房东知道一定是出了什么事,按约定,他在屋外竖起了竹竿,以提醒回家的李耘生夫妇家里出事了。当天晚上,李耘生夫妇并没有回家。第二天,他俩回来了,正在菜园子里干活的房东远远地看见了他们,用锄头示意家里出事了。李耘生与章蕴发现房东的异常举动,意识到有危险,夫妇俩警觉地转过身去,一东一西地离开了,逃过了特务的蹲守。

三四天后,李耘生来到章蕴居住的地方,告诉妻子,军委书记路大奎叛变了,市委、特委机关都被破坏,儿子晓宁和玉梅被抓走,党组织决定已有身孕的章蕴先回湖南老家待产。章蕴不愿意在这个时候离开丈夫,何况儿子和玉梅下落不明。但她此时挺着大肚子,特征明显行动又不便,怕留下来给丈夫增添负担。李耘生告诉妻子,处理完紧急情况后,他就去上海向党组织汇报,到时再相见。因街上到处都是军警与便衣特务,李耘生不能像第一次那样送章蕴回湖南,只能苦了章蕴了。第二天,章蕴化装成一个生病的孕妇,租了一辆车到下关码头,带着对儿子和丈夫的担心独自一人上船离开了南京。

她希望很快就能再见到丈夫与儿子。

送走妻子几天后的一个傍晚,李耘生在游府西街教堂门前被捕,特务立即将他押至南京宪兵司令部看守所。

李耘生被捕后,不承认自己是李耘生,说当局抓错了人,他以"李涤尘"的名字同敌人周旋。叛徒路大奎被带来当场辨认,李耘生斥责叛徒是为了开脱自己陷害他人,依然不承认自己的真实身份。敌人将信将疑,不能确定他就是南京地下党的特委书记李耘生。一个特务向特务头子说:"我们抱来的那个孩子已经两岁多了,一定能认出他的爸爸。"特务头子一听,马上露出奸诈的笑容,说:"快,快,去抱孩子。"

于是,一出人间惨剧发生了。

狱警抱着李耘生两岁多的儿子李晓宁来到看守所,走近七号的铁栏杆前,李耘生一下子看到了狱警抱着的孩子是自己的儿子晓宁,他立即意识到特务的恶毒计谋,忍着上前抱儿子的冲动,转过身去,谁知,儿子已经看到了父亲。几十年后,在采访中李晓宁说:"……因为党内出了叛徒,父亲被捕,但他以'李涤尘'的名字与敌人周旋,敌人不敢肯定李涤尘就是李耘生。竟施出一毒计,将只有两岁的我抱来隔窗相认。爸爸先看见我,为了不暴露自己的身份,强忍痛苦,身转过去,扔出一句话:'我不认识他。'可我不懂,立即大哭着扑向窗口,大声哭喊着:'爸爸,爸爸,我要爸爸!'爸爸转过身来,强忍着泪水,从窗口伸出双手,抱住我亲了亲我的小脸。我哪里知道,就是这样,敌人证实了李涤尘就是他们搜捕已久的南京特委书记李耘生。我真恨敌人的凶险,竟如此强暴了一个两岁孩子的天性,使'是我出卖了自己的父亲'的痛苦折磨了我一辈子。"

狱警抱着李晓宁离开了七号牢房。晓宁再一次地哭喊着:"爸爸,爸爸,我要爸爸!"儿子远去了,长长的走廊上是晓宁"爸爸,爸爸"的回音。李耘生肝肠欲断,日夜思念担心的儿子竟然以这种方式与自己相见。

李耘生的身份暴露后,敌人对他软硬兼施,百般利诱,逼他说出党的秘密,遭到李耘生的拒绝,最后敌人对他说:"现在摆在你面前的有两条路,一条生路,一条死路。只要你说四个字,愿意转变,就是生路。"李耘生想都没想选择了后者。

1932年6月8日凌晨,一声尖厉的"李——耘——生",划破了黎明的寂静,也惊醒了李耘生与狱中难友。李耘生知道自己马上要为党牺牲了。他从容地起来,穿好衣服,将床铺上的书叠好,送给难友作为纪念,然后大步跨出牢门。一个执法官走上前来问:"你还有什么遗嘱?要不要给家里写封信?"李耘生答道:"我的家信早已经写好,遗嘱就是希望亲人们与你们斗争到底!"这天的清晨,当第一缕阳光出现在东方的地平线时,李耘生迎着晨曦走向雨花台刑场。此时,李耘生只有27岁。

4

我们再来说说章蕴。

章蕴回到湖南老家后,连续几次接到李耘生的信,知道他还在南京。虽然担心丈夫,但能接到丈夫的信心里稍稍安慰些。但在收到第四封信后,她再也收不到丈夫的信了。时间一天天过去,章蕴度日如年,想去南京也不可能,眼看就要临产了。将近一个月过去了,在章蕴的日夜焦虑中,一封电报寄到家里。章蕴颤抖着手打开电报:"老李得了严重的传染病,已经住院,请你保重身体。"再看电报署名,不认识。她知道,李耘生被捕了,电报是党内同志发来的。

章蕴的心碎了。她的母亲看到女儿哭泣,知道女婿出事了,与女儿一样伤心。此时,湖南的报纸上刊登了通缉令,名单上有章蕴。为了安全起见,母亲把李耘生寄来的所有信件与电报一把火烧了,又将女儿转移到章蕴的姐姐家居住。

章蕴在农村,得不到任何有关丈夫的消息,她就天天找报纸,想从报纸里知道丈夫的信息。6月的某一天,章蕴看到一张过期的报纸,报纸上报道南京枪毙了一批共产党,章蕴的心跳如鼓,抓着报纸的手手心全是汗,她隔着泪水模糊地看到"李涤尘"三个字,一下子跌坐在地上:"耘生,难道你,你,你真的已经不在人世了吗?"章蕴不相信这是真的,但报纸上的名字真真切切。

在亲人的关心与安慰下,章蕴度过了艰难的两个月后,女儿杜早力出生了。由于过度悲伤,女儿具体是哪一天出生的,章蕴已经记不清了。杜早力说:"我是遗腹女,父亲牺牲后的一两个月我才出生。具体的时间,我母亲都记不清楚了,大概是六月份到八月份这样的一个时间之内。我说,好吧,我的生日就定在8月1日吧。"

女儿一出生就没有了爸爸,章蕴抱着女儿泪水涟涟,母亲和姐姐百般劝慰,章蕴才逐渐走出痛苦。

身体稍微好些,章蕴就想到她与党组织的关系了。章蕴与李耘生是单线联系,李耘生就义后,章蕴也与党组织失去了联系。经过一段时间的思考,章蕴给自己立下三条誓言:第一,继续找党,一定要找到,重回党组织的怀抱;第二,绝对不做任何国民党的工作,只做工,挣钱维持自己和女儿的生活;第三,不再结婚。

誓言定下后,章蕴把女儿寄养在母亲家,离开湖南独自来到武汉。她要一边找党,一边挣钱糊口。她换过好几个工作,捡烟叶的临时工、养蜜蜂的帮工,后又回到长沙,在电信局当了一名接线生。有一天,在长沙的街头,章蕴居然遇到了南京游府西街的房东叶姐。两人相见,如亲姐妹,章蕴拉着叶姐的手,刚开口,就见叶姐已经泪流满面了。叶姐跟章蕴讲述了她离开南京后的情况:李耘生被捕后,叶姐夫妇因"通共"也被捕了,后被判了两年徒刑。出狱后，无家可归，就回到湖南老家。李耘生临刑前写了张纸条，托别人转给她，要她转交给章蕴。叶姐怕惹上麻烦，在牢牢记住纸条上的内容后，把纸条吞进了肚子。章蕴听到这里，抓紧叶姐的手焦急地问："耘生在纸条上写的什么？"叶姐说："几年来我一直记得清清楚楚，纸条上写着：过去一百斤的担子两人分担，以后只好由你一个人来挑了。"听到这里，章蕴也顾不得大街上人来人往，失声痛哭起来。

两年来，在没有李耘生的日子里，章蕴过着艰难的生活，虽然每天脑子里还是想着李耘生，但没有两年前丈夫刚就义时那么无助。这天，让叶姐这么一说，章蕴又回到了两年前的思念与心痛。她抓紧叶姐的手说："我一定会把耘生托付的重担挑起来。"

就在章蕴寻找党组织的时候，党组织也在派人寻找她。1936年秋，中央派到湖南恢复党组织的袁仲贤找到了她，章蕴重回组织的怀抱。她对党组织提出一个请求，分配她到最艰苦、最困难的地方去工作。于是，党组织将她调任中共湘潭中心县委书记，继续革命征程。

抗战期间，章蕴来到东南地区，任新四军战地服务团党支部书记，后来到中共东南分局妇委工作，继任中共江南区委民众运动部长、苏中第二地委书记、苏中区委组织部长兼妇女部长，被人称为新四军中的"二姐"。

1941年春，章蕴从苏南转移到苏中，曾担任过两三个月征粮总指挥，她把征集来的公粮放在了苏中重镇黄桥。一天，传来敌人进攻的消息，而且情况十分紧急。有的人主张先把人员撤出去，而章蕴坚持先把粮食全部转移走，并当即做出一条规定：不听到枪声近了不走。她沉着地组织车辆、人力，通宵达旦地站在现场指挥。她的从容镇定，鼓舞了所有参加转运粮食的人，当把粮食全部转移走时，章蕴发现自己的两条腿已经肿得发出亮光。章蕴知道，粮食问题对于一场战争的胜负有着很大的作用和影响，所以才有"兵马未动，粮草先行"的说法。

当时的苏中，处在敌、我、顽三角斗争形势下，团结一切可以团结的力量，孤立和打击敌人，非常重要。二分区在这方面的工作做得很好，很早就成立了统战性质的参政会，章蕴自己经常和上层统战对象交往、做工作。泰东县有位士绅苏某，当面表现进步，背地里却在群众中说他和"章地委"关系如何如何，并假借这个旗号搞起土地买卖和假减租来。章蕴听说后，就在《滨海报》上发表了题为《真进步还是假进步》的文章，又在泰东县参政会上说："……不要以为'君子可欺以其方'，哪些人真抗日，是真朋友；哪些人假抗日，是假朋友，我们清楚得很……希望真心抗战，和群众一致，不要对立。"一番话，说得苏某面红耳赤，坐立不安。会后写了一封信来，表示一定要和共产党、新四军做真心朋友。

抗日战争胜利后，章蕴先后担任华中分局委员兼妇女部长、华东局妇女部长、豫皖苏边区党委书记、豫皖苏分局宣传部长，主办分局机关报《雪枫报》,她克服困难的坚强毅力和出色的工作,在同志中享有很高的威望。

紧张的工作并没有冲淡章蕴对儿子晓宁与女儿早力的思念,特别是儿子,13年前被国民党特务抱走,至今下落不明。她有了寻找儿子的计划。1945年上半年,章蕴曾向党组织提出寻找儿子晓宁的下落。在党组织的多方努力下,在山东广饶西李村李耘生的老家找到了失散多年的李晓宁。

李耘生牺牲后,李晓宁被监狱当局送到了保育院。远在山东的祖父得知消息后,变卖了家里仅有的几亩田,托人将孙子与玉梅带回了山东老家,晓宁在田埂的滚爬中长大了。

章蕴和孩子们的合影

章蕴见到儿子时,怎么也不相信,眼前这个又瘦又小、不识一字的男孩会是自己想象中的儿子！此时,儿子已经15岁了。章蕴将儿子的裤脚挽起,看见孩子小脚上的橄榄形疤痕,一把抱住李晓宁瘦弱的身躯,泪如雨下:"是妈的儿子,是妈的儿子。"儿子没有读过书,连自己的名字都不会写。章蕴将儿子送到大连读书。

1949年10月,章蕴终于迎来了她和丈夫共同期盼的新中国。她将女儿杜早力从长沙母亲家接到上海读书,1950年,李晓宁从大连回到上海,一家人终于团聚。章蕴时刻记着丈夫临刑前托叶姐带给她的话,她把对丈夫的情与爱融进了培养这一对儿女成长上。她把儿子与女儿送到哈尔滨工业大学预科班学习。女儿杜早力于1954年赴苏联就读于乌克兰基辅工业学院自动控制专业,1959年,回国就职于中国航天部从事技术工作。1955年,李晓宁也去了苏联,学习造船,回国后在国防科工委工作,曾任国防科工委外事局局长。这对兄妹在各自岗位上做出的贡献温暖着母亲的心。

5

新中国成立初期,章蕴任华东局妇委书记,华东妇联主任,兼任上海市妇委书记和市妇联主任。1952年后,她在调任中央妇委第三书记兼全国妇联秘书长、全国妇联副主席后,号召全国妇女"勤俭建国,勤俭持家,为建设社会主义而奋斗"。73岁时,章蕴任中纪委副书记后,做出了许多的成绩,特别是在经济犯罪领域中,章蕴惩处了多件大案,如黑龙江于天章诈骗案、北京陈梦虎诈骗案、河南安阳倒卖汽车案等。

1982年,在李耘生牺牲50周年时,章蕴携女儿与儿媳妇来到雨花台烈士纪念馆祭奠丈夫李耘生。

回到住处,章蕴哭了。女儿杜早力说:"母亲从来没有因为讲父亲的事情掉眼泪,痛哭过。可那一次,母亲从雨花台回到招待所后,再也控制不住自己,失声痛哭。我从来没有见过母亲这么哭过。几十年对我父亲的怀念,深深地埋在心底,这次爆发出来了。我们紧紧地抱住母亲,心却在撕心裂肺地痛。"

章蕴在纪念馆凭吊时留影

这一夜,章蕴无眠,与李耘生在一起的往事如影,一幕一幕地在眼前映现,她起身写下了《如梦令·告英灵》四阙:

回首雨花台畔,别语匆匆遗愿。
五十易春秋,日夜在肩双担。
双担、双担,未敢白头言倦。

悼念李耘生殉难五十周年
如梦令（四首） 章蕴

（一）

回首雨花台畔，
别语句句遗嘱。
五十易春秋，
日日在肩"双担"。
双担、双担，
岂敢白头言倦。

（二）

回首雨花台畔，
从此一永家散。
遗腹女初生，
千绪万思相伴。
遗孤，遗孤，
儿女受人称赞。

（三）

回首雨花台畔，
休诉离愁千万。
血雨又腥风，
奔走后方前线。
弹冠，弹冠，
欢庆地旋天转。

（四）

骇浪恶风难忘，
搬得神怡心旷。
春色满人间，
告慰英灵如上。
如上、如上，
胡不破云归望！

（耘生殉难特别，抚难友孝亲、革命事，
抚育儿女两副担子都请永担任重）

章蕴怀念李耘生诗四首

胡不破云归望

回首雨花台畔,从此一家离散。

遗腹女初生,千绪万思相伴。

遗范,遗范,儿女受人称赞。

回首雨花台畔,休说离愁千万。

血雨又腥风,奔走后方前线。

弹冠,弹冠,欢庆地旋天转。

骇浪恶风难忘,换得神怡心旷。

春色满人间,告慰英灵如上。

如上、如上,胡不破云归望!

  章蕴写的这四阕《如梦令》是向就义在雨花台的丈夫李耘生的轻轻絮语:我50年未敢白头言倦;我们的一双儿女受人称赞;你为之牺牲的新社会诞生了;现在春色满人间,可以告慰你的英灵。

  1995年10月25日,章蕴带着对丈夫李耘生一生的思念在北京安祥离世,享年90周岁。

爱人叫原道，儿子就叫纪原

1944年，11岁的刘纪原在延安保育小学写下一篇日记，日记的标题是《想起我的爸爸》，他在这篇日记中写道：

亲爱的爸爸，当你被国民党的顽固分子杀害了的时候，我还在妈妈的肚子里，已经就是一个没有爸爸的孩子了。

陈原道（1902—1933）

亲爱的爸爸，你死去十二年了，你死以后，妈妈不知受了多少苦，流过多少眼泪！一直到来到了延安，我们才过上幸福的日子。我长大了，一定要做革命工作，替爸爸报仇。

1

1926年9月的一天,位于沃尔洪卡大街16号的莫斯科中山大学迎来了中国的第二批学生。学校礼堂里正举行着欢迎大会,中国学生们大多是第一次出国,异国风情让他们兴奋好奇,刘亚雄是这批学生中的一位女生。

强调女生,是"刘亚雄"这个名字有些像男生。她,1901年10月出生于山西兴县黑峪口村。其父是著名民主人士刘少白(后加入中国共产党),他曾担任过晋西北临时参议会副议长。在父亲刘少白的支持下,刘亚雄成为兴县第一个不缠足的女子。1919年五四运动爆发时,正在太原女子师范学校读书的刘亚雄,带领同学办墙报、写文章、演街头剧,反对封建礼教,宣传妇女解放。1923年秋天,22岁的刘亚雄考入了北京女子高等师范学校,成为鲁迅先生的学生。女高师后改名为女师大,是北京学生运动比较活跃的学校。在驱逐反动女校长杨荫榆的风潮中,刘亚雄与赵世兰(赵世炎姐姐)、许广平、刘和珍等爱国青年一起与校方斗争。刘亚雄负责对外联络,几次到北大拜访李大钊;多次到鲁迅家中汇报学潮情况,倾听他们的意见。1926年2月,刘亚雄加入了中国共产党。根据党组织的安排,她很快成为学联会员。3月2日,北京市学联在北大召开紧急会议,100多人参加,刘亚雄也参加了这次会议,并担任了会议主席。18日，他们在天安门广场举行抗议日本等八国侵略行径的集会，刘亚雄因发高烧留守在学校。当学生和市民队伍游行到铁狮子胡同段祺瑞执政府门前时，军警突然开枪，发生了流血惨案，被打死40多人，女师大的刘和珍和杨德群也在其中。刘亚雄闻讯后，抱病带领同学赶往现场。现场被军警严密封锁，不准收尸。刘亚雄和同学们与军警针锋相对地斗争到深夜，终于抢回同学的遗体，并组织召开隆重的追悼会。她与鲁迅、朱自清、刘半农等名教授强烈谴责段祺瑞政府，为此被校方开除。

同年9月，她被北京地下党组织选派到莫斯科中山大学学习。

学习期间，刘亚雄与陈原道相识，成为好友。

陈原道，1902年4月出生于安徽巢县陈泗湾村一户农民家庭。少年苦读，他于1919年考入芜湖省立第二甲种农业学校。时值五四运动席卷全国，在聆听了恽代英、萧楚女等人充满爱国激情的演讲后，陈原道写下了"身可杀，而爱国热血不可消；头可断，而救国苦衷不可灭"这句散发着炽热情感的文字。1923年，陈原道加入了中国社会主义青年团，后成为学生会主席。1925年五卅惨案发生后，陈原道以芜湖工会、学生联合会、教员联合会为基础，联合其他各界人民团体成立了芜湖各界五卅惨案后援会。这年，在恽代英的介绍下，陈原道加入了中国共产党。同年10月，与张闻天、王稼祥、伍修权等人一起被党组织选送到莫斯科中山大学学习，成为中共选送到莫斯科中山大学的第一批学生。莫斯科中山大学是苏联为纪念孙中山先生而创办的,目的是为中国培养政治骨干和理论人才。陈原道因学习成绩优异,被学校批准特任俄语课堂的翻译,并担任第一年级党组副指导员。1928年结业后,留校任教。

刘亚雄与陈原道相识后,常常得到陈原道的帮助,她非常佩服陈原道博学多才和质朴稳重的个性。而陈原道也欣赏刘亚雄直率、好学的品格。因此,两人常在一起讨论革命理论,结下了深厚友情。

2

1929年3月,陈原道回国,来到上海,担任中共江苏省委宣传部秘书长,与1928年底先期回国的刘亚雄在一个机关工作,刘亚雄在宣传部任干事。他俩在宣传部长任弼时的直接领导下勤奋工作。陈原道是任弼时的得力助手,部长不在的时候,陈原道主持宣传部的日常工作,常常工作到深夜才回家。作为干事的刘亚雄就成了陈原道的得力助手。两人原本是莫斯科中山大学的校友,此时又是战友,工作中彼此配合,甚为默契。

同年8月,刘亚雄被调到周恩来任部长的中央组织部做秘书工作。虽然离开了宣传部,但是两位青年人的心已经连在了一起。

3

1930年2月,在中共河南省委连续三次遭到严重破坏的情形下,陈原道临危受命,前往河南,任河南省委组织部长兼秘书长,担负起恢复重建河南省委的重任。一到河南,陈原道即深入各地巡视检查调研,与李立三"左"倾冒险主义路线展开了不懈的斗争。但他的正确主张受到执行"立三路线"的中共中央北方局的错误批判,北方局对他做出了留党察看三个月的处分。对此,陈原道不能理解,他据理力争,写信给中央政治局与共产国际,对河南与中国革命的一系列根本问题阐明了自己的观点。中共六届四中全会撤销了对陈原道的错误处分。此时,刘亚雄仍在上海中央组织部工作。

两人虽在两处从事党的地下工作,但彼此挂念,更是担心彼此的安危。

4

1930年底,中共中央撤销了北方局,建立了中共河北省委,负责北方地区的党的工作,顺直省委自行撤销。1931年1月,陈原道被调往中共河北省委担任常委及组织部长。此时,王明等人进入中央并把持了中央领导权,开始推行"左"的错误路线,致使河北党组织出现了混乱局面,甚至一度出现了分裂现象。陈原道一到天津,冒着危险,日夜奔走于各级党组织之间,为改组河北省委,成立新的河北省委做了大量的工作。2月,秘书长安子文被捕,刘亚雄被派往天津担任河北省委秘书长。又与陈原道在一个机关工作了,此时,刘亚雄的父母家就在离天津不远的北平。

刘亚雄的父亲刘少白,是山西著名进步人士,他利用自己的社会地位多次资助中共地下党组织,营救革命人士。1928年,刘少白到河北省建设厅任职,为方便工作,他把家从山西老家迁居到北平虎坊桥60号,他的家被人称为"刘公馆"。刘亚雄来到天津从事地下工作后,为便于开展地下工作,她向党组织建议将北平自家住所作为秘密联络点。中共河北省委非常赞成她的这个建议。联络点负责接待河北省委和北平市委的负责人、保存中共中央划拨给河北省委的经费、分转河北省委和中共中央之间的秘密信件等。实际上,"刘公馆"是中共中央和河北省委之间的"交通"枢纽。

陈原道与刘亚雄再次相逢,除了工作默契,两人有了超出同志的感情。不久,经组织批准,两人结为革命伴侣。蜜月期间,夫妇二人还在忘我地工作。1931年4月8日,河北省委在天津召开秘密会议时,由于叛徒告密,陈原道、刘亚雄等十多位同志被捕,河北省委遭到了严重的破坏,他们被关押在天津市公安局监狱。9月4日,他们被押解到北平,关押在"北平军人反省分院",即草岚子监狱。身为省委组织部长的陈原道深知在狱中团结和组织党团员的重要性，他和薄一波等人商量后，组建了狱中秘密党支部，陈原道出任第一任党支部书记。狱中党支部采用灵活的斗争策略，在反对敌人的反省政策、改善狱中生活条件等方面取得了效果，他们将狱中党团员紧密地团结在党支部周围，形成了一个坚强的战斗集体。陈原道与刘亚雄等人的狱中斗志激励并教育了狱外的同志与家人。刘亚雄的妹妹刘竞雄在姐姐的影响下，也走上了革命道路。

河北省委遭到破坏后，中共中央决定在北平再组建河北省委，继续把"刘公馆"作为秘密联络点，并请刘少白帮忙营救他的女儿女婿及其他同志。刘少白利用他的社会地位和关系，四处奔走营救他的女儿与女婿。他同中共中央先后指派在北方开展情报工作的胡鄂公、杨献珍等人取得联系，并多方筹措了7 000元准备赎出女儿女婿，但由于种种原因，未能成功。

在北平成立不久的中共河北省委再一次遭到重创，省委多名负责人被捕，叛徒供出了"刘公馆"是中共的秘密联络点，刘少白危在旦夕。就在这危急时刻，他得到二女儿刘竞雄托人传来"赶快撤离"的消息而幸免于难，被迫离开北平前往大连。

1932年9月，陈原道和刘亚雄等人刑满释放了。走出监狱的他们百感交集，他们首先想到的就是立即找到党组织。经过努力，他们与党组织接上了关系。刘亚雄得到组织批准回山西老家探亲，陈原道继续参加中共河北省委的领导工作。

5

1932年12月,陈原道与刘亚雄同时被党组织派往上海工作。

陈原道担任中共江苏省委常委、组织部长兼上海工联党团书记。刘亚雄任江苏省妇委的负责人。当时的上海特务横行,他们的家在不到两个月的时间里先后搬了十几次,尽管如此,还是没能逃脱灾难。

1933年1月7日,上海失业工人举行反失业游行示威,游行总指挥李兰平被捕,旋即叛变,供出了党的秘密联络点在唐山路颐乐里16号。特务埋伏周围,陈原道前来联系工作,遂被捕。不久,转押至南京宪兵司令部看守所。起初,陈原道化名陈伯康,自称商人。敌人找来叛徒当面指认,陈原道的身份暴露。上海《时报》上立刻发表消息:"捕获共党重要人物。"4月10日,陈原道就义于南京雨花台。

陈原道被敌人杀害的消息,由狱中难友曹瑛手写密信,通过刚出狱的革命青年马宾带出,寄往北平四川会馆,辗转到达尚在上海的刘亚雄手中。此时,刘亚雄已怀有身孕,得到这一噩耗,悲痛万分,失声痛哭。她想到肚子里的孩子一出生就没有父亲,彻夜无眠,泪湿枕巾。

6

为了照顾刘亚雄和未出世的孩子,党组织将她调回熟悉的北方。1933年6月,刘亚雄回到北方。8月,她在太原娘家生下一子。为了让儿子永远记住他的父亲,她与父亲给这个婴儿取名"纪原"。先是叫陈纪原,后为躲避敌人追查和感谢外祖父刘少白的抚养之恩,改名为刘纪原,以纪念孩子从未谋面的父亲陈原道。

刘纪原是跟着姥爷刘少白长大的。刘少白十分疼爱这个外孙,对他的成长倾注了很多心血。在险恶的环境中,为了保护好烈士遗孤,刘少白不得不尽可能地让刘纪原少与外界接触,有时还得让他东躲西藏,在这种紧张压抑的环境里,刘纪原长到五六岁还不敢见生人。由于他少见阳光,又营养不良,体质十分柔弱。

1942年5月,刘少白发起组织晋西北士绅参观团到延安参观学习,将9岁的刘纪原、9岁的侄子及11岁的儿子也带到延安,希望他们能在延安读书。由于延安住房条件有限,有关部门拒绝接受,毛泽东得知情况后,很爽快地说:"没有窑洞,可以挖嘛。"在毛泽东的直接关照下,刘纪原进了延安保育小学读书。

这年的冬天,刘亚雄来到延安中央党校参加整风学习,见到儿子刘纪原,激动不已,儿子近10岁了,懂事又记事,刘亚雄开始给刘纪原讲父亲陈原道的故事。父亲的形象在童年刘纪原的心中渐渐地高大起来。1944年，刘纪原写下了一篇日记《想起我的爸爸》。这篇日记，后来在为庆祝中共七大举行的展览会上引起了很大反响。

1959年，陈原道母亲与弟弟来雨花台扫墓

1949年10月后，党和政府向苏联与其他社会主义国家选派了大批留学生，刘纪原与他的父母当年一样，于1954年被派往莫斯科，在鲍曼高级工业学校自动控制系学习导弹控制专业。1960年，风华正茂的刘纪原学成归国，参加中国航天事业的创建工作。他先后参与了"两弹一星"研制、"两弹结合"试验，在我国地地导弹采用和实现全惯性制导、改进远程运载火箭控制系统可靠性等科研攻关中，功不可没。1984年，刘纪原出任航天工业部副部长。1992年12月，刘纪原又担任中国载人航天工程副总指挥、改制后的航天工业总公司总经理,还兼任国家航天局局长等数职。刘纪原工作更加繁重,特别是在载人航天工程的攻关阶段,刘纪原将全部时间扑在了工程现场,为航天事业可谓殚精竭虑。1999年,刘纪原离开了领导岗位。他是第十四、十五届中央委员,第九届全国人大常委会委员、第十届全国人大财经委员。2002年在第53届国际宇航大会上,刘纪原获得了中国首个阿兰·艾米尔奖。2011年10月2日,经中国宇航学会推荐,刘纪原获得国际宇航科学院(IAA)授予的航天领域最高奖项"冯·卡门"奖。2017年12月27日,获得第十二届航空航天月桂奖"终身奉献奖"。

刘纪原凭吊父亲

7

刘亚雄生完孩子后,与党组织失去了联系。孩子几个月后,她不顾体弱的身体,将儿子放在娘家,外出找党。她往返太原、北平三次,无果,又去河北、河南,边教书边寻找。终于,在1936年的秋天,刘亚雄第四次去北平时找到了薄一波,与党组织接上了关系。

这年10月的一天,薄一波奉党的指示,与阎锡山建立特殊的统一战线关系,刘亚雄受薄一波指派,打入阎锡山在山西的核心组织"自强救国同志会",担任妇女救国委员会委员。年底,绥东抗战爆发,傅作义部队取得了百灵庙大捷,刘亚雄作为各界慰问团副团长到前方慰问将士。1937年3月,中共控制的阎锡山"山西军政训练班"成立女兵连,全连190余人,来自全国16个省,刘亚雄任女兵连指导员。女兵连培养、锻炼了以华侨女英雄李林为代表的一批革命骨干。8月1日,阎锡山接受薄一波的动议,成立了"山西青年抗敌决死队",刘亚雄先在总队政治部工作,后相继担任游击第一区队指导员和第一大队教导员。

1939年3月,刘亚雄当选晋东南妇女抗日救国总主任兼党组书记。1940年4月,改任太行区三专署专员,成为山西抗日根据地第一位女专员。她策马奔驰于各地,抗敌除奸,征粮支前,被称为"中国的夏伯阳"。为防洪抗旱,她带领武乡县监漳村村民修水渠,水渠上镌刻着她题写的"人力胜天然"五个大字。

1942年底,刘亚雄到达延安,先参加了西北高级干部会议,后去中央党校一部(学员全是准备参加中共七大的代表)学习。在延安整风运动中,刘亚雄和已牺牲的丈夫陈原道,因曾和王明同在莫斯科中山大学学习过,被怀疑是托派分子,受专案审查。她坦诚地向组织说:"20年代,我确曾受党的委派前往莫斯科中山大学学习,但是从未与王明有过个人交往,没有参加任何宗派活动,与党内的路线、思想斗争没有牵连,这是有案可查的。"由于托派问题一时难以查清,刘亚雄没能以正式代表资格,而是以候补代表身份参加了党的七大。经过审查,党组织给刘亚雄做出了"没有历史问题"的结论,并肯定了她在太行区、太岳区的工作是颇有成绩的。

抗战胜利后,刘亚雄被调到东北,担任西满分局和军区司令部所在地郑家屯市委书记。1948年4月,党派她和蔡畅赴巴黎参加国际妇女代表大会。刘亚雄接到通知很高兴,她知道这是党组织对她的信任,但她考虑到当时解放战争形势正紧,就主动提出留下来主持东北局妇委工作。

1949年7月,刘亚雄被中央任命为长春市委书记兼财委主任。刚解放的长春,百废待兴。刘亚雄上任后首先运用政策的威力,迫使日伪人员和国民党军警宪特登记身份,收缴流散的武器,解决散兵游勇,稳定社会秩序;然后抓居民返城、运输粮棉油煤等人民生活必需品和进行生产自救。站稳脚跟后,她又领导长春人民有计划地发展生产,进行经济、文化建设。她领导长春第一汽车制造厂优先发展国营轻重工业的同时,也没有忽视个体经济的恢复。

1950年3月,毛泽东第一次访苏归来经过东北时,曾在李富春的陪同下视察了长春,看到整齐的街道,繁荣的市面,毛泽东高兴地说:"刘亚雄同志是我们的一位好书记,她为恢复长春做出了贡献。"宋庆龄在视察长春时也说:"没想到把长春治理得这么好,如此能干的市委书记,竟是一位女同志。"

1952年7月,刘亚雄被调到全国妇联担任领导工作,次年初,又被调到劳动部任常务副部长,先后协助李立三、马文瑞部长主持劳动部的日常工作。

此后,刘亚雄还担任中央监察委员会委员,第三届全国人大常委会委员,第五、六届全国政协常委。不管是身居高位,还是在"文革"中被迫害,刘亚雄始终勤勤恳恳,努力工作,以坚韧不拔的意志完成党和人民交给的各项任务。1988年2月21日,刘亚雄因病在北京去世,享年87岁。

陈原道就义后,刘亚雄终身未再嫁,和蔡畅、邓颖超、章蕴等成为党内受人尊敬的"大姐"。

此情可待成追忆

1949年的秋天,广东澄海解放了。

叶雁苹盼着丈夫归来的心情更加迫切。每天晨起,她坐在镜子前仔细地打扮自己,想象着丈夫如18年前的那个晚上一样,突然出现在自己的面前。

她的丈夫许鸿藻自1932年初离家后就再也没有回来过,叶

许包野(1900—1935)

雁苹已经等了近18年。她想,全国已经解放了,丈夫也应该回来了。就这样,一天过去了,一个月过去了,半年过去了,一年过去了,丈夫始终没有回来。再也不能等了,于是,她拿起笔给广东省及中央有关部门写信,询问丈夫许鸿藻的下落。大部分信件如泥牛入海无消息。既然信没有用,那就亲自去找,去京城,去省城,还是没有找到丈夫,连个线索都没有找到。这一找就是32年。她感到绝望,既然生不见人,那就是不

在世上了。如果真的不在人世，那也应该有个说法啊，起码知道他是怎么死的，死在哪里。既然没有寻找到丈夫的死亡信息，那一定还活着，在国内或是国外，活着就能找到。

20世纪80年代初，垂暮之年的叶雁苹老人感觉自己的生命之火将要熄灭，又开始焦急地寻找丈夫，她很固执地想，一定要在自己死前见到丈夫，或者知道丈夫的下落。她拿起笔，写信给广东澄海党史办，党史办离家不远，她又上门去寻找。

1

1982年的冬天过去了，春天一天天近了，广东澄海变得暖和起来，但春雨绵绵不绝，下了几天也不停。这天雨止，东方露出了太阳，一会儿工夫春阳就洒满大地，暖洋洋的。县委党史办的工作人员一早刚进门不久，一位头发花白的老妈妈就跟着进来了。工作人员很吃惊，赶紧站起来问："老妈妈，这么早您找谁啊？"老妈妈显得很疲惫，小声地说："小同志，我找我丈夫。"工作人员奇怪地问："老妈妈，我们这儿是党史办，找人要去公安局啊。"老妈妈又说："我去过公安局，他们说我丈夫不归他们管，让我到你们这儿来。"工作人员给她倒了一杯水，安慰地说："老妈妈，您还是找错地方了，您丈夫也不归我们管。"老妈妈一下子哽咽了："天一亮，我就出来了,一路打听,好不容易找到你们这儿了,怎么又说不归你们管呢?"她又自言自语地说:"鸿藻离家50年零3个月了,从解放那会儿,我就在找他,这些日子我常梦见他回来了。小同志,你说,他是不是已经回来了,找不着家了?"工作人员叹了口气说:"老妈妈,您请坐,先喝口水再说。"老妈妈自顾自地说:"以前我的腿脚很好,为了寻找鸿藻,我跑了许多地方,现在,我的腿脚已经走不动了,再找不到鸿藻,我怕今生再也见不到他了。"说着又抽泣了起来。工作人员说:"老妈妈,您不要哭,先听我说,我们这儿是党史办,不是找人的地方,要不,您告诉我您叫什么名字,您丈夫叫什么名字,我帮您给公安局打个电话。""我原来叫叶巧珍,后来丈夫给我改名为叶雁苹,我丈夫叫许鸿藻,与我同庚,今年也83岁了,我去过公安局,他们那找不到我丈夫,让我到你们这儿来找。""是公安局让您来我们这儿找的?老人家,您是不是听错了?""我没听错,是他们让我来的,我找丈夫找了几十年了,已经走不动了,你们一定要帮我找到丈夫,一个大活人,怎么就不见了呢。""老人家,您慢慢说,您丈夫是哪里人?哪一年出生的?我来记下。""我丈夫叫许鸿藻,1900年5月31日出生在泰国,我公公是个开明的华侨商人。7岁那年,鸿藻随公婆回到老家澄海冠山乡读书。17岁那年,鸿藻的嫡娘去世,我作为孝妇就进了许家的门。那时,鸿藻家很富有,我们家穷,我也没读过书,我知道,鸿藻对这段包办婚姻是不满的,是我误了鸿藻呀。"老人自顾自地说着,说得很快也很顺,跟一个孩子背一段书一样，也许这话老人说了许多遍，说着说着老人又抽泣起来。工作人员问："什么叫'孝妇'啊？"

60多年前的那场婚礼在83岁的叶雁苹脑海里又一次浮现了。

许鸿藻17岁那年，他的嫡娘去世了。许父决定，要在许鸿藻的嫡娘未出殡前把儿子的未婚妻娶进门。当地的人们不叫这样的新媳妇为"新娘"，而叫"孝妇"。"孝妇"不能像其他新娘那样穿红戴绿，她们只能穿着素服，过了中午新媳妇才能进门，进门之前要探问死去的婆婆是否"安康"；进门后，先到大厅与死去的婆婆行孝妇礼，行完礼后披麻戴孝，守灵祭奠。

对于一个女孩来说，结婚是终身大事，喜事。可对于叶雁苹来说，婚礼等于葬礼，这让她压抑而痛苦。守灵祭奠结束，叶雁苹与丈夫许鸿藻有一段对话，叶雁苹记忆犹新。许鸿藻："哎，你叫叶巧珍，叶、叶，让你受委屈了，是我们家对不住你。其实，你我的这段婚姻是不道德的，如果你愿意，我们可以解除婚姻。"叶雁苹低泣道："不，不，你不能不要我，我这样回去是不能见人的。"许鸿藻又说："这种婚姻对我不公，对你也不公，我们的终身大事应该由我们自己选择才是啊。这种完全不理会男女个人意见的婚姻是专制的，是破坏感情的。"叶雁苹说："你说的这些话我不懂，但婚姻大事应该听从父母。"许鸿藻说："你没读过书，你不懂的，如今提倡法制婚姻替代礼法婚姻。这种包办婚姻注定不会美满的。"叶雁苹说："是我的错。"许鸿藻愤恨地说："这种错误是谁之咎，是宗法制度社会的错。只可恨我无能为力,任人摆布。我要留洋,我一定要留洋,有机会要去国外寻找改造这个不合理社会的良方。"叶雁苹仍哭泣着说:"我只望你可以自由,免致日后被我所误。"

叶雁苹抬起头来跟工作人员说,这段封建包办的婚姻是鸿藻出国留学的原因之一。

工作人员惊讶道:"您丈夫是留学生?您能说说他的经历吗?"叶雁苹告诉工作人员,她的丈夫许鸿藻随父母回到家乡广东省澄海县冠陇乡后,先读私塾,后就读于澄海县立凤山小学,再进入澄海县中学。许鸿藻虽然不满意这段包办婚姻,可对她还是很好,教她识字。不久,他们有了一个儿子,许鸿藻给儿子取名为适欧。从儿子的名字可以看出,许鸿藻希望自己能适应欧洲生活。因为这一年,也就是1919年,许鸿藻报考的华法教育会组织留法勤工俭学,他以优异的成绩被录取,接到了去法国里昂大学学习的通知。

1920年的春天,20岁的许鸿藻告别家乡与亲人前往欧洲,叶雁苹抱着他们的儿子适欧送丈夫来到码头,她带着哭腔嘱咐丈夫:"鸿藻,你自己要照顾好自己,家里的一切都有我呢,爸爸那里由我来照顾,你就放心地读书吧。"许鸿藻不忍看到妻子难过,抱过儿子说:"我放心的,你在家多识字,去念书,我每月给你一封信,你回信时能写多少就写多少,家里就辛苦你了。"然后又跟儿子说,"我走了,适欧,跟爸爸再见。"说完把儿子递给雁苹,自语道:"鸿雁相通,藻相依。"叶雁苹哭泣着跟着说:"鸿雁相通,藻相依。"

汽笛一声长鸣，邮船要启航了。

许鸿藻拎着行李箱，踏上邮船，放好行李，回头凝望着故乡与妻儿。送行的人群中叶雁苹抱着儿子站在码头，一直看着邮船渐行渐远，直到邮船在江面上消失。叶雁苹的心也随着丈夫走了，她失魂落魄地回到了家。

工作人员问："您丈夫出国后经常写信回来吗？"叶雁苹说："每个月都写信回来的，我知道他在国外的情况。朱德他老人家已经走了，邓小平主席还在，你帮我给邓主席写封信，他知道鸿藻在哪儿。"工作人员说："老妈妈，您先喝口水，一会儿我送您去医院。"叶雁苹还是自说自话："邓主席一定还记得鸿藻，他们在法国就认识了，后来邓主席在莫斯科中山大学学习时，鸿藻在那教书。如果朱德活着就好了，他老人家知道鸿藻在哪儿，他俩是好朋友，朱德还是鸿藻的入党介绍人呢。"工作人员诧异地说："老妈妈，您慢慢说，慢慢说，您说的朱德，是哪个朱德？"叶雁苹说："朱总司令啊，井冈山'朱毛'的那个朱德，他是鸿藻的好朋友。"工作人员低声说："老妈妈，这可不能乱说，乱说会犯错误的。"叶雁苹大起声音道："我没有乱说，是鸿藻告诉我的，我家里还有他们合影的照片呢。""啊！您家里还有照片？这张照片很重要，如果有这张照片就能找到您丈夫了。"

叶雁苹听到这话，那张满是沧桑的脸变得精神起来，接过工作人员的话："真的吗？如果有这张照片就能找到鸿藻了！终于能找到他了。我这就回去,过几天再来,把照片带来。"

2

叶雁苹第二次来到澄海县委党史办。

一进门,她就对着工作人员说:"带来了,带来了,照片带来了。"老人翻着她的布包,拿出一张泛黄的照片,说道:"就是这张照片。""啊!朱德,是朱德,前排右边第四的这位就是朱德,年轻时的朱德。""小同志,你看,前排的这个人就是朱德,后排右边第二个穿西装宽额头高鼻梁的这个人就是我丈夫。"工作人员严肃地问:"老妈妈,这张照片哪来的?什么时候照的?""是鸿藻从国外带回来的,他告诉我,这张照片是1923年10月10日那天拍的,我一直记得这个日子,我把这张照片与我的首饰藏在一起,整整50年了。""老妈妈,您快坐下,喝口水,喝口热水。您这下找对地方了,您丈夫是应该到我们这儿来找。""就是嘛,你还说我找错地方呢。""老妈妈,您没找错地方。"

看到叶雁苹带来的这张照片,党史办的工作人员意识到,他们县可能要出一位大人物。老人又回忆了一些往事,说许鸿藻后来又去了苏联,在那里工作了五年,九一八事变后回国,在家住了12天,听说弟弟许泽藻在厦门从事革命工作,就去了厦门。

工作人员安慰了叶雁苹,让她回家等消息,找许鸿藻的事就交给他们了。

工作人员开始南下北上寻找许鸿藻的活动线索,但找到的几位老同志并没有听说过当年的地下工作者中有个叫许鸿藻的同志。

许包野与弟弟

工作人员就从许泽藻这边开始寻找。据当地老同志回忆,他们从事地下党工作时没听说过许鸿藻,但知道有个许泽藻。许泽藻在家乡参加过农运,曾任中共厦门市委宣传部长。通过这个线索,知情人士回忆出20世纪30年代中共厦门市委有"大许"与"小许"两兄弟任过中共厦门中心市委书记。大许叫许包野,小许叫许依华,是广东汕头人。根据叶雁苹的述说,似乎许包野和许依华就是许鸿藻与许泽藻两兄弟。当年做地下党工作的人都有几个化名,但工作人员还不能肯定。

再往下调查,线索越来越清晰,许泽藻在泉州当过特委书记,当时他的化名就叫许依华。既然许泽藻就是许依华,那许鸿藻就是许包野了。肯定了许鸿藻就是许包野,那就寻找许包野的踪迹。许包野当过厦门中心市委书记,当年厦门中心市委的机要秘书是谢飞,那就去采访谢飞。谢飞是走完长征全程的30位女红军之一,曾是刘少奇的夫人,此时是中国人民公安大学的负责人。工作人员前去拜访谢飞。据谢飞回忆,许包野当年是厦门中心市委书记,对闽南和厦门革命事业有很大贡献,20岁到欧洲留学,获博士学位,1923年在德国由朱德介绍加入中国共产党,参加中共旅欧支部。他回国后在厦门中心市委工作,后来,前往上海担任中共江苏省委书记,是在中共河南省委书记任上被叛徒出卖而被捕,在南京监狱牺牲的。谢飞的这个说法正好与叶雁苹的述说吻合。

根据调查的情况,许包野,也就是叶雁苹的丈夫许鸿藻的革命活动轨迹清晰起来。

3

1920年的春天,许包野告别妻儿,转道香港的码头踏上了另一艘邮船。邮船经香港、西贡、新加坡后,穿越马六甲海峡,横渡印度洋，又经非洲入红海，再经苏伊士运河、塞得港进入地中海，40天后终于抵达了法国马赛。初到巴黎，许包野被卢浮宫、凯旋门、埃菲尔铁塔及塞纳河的风景惊艳到了，但他知道，法国资产阶级革命和无产阶级革命的发源地就在巴黎；世界上第一个无产阶级政权巴黎公社也诞生在巴黎；《国际歌》的旋律也从这里响起，传向世界。能在法国留学，许包野热血沸腾。不久，他前往法国东南部的里昂大学学习哲学与法律。

第一次世界大战使法国的经济严重下滑，失业潮席卷全国，也影响到了留学生，到1921年初，失业的留学生已有1300余人，占当时留学生总数的80%。学生们生活无着，有的学生自杀，有的学生精神失常。中国学生在华法教育会的安排下，进入工厂"勤工"，周恩来、聂荣臻等人曾在巴黎西郊的汽车厂做工；赵世炎、邓小平、陈毅等人也在法国南部的钢铁厂当过工人。和这些学生相比，许包野是官费生，又出生于华侨家庭，家里不时给他寄钱，他在经济上比较宽裕，此时，中国留学生中的蔡和森、赵世炎、周恩来等人认识到在法国建立一个严密的有战斗力的共产主义组织非常有必要。于是，1922年6月，旅欧中国少年共产党（简称"少共"）在巴黎成立。这年年底，参加"少共"的共产党员组成了中国共产党旅欧支部，领导留法学生斗争，并为中国革命和建设培养了一大批优秀党员。此时，许包野已经转学到了德国哥廷根市格奥尔格·奥古斯特大学，但法国的这些共产党员对他影响很大。

叶雁苹对党史部门的工作人员说:"记得1921年的秋天,鸿藻从法国寄回一封长信告诉我,德国的生活费用比法国少一半,他要转到德国留学,公公给他寄去了2000大洋。他从法国里昂转到德国的哥廷根。到了德国后,他寄给我的信中说,在德国哥廷根的奥古斯特大学继续学习哲学与军事学,就是在那里他认识了朱德。"在转入德国之前,许包野已受到法国社会主义思潮的影响和熏陶。德国是马克思的故乡,这里有着西方众多先哲大家的传世作品与介绍马克思主义的书籍。许包野手不释卷地阅读这些经典哲学著作及马克思主义书籍,一边阅读一边思考怎样改变积贫积弱的中国社会,之后他开始参加一些进步组织的活动,寻求救国之路。

1923年秋天的一个晚上,哥廷根中国留德学生会组织了一个晚会,晚会迎来了一批新到的中国留学生,那位年龄稍长、举止稳重、话语很少的人就是朱德。许包野与朱德就是在这次晚会上相识的,两人一见如故。

与朱德的相识改变了许包野的一生。

朱德经周恩来和张申府介绍加入中国共产党后,周恩来嘱咐朱德对外不能公开他的共产党员身份,以中国国民党党员身份在中国留德学生中开展工作。朱德与孙炳文担任中国国民党驻德支部的领导职务后,教育团结一大批国民党左派分子和进步学生加入革命阵营中。在朱德的介绍下,1923年底的一天,许包野跟着朱德举起了右手,用低沉而有力的声音宣誓:"努力革命,牺牲个人。

服从组织，阶级斗争。严守秘密，永不叛党。"朱德放下右手，紧紧握着许包野的手说："祝贺你，包野同志！你要永远记住，今天是你新的生命，政治生命刚刚开始。"许包野非常激动，一种无比崇高的情感在他心中激荡，他看着朱德的眼睛说："朱德大哥……不，朱德同志，从此，我就跟着党跟着您为共产主义奋斗终身，随时准备为党和人民牺牲一切。"

许包野加入了共产党，成为旅欧支部的一名先锋战士。

4

叶雁苹说："鸿藻在给公公的信中多次表达对自己婚姻的不满，在一封信中写道：'我和雁苹本是一个不美满的结婚，这种错误是谁之咎，我现在已无可怨尤，只可恨我当年太愚蠢，鄙陋，太任人摆布了，到了现在已经无可回首了。'他在给我的信中写道：'我和尔已相隔三万里，我的留学期不知再多若干年，实际上我们既不能成为夫妻，为什么必要死守着生寡呢，所以倒不如离婚的爽快。'"他的这些想法是不被亲人理解的，他的父亲觉得叶雁苹这个媳妇贤惠，是个好儿媳，不许他们离婚，于是，回信把儿子骂了一顿。叶雁苹看到信更是伤心到绝望，但她替丈夫着想，在回信中写道："我只望尔可以自由，免致日后被我所误。"

接到父亲与妻子的信，许包野也能理解父亲与妻子，觉得自己有些草率，便让妻子多读书多识字多给他写信，夫妻两人能在通信中交流，增加彼此的感情。他在一封信中对妻子说："我们不愿意离婚，你要守着生寡，保持着名分上的夫妻，但守着这种名分上的夫妻是干燥无味的，因为我们那种实际的夫妻既不能存在，所以不得不找出一个'月月通信'的精神夫妻来代替，才觉得有味，尔试想，我若数月不通信给你，尔等着我的信，心里觉得如何？没有接到你的信心理也正和我没有接到尔的信心理一样，所以尔没有写信给我的薄幸也正和我没有写信给尔的薄幸一样，所以无论如何，这月月通信的条件是我俩所应该必要的。"

从许包野给叶雁苹的信中我们可以看出，他提出与妻子离婚是出于理性与人性，为自己着想的同时也是为叶雁苹着想。此时，他已接受西方的文明教育，年轻人自由恋爱是理所当然的，再说两人长期分居，国内传统婚姻制度只为传宗接代的需要而存在，这也是泯灭人性的。当他的想法遭到父亲与妻子的反对时，他立即打消了这个念头，嘱咐妻子多通信交流。此后，他在给妻子的信中写些"小知识"帮助妻子学习。叶雁苹也很争气，从大字不识几个到后来能与丈夫通信交流。当然思想差异是必然的，毕竟两人的生活环境不一样，两人的思想与文化水平也有天壤之别。就这样，一个没有再娶，一个没有再嫁，而是如家乡码头分别时说的"鸿雁相通，藻相依"那样。

在后来的通信中，许包野给妻子讲国外的所见所闻，给妻子讲男女平权，给妻子讲女子与男子一样可以学习工作。从丈夫的字里行间中，妻子能感觉到丈夫的良苦用心。许包野在给父亲的信中，希望父亲让叶雁苹去省城读书，"希望大人准许儿之请求，答应儿媳到省城读书，家务事可托妹妹或他人担任，至于儿媳读书的学费，大人若能担任，则固儿及儿媳之幸，若大人不能担任，则儿当自谋其他的办法"。叶雁苹知道丈夫的信中内容后，很感动，她认为这是丈夫对自己的爱。许父的观念陈旧，也不愿出钱让儿媳出去读书，许包野多次争取，他给父亲的信中说："儿自来有所请求于大人者，大人总是准许，唯此次为媳妇请求读书事，大人只是始终不许""我们潮汕有句俗语'夫妻本是同林鸟'，现在便要拿这个'鸟'字来说了，既要说夫妻是同林鸟，那么这两只鸟必定要双双会飞的，假如一只鸟会飞，另一只鸟不能飞，则能飞的必定受不能飞的所拖累，或者不能飞的必定受能飞的所抛弃，这当然是事理。所以雁苹不读书，则必无知识，她无知识，则必为我所累。这时候，正如一只会飞的鸟背了一只不能飞的鸟在背上，尔想他怎么能飞的动呢？这岂不是很不幸的事吗？这就是我之所以要雁苹读书的一个原因。""儿实为一生谋完全之幸福，实为家庭团圆美满。"

从这些信的内容可以看出一个儿子对父亲的苦口婆心，也能看出来一个丈夫对妻子的用心。可父亲始终不答应出钱给儿媳读书。许包野无奈，只能从族兄处借钱给妻子，让她去读书。这个举动让他的父亲无法接受，他不出钱给儿媳外出读书，并不完全是钱的事,"女子无才便是德"已经深入他的脑海中。于是,父亲在给儿子的信中,指责儿子"并言荣基帮助,以此载德,如此,尔说父亲有何面目可对人谈论乎?"还大骂儿子"无脸""可耻"。父亲去世后,许包野还是坚持让妻子去读书,他在信中说:"我在两月前,已有接续运动尔求学的计划,但有种种原因,阻我还未进行,这次英辉来信,正合我心,但照现在的情势看起来,观荣兄来信所说的话,我即刻修书嘱辉弟,代丽仙返校,并嘱丽仙与辉弟磋商升学一事,学费一事,我当担,秋季能入学更好。"

我们来欣赏一下20世纪20年代一个洋博士写给不识字的妻子的信,从中可以看出许包野对妻子的情与爱。

我这封信给你接到的时候,或者你已经入校,所以我对尔求学的计划,现在不必谈了,但还有几件重要的事要在信里说,(一)尔求学的学费大部分还赖着我的留学津贴,我的留学津贴费少,不知后来又如何进行,我记得还有两三次写信问细叔,但不知为何先生没有一点复音,本来照细叔的意思,在他当时给我的信中,并不知道在我的家庭中并不是有钱的,我们的读书,是我们的爹用尽全力应付的,他这也各人有各人的意见,我也不配说这些是非,但现在阿爹死了,尔又要读书,所以我要请尔注意,尔可向族人领取,领取不出,可写信来知,我当自寻方法对付。(二)适欧小儿,我说以为照英辉的计划,送进幼稚园为佳，因为幼稚园无论怎么样不善，总是比旧家庭开通些。（三）家庭一切应酬事，一概谢绝，因为至亲的亲友用不着应酬，而自然亲密。普通亲友，虽讲究应酬，也是无益，现在的世界，张开眼四周就充满了势利，虽家庭骨肉，尚且如此，何况其他，所以我们现在只管顾自己好了。（四）祖宗祭祀，也都废弃，注意我说这些，并不是因为我认为祖宗的祭祀费事，不过是儒家的一种宗教作用，没有什么实际，所以我就主张废弃，这些话说来也长，恕我不说，但我应该说明，我并不是"食教"而且反对"食教"。（五）若有机会，拍一张影像寄来，以解相思。（六）谈读书之法，只求自己，但最好尤须有人指导，譬如走路，假若你只身去汕头，有人给尔指导，从某处到某处，那走路的功夫还是尔自己去奋斗的。读书也是这样的，譬如当今中国的书很多，要叫尔先看哪一部呐？我想尔自己定不知道。这时候尔去问了一位老先生，他必叫尔去读《三字经》，或是那"学而时习之"的《论语》，都是哲学的书，尔就上了他们的当，就是盲人骑瞎马了。因为这两本书，尤其是《论语》，都是哲学的书，尔读了不但觉得无味，而且难得益，不要说尔，就是那些老先生们，对于《论语》一书，也觉得莫名其妙。我相信只有我才能做尔的引导，我现在要叫尔先看一部书，这部书是《西游记》，我为什么要叫你先看这部《西游记》？这是因为他谈自由而容易看，并且也是一部很著名的奇书，尔看了不但觉得有兴

绝恋

味,而且易得益。我尤记得我当时在家的时候,尔看了一回或数回,便班门弄斧的走来我面前说,读给我听,我当时倒没有注意,现在回想起来也觉得有趣,可惜尔现在不能在我面前说给我听了,这部《西游记》我一星期左右,或七八天就可以看完,我现在限尔二月看完,看了之后,通信来知,我当介绍第二部给尔观看,照这样计划做下去,我敢决定,尔将来一定有学识,好在尔还答应我每月通信,我们便将这些通信,作为讨论学问的利器也倒合宜。

这是一百年前的一封家书,信中,许包野给妻子做了读书计划,百年后的我们看了此信也有所启发。他还让妻子拍张照片寄给他,以解相思之苦。此时,他们的儿子适欧还没有夭折。

叶雁苹每次收到丈夫的信都如获至宝,看了一遍又一遍,生怕漏掉一个字。然后她给丈夫回信,告诉丈夫家乡的趣闻、家里的事、儿子情况及自己的读书进展等。许包野收到妻子的信后,也会读数遍,然后用铅笔将妻子的错字改过来,回信时告诉妻子上封信错在哪里,我们再来看看这封信:

河海不择细流,故能成其大。天下事总是积小成多的,求学之道,也是这样。我现在要介绍一些知识给尔,但这种知识是最普通的最平常的,是人人所应该知道的,我想尔也或已知道,但我又要和尔介绍出来,我想这种常识,简直当不起知识的尊号,所以我就叫它作小知识。但"大"是由"小"积成的,所以只要我们常常保有这个小知识,将来积多起来,或许也会成为大知识。今天我们讲"我""尔""他"这三个人称的代名词,在我们中国的用法,古往今来有许多不同的地方,现在分别来说。

(一)古昔的用法,除我、尔、他这三个字外,还有许多字可以通用,如:

(1)我——吾、予、余、仆、朕

(2)尔——汝、女、子、而、若、君

(3)他——其、之、渠、彼

现在举几个例子吧,

(1)我有圣人之道(庄子),曾子曰:"吾日三省吾身";汤誓曰:"时日曷丧,予及女皆亡"(孟子),"予及女皆亡"即是"我和尔一起死"的意思;"仆今者,兵衰力弱"(桂王致吴三桂书),"仆今者"即"我现在"之意;"朕躬有罪"(书经),朕即是我,躬即是身,所以,"朕躬有罪",即是"我身有罪"的意思。

(2)"子非其人也"(庄子),即是"尔不是这种人"之意;"今我则已有谓矣,而未知吾所谓之其果有谓乎,其果无谓乎?"(庄子),其意却是"我现在正经说话了,但尔不知道我所说的话,是果真我所说的话呐还是我没有说的话"。

(3)"听其言而观其行"(论语),即是"听他的话,看他的行为"的意思,"彼亦人也,我亦人也"即是"他也是人,我也是人"的意思。

(二)现今的用法

现在的用法,除我尔他之外,其余的字都不用了,但是"他"字之外还生出两个字,这是应该注意的,解释为下:

(1)我

(2)尔(或是你)

(3)他——指男性;她——指女性,有时也作(伊);它——指其他一切,中性。

现在试举几个例子:

(1)"我现在叫尔先看一部《西游记》,因为它是一部有名的奇书。"在这个例子中应该注意的是这个"它"字,"它"代表《西游记》。

(2)"呵!丽仙变了,她为什么能说出这些话呐?"这个"她"字代表"丽仙",因为丽仙是个女子,若是说"呵,鸿藻变了"那就应该用为"他为什么能说出这些话呐?"

(3)"我的母亲,她现在在世;我的父亲,他已死去了;我的兄弟,他们现在也无读书!"或者:"我母亲,伊现在在世",现在将现今的用法,试做一表,使尔易于明白:

(1)我——我和尔就是我们(多数的)。

(2) 尔（或你）——尔和他是尔们，他和他是他们。

(3) 他——例如鸿藻，他在德国。

她——例雁苹，她在中国。

它——《西游记》，它是一部有名的奇书。

这大概可以明白了，现在来说点别的。

....

之所以引用这封信，是想让大家看看一个洋博士对不识字的妻子是怎样的耐心和细心，如同教一个不识字的孩子，而且是越洋的书面讲课。他对她的感情可谓"跃然纸上"。

从这封枯燥乏味的信中，我们还看出许包野是一位书生气十足的丈夫。

许包野去欧洲几年后，家里因缺医少药，他们的儿子适欧死了。那些天，叶雁苹度日如年，去信告诉丈夫，可许包野久久没给她回信，这使她更加痛苦。几个月后，叶雁苹终于收到了丈夫的来信。许包野在信中说：

接到你的信，已经有数月了，一直未复信，不是懒惰，是我一刻也静不下来，满脑子都是我儿适欧的咿咿呀呀。我知道，你比我更苦痛，事已如此，你也要看开些，还是去读书吧。这封信写到这里，正好又接到你的来信，真好！我相信世上的人,像我这样的,总是该骂的,不骂不会醒悟。所以你这次把我骂了一顿,我的心里真觉得非常之甜蜜,可惜我不在你身边,不然,我将让你打几下,给你出出气,那时我的心里会觉得格外爽快。你骂我的话,本来没有道理,不过没有道理,才是大道理。你骂我最精彩的那段话,我把它当白话诗一样的读,当歌曲一般的唱,请你静心倾听呵,我现在又要唱了,鸿兄呀!我现在已无寄信给你,算将也有数月了,但你也是一样的无寄信给我,这是两相都懒惰了。我数月前寄你两封信,现在有无收着呢?我敢断定你是收到了,我看你是不肯复我是真呵。但是,你若不肯回信给我,你也该写有一字与我说明,叫我从今后勿再与你通信,不应该信接了净净不回的。鸿兄呀!自你儿适欧没了后,我度日如年,奴家日夜悬挂的就是你了。雁苹,我儿没了,我只有一条路走了,我将坚定地走上这条光明之路。

叶雁苹收到丈夫这封信是多么的快乐啊。她知道,许包野说的"这条光明之路"就是寻求救国之道。

5

1925年5月15日,上海日商纱厂日本职员枪杀工人共产党员顾正红,打伤工人十余人,激起全市工人、学生和市民的愤怒。30

日,上海学生2 000余人在租界内进行反帝宣传,声援工人斗争,遭租界巡捕逮捕。随后群众集中在公共租界南京路巡捕房门口,要求释放被捕者,又遭英国巡捕开枪屠杀,造成五卅惨案。中国共产党立即号召全市人民举行罢工、罢课、罢市,抗议英帝国主义的暴行。

消息传到欧洲,中共旅欧支部立即召开紧急会议,决定声援国内人民的反帝斗争。在朱德领导、许包野等人的积极配合下,留德学生开始了抗议英日帝国主义的宣传活动和示威集会。留学生们通电全世界,揭露英日帝国主义在上海屠杀中国民众的罪行。英国政府向德国政府提交了一份包括朱德、许包野在内的中国革命者名单。随即,朱德与许包野等人遭到逮捕,被关押在亚历山大广场旁的一所监狱里。朱德与许包野在狱中大声呼喊:"我抗议!你们无权逮捕中国留学生,我要见你们的警官,我要见中国大使。"三天后,在德国共产党与工人团体的营救下,许包野与朱德等人被释放了。德国政府把他们驱逐出境了。

朱德先离开德国,他要去苏联了。许包野来到车站与朱德告别,两人依依不舍,相约国内再见。几天后,许包野也离开了德国,前往奥地利维也纳继续他的学业。许包野取得博士学位后也前往苏联。1926年下半年,许包野抵达苏联莫斯科时朱德已经离开苏联回国了。到了苏联后,许包野给自己取了一个俄文名字"保尔",在莫斯科东方大学任教,向中国共产党派往苏联学习的留学生教授马列主义理论,这些留学生后来大多成了中国革命的领导人。在苏联的这几年,许包野还兼任过莫斯科市的地方法官。

6

1931年7月,国民党调集30万兵力,采取"分路围攻,长驱直入"的战术,兵分三路对中央苏区进行第三次"围剿";9月18日,日军侵占沈阳,随后几个月内日军即占领了辽宁、吉林、黑龙江三省。九一八事变激起全国人民的抗日怒潮。中共方面急需大批干部到红军中工作,许包野受共产国际的派遣回国。他告别了莫斯科,告别了同志,秘密从西伯利亚途经黑龙江回到中国。一踏入中国的土地,许包野即被国民党特务监视跟踪。为了摆脱特务,他没有直接回家,而是先到新加坡,几经周折,于1931年底才回到阔别12年的故乡。

抵达澄海正是下午,明晃晃的阳光洒在海边的堤岸上。许包野虽然归心似箭,但他还是决定等天黑后再回家。他想办法让人通知四弟先到海边与他见面。

等四弟时,许包野坐在海边思绪万千,海水拍打着海岸,成群的海鸟盘旋在海滩上空,发出的悦耳的鸣叫声让许包野陶醉。12年了,梦中的这一切就在眼前,许包野有些恍惚。四弟找到他时,兄弟相互惊叹,如果走在大街上彼此根本认不出来。许包野感慨不已,他迫不及待地问四弟:"这么多年了,家里怎么样了?"四弟说:"大哥,你离家时间太久了,父亲去世后,我们将暹罗华富里的产业卖掉后回到了家乡。"许包野又问:"你嫂子怎么样了?"四弟叹了口气说:"自从侄子适欧没了后,嫂子变得沉默而痛苦,在家料理家务,吃了不少苦,受了不少累,我们一大家子都很感谢嫂子。"许包野很内疚地说:"我对她是有责任的,这段婚姻虽然非我所愿,但我还是对不起她,如果适欧还在,对她还是个安慰,这么多年了,我欠了她很多。"四弟问:"大哥,您这次回来有什么打算?不再离开了吧。"许包野说:"不会再出国了,但也不会待在家里。"四弟说:"大哥,您看到大嫂后,就不会再离开家了,她太可怜了,这么多年来,一放下手头活计就往村头跑,望着通往外面的那条路。我们都知道,她在等您回来。大哥,天黑了,我们回家吧,大嫂也该站在路口了。"

对于叶雁苹来说,许包野的回家如天上掉下个"林妹妹",她惊喜交集,当年那个毛头小伙儿已成为风度翩翩、风华正茂的洋博士。叶雁苹拉着许包野的手开心地说:"鸿藻,知道你要回国,这几天我像生活在梦里,夜里又在梦里笑醒,弟媳们都取笑我,说我年轻了十岁。"

许包野说:"雁苹,你比我走的时候瘦多了,离家十余年,父老双亲都靠你照顾,家中里外都凭你操劳,我这个丈夫名不副实,让你年纪轻轻就挑起了沉重的负担,我对不起你啊!"叶雁苹说:"过海的鸿雁传书,你我都在字里行间说得很多,我只想对你说,无论有没有孩子,这辈子我都和你不再分离。鸿藻,你都出去十多年了,该好好歇歇了,这个家不能没有你啊……"许包野看着妻子期待的眼神,欲言又止。分别12年,刚刚重逢,他不忍心说出他还得离开妻子、离开家乡,外出从事革命工作。

一眨眼,许包野在家已经12天了。叶雁苹看得出来,丈夫想跟她说些什么。许包野跟着妻子来到厨房,对叶雁苹说:"这十来年你受苦了,你跟侄女们玩去吧,厨房的活就交给我,让我也练练手。"叶雁苹说:"哪能呢,你不用动手,你能在厨房陪着我,我已经享受着在这世间从没享受的乐事。鸿藻,这次回来不再走了吧?"许包野低声说:"我,我,我准备明天走,去厦门找二弟。"叶雁苹一听这话激动了起来:"你一走就是12年,才回来12天就又要走了!"说着说着抽泣起来,带着哭腔又说:"你不能不走嘛。"许包野很无奈地说:"我不能不走啊,我是带着任务回来的,不能有丝毫差错。"叶雁苹说:"二弟在厦门参加了共产党,整天提着脑袋跑东跑西,一家子为他担惊受怕,你不能再让我们整日提心吊胆过日子啊。"许包野说:"雁苹,我们不能尽想着自己啊,如今有无数贫苦大众没饭吃、没衣穿、没田种、没学上,等大家都过上好日子了,我会回来的。"叶雁苹说:"我怎么就想着自己呢!每天鸡叫头遍我就起床,天上的星星出来了,我才从田里回家,忙得腰都直不起来。而你一走就是这么多年,如果你在家,我们的儿子也许不会死。"说着又大哭起来："我年年盼月月盼日日盼，好不容易把你盼回来了，板凳还没坐热，你却又要走了。"许包野说："雁苹，儿子的死，我也揪心啊，如今，我年过而立，也想要个孩子。但是，但是，我不能不走啊，一有可能，我就回来。"叶雁苹说："可现在家里不能没有你啊，马上要过年了，你都十几年没在家过年了，至少也得过完年再走啊。"许包野说："雁苹，我不得不告诉你，我在做着解放全国劳苦大众，消灭剥削阶级的大事。我……我必须马上走，不能等了，一天都不能等了，雁苹，我对不起你。"叶雁苹呜呜地哭着，嘴里不停地说着："你刚刚回家啊！你刚刚回家啊！你这一走，不知何年何月才能回来……"许包野安慰着妻子说："等我的任务完成后立即回来。"

坐在党史办的叶雁苹老人平静地说："我能看得出来，鸿藻也舍不得走，舍不得离开家，但他还是走了，一步三回头地走了。自离家后，鸿藻就再也没有回过家。我在家一直等，只要第二天太阳升起，我就对自己充满信心，总有一天能等到鸿藻回来的。"

工作人员告诉叶雁苹，他们已经调查清楚许包野离开厦门后的情况了。

7

第二天天微亮，许包野即离开了家，前往厦门。

走在厦门的街头，许包野完全是一个教授的模样。他看到学生在游行示威，警察在驱赶，第一次感受到了国内革命形势的严峻。他想到自己即将投入这场轰轰烈烈的革命洪流中，心情激动起来。

根据党组织给他的约定，他来到厦门市中心"林清辉医师"的洋房前，通过从共产国际带回的暗号，找到了接头人林摩西。约定几天后在此面见厦门市委书记王海萍。

几天后，许包野又来到林摩西的家里，在这里见到了中共厦门市委书记王海萍。许包野向王海萍报告了自己的情况，由于回国时不能随身携带党组织的介绍信，要等待厦门市委向党中央证实他的身份后才能安排工作。

对接完了工作，许包野跟王海萍说："听说我二弟许泽藻在厦门党组织工作，如若他在这里，也可以证实我的身份。"王海萍惊喜道："许泽藻是你的二弟！他确实在我们这工作，是厦门市委的宣传部长。摩西，快把泽藻找来。"

与二弟见面，许包野又一次百感交集，未见面已12年了，兄弟俩互相倾诉思念之情，以及彼此的情况。

许包野在等待工作安排期间，与19岁的姑娘谢飞扮成兄妹同住厦门市委机关。许包野正准备去安溪时，厦门市委被破坏，市委书记王海萍等人被害，许泽藻任市委书记，恳请哥哥留下来与他一起工作。许包野化名"大许"任厦门市委宣传部长。不久，中央来信，让许包野将厦门的工作安排好后，立即去中央报到。此时，许泽藻又被捕，许包野在紧急状况下留在了厦门，担任临时市委书记。许泽藻出狱后，离开了厦门，中央正式任命许包野为厦门市委书记，谢飞任机要秘书。

在许包野的领导下，被破坏的厦门党组织很快得到了恢复，到1933年底，厦门岛内建立了12个党支部，发展到92名党员，比破坏前更加壮大，党领导的革命运动也逐步走出了低谷。

1934年，谢飞调离厦门，许包野与谢飞于码头告别，从此，谢飞再没见过许包野。

这年的6月底，正当许包野布置拥护红军宣传工作时，上海中央局来信要求许包野立即卸下厦门工作，前往江苏接受新的任务，当时江苏省委在上海。原来，6月26日晚，中共上海中央局和江苏省委遭到国民党中统特务破坏，中央决定重新组建江苏省委，调许包野来上海担任江苏省委书记。

7月，许包野化名宝霞出现在了上海。上任不久，许包野被叛徒老龚盯住，中统想抓住新任江苏省委书记，再一次破坏上海中央局以及江苏省委，故千方百计诱捕他。许包野沉着机智，以其丰富的地下斗争经验，不仅躲过了险情，还将叛徒除掉，震慑了敌人。

1934年10月，中央将许包野从上海调到开封任中共河南省委书记，恢复河南党组织。许包野化名"老刘"来到河南。此时，恰逢中央红军开始长征，鄂豫皖革命根据地红军也开始西征。白区地下党的工作环境更加险恶。许包野每天天不亮就出门，很晚才回家写报告直到深夜。3个月后,河南党组织恢复已初见成效,许包野在旅馆等待中央派来的交通员时被捕了,立即被押到南京宪兵司令部看守所。敌人认为许包野是个中共大官,也是一位知识分子,千方百计劝降许包野,许包野不理睬。于是,他们请来了原中共江苏省委书记、叛徒王云程劝降,遭到许包野的怒斥。许包野从容地走上了雨花台刑场。

8

1985年的冬天,党史部门终于调查清楚了许包野的情况,他们来到叶雁苹的家。而此时,85岁的叶雁苹已重病在床,工作人员告诉她,许包野就是许鸿藻,已于50年前的1935年,为了民族独立、人民幸福而英勇牺牲了。叶雁苹听后泪眼婆娑,闭上了眼睛,任由泪水肆意流淌。

几天后,叶雁苹永远地闭上了眼睛,到另一个世界寻找丈夫去了。两年之后,广东省人民政府追认许包野为革命烈士,并颁发革命烈士证书,家乡人民在他的故里为烈士建造塑像。其事迹在南京雨花台烈士纪念馆内重点展出,烈士的英名和壮举流传开来,伴之以许包野、叶雁苹凄美的爱情故事《半个世纪的等待》!

生不能相守 愿死后相伴

赵良璋（1921—1948）

1947年10月4日，从北平出差到南京国民党空军总部的赵良璋把公差办妥后，还有一些私事要办，不想立即回北平。这天午后，他约了几个战友，去了一位朋友家打牌，打得正高兴时，他的一个士校同学匆匆赶来，没等一局牌打完，就把赵良璋拉出门，紧张地说："良璋，我刚从空军总部来，听一位好友说总部正在秘密地搜捕你呢，你到底出了什么事啊？需不需要赶快躲一躲？"赵良璋说："你老兄是不会跟我开这种玩笑的，会不会是总部搞错了？"赵良璋不知道中共北平地下电台已经被国民党保密局破获，自己亲笔写的大量情报稿已在特务手中。

赵良璋疑惑地回到牌桌，继续打牌，打完牌出了朋友的家门，被风一吹，打了个激灵，脑袋立马清醒了。想起两天前，去朱铁华的叔叔家得知朱铁华被捕了，当时他只是以为朱铁华惹了点小麻烦,过几天即会出来。现在一想,可能真的出事了。在回旅馆的路上,他一边走一边在想自己平日做事非常谨慎,没什么地方做错。正在他犹豫不决地走进旅馆大门时,蹲守在旅馆周边的特务们一拥而上,还没等赵良璋反应过来,两个便衣特务就将他塞进了路边的一辆黑色轿车里。

1

赵良璋在南京被捕时,他的妻子蒋平仲正在北平的家里坐立不安,她已经几天几夜没睡好觉了。

10月1日深夜,一阵急促的敲门声把熟睡的蒋平仲吵醒,睡意蒙眬中她以为丈夫赵良璋回来了,再一听不像赵良璋的敲门声,立刻睡意全无,慌忙起来开门。门一开,几个黑衣男人拥进门来。年轻的蒋平仲哪见过这种架势,吓得站在一边,默数,一共八个人。一个领头的说,他们是北平宪兵队的,是来逮捕赵良璋的。

蒋平仲嗫嚅地说,赵良璋不在家,出差了。特务们也不听她的话,分头搜查,把家里每个角落都搜查了,赵良璋确实不在家。特务们又翻箱倒柜,没找到什么值得怀疑的东西,只搜查出赵良璋同学朱璧谱、朱铁华、冉瑞甫等人在美国受训时用英文写给赵良璋的信件以及一些照片。

领头的特务又问蒋平仲:"赵良璋去哪里出差了?"蒋平仲说:"我不知道,他没跟我说。"特务们见问不出个所以然来,带着朱璧谱、朱铁华、冉瑞甫三人的信件走了。

蒋平仲确实不知道赵良璋到哪里出差了。特务离开后,她锁好门,躺在床上再也无法入眠,瞪大眼睛,胡思乱想。东方泛出第一缕白光时,她立即从床上跳起来。一看时间尚早,又回到床上,想:良璋现在会在哪里呢?上海还是南京?邮局一开门,蒋平仲就冲了进去,连续拍了三封电报,分别寄往上海、南京等三个地方。电报云:"家里无事,不必回来。"遗憾的是,她不知道赵良璋的准确住址,赵良璋根本没有收到蒋平仲的电报。

自电报发出后,蒋平仲真是度日如年,每一个敲门声都让她心惊肉跳。她不敢出门,她要在家等着丈夫,渴望每一个敲门声都来自丈夫,她要让他第一时间逃离。她最害怕等来丈夫被捕的坏消息。

几天后,蒋平仲在北平的家里听到赵良璋在南京被捕的消息时,只觉得天旋地转,清醒时,她那俊秀的脸上全是泪水。此时,蒋平仲仅十八九岁。一个姑娘遇到这么个天大之事,让她怎么面对,真是叫天天不应,叫地地不灵。

蒋平仲简单地收拾下行李就上路了。她要去南京打听丈夫的消息。

2

赵良璋是南京六合人，出生于1921年。在南京第五中学毕业时正值全面抗战爆发，亲见侵华日军攻陷南京，将一座古城变成了人间地狱。正值青春年少的赵良璋愤恨于日军侵略，导致国破家亡。他背负着保家卫国的愿望与表兄离开了家乡，告别了亲人，前往四川投考军校。赵良璋父亲早亡，在南京读书时住在姑姑家，当时他姑姑住在临近夫子庙的钞库街。

所以，蒋平仲一到南京即投奔赵良璋的姑姑，暂住在姑姑家。姑姑一家为赵良璋被捕一事也是惊慌失措，苦于平民百姓，无法联系得上上层人士。

多年以后，蒋平仲回忆这段悲惨岁月时说："良璋被捕后，我立即赶到南京，只听说案情非常严重，任何人不得过问与接见。打听了许久，才知道他被关在南京宁海路19号国民党国防部保密局看守所。给他送点衣物、菜等都不可能，见他更不可能。过了一段时间，狱方才准许送菜去，可以收到，可只能每星期送一次，但是写便条是不允许的，那些走狗们非常狠毒可恨，我在南京等了两个月还不能见，只好带着一颗悲伤失望的心返回北平。"

回到北平的蒋平仲，天天思念担忧着赵良璋。那些天，她最怕的就是等来赵良璋的坏消息。人一天天消瘦下去，脑海中都是丈夫的影子，连梦中都是。

3

1939年，赵良璋来到四川，投考了国民党空军军士学校，于四川成都南门外太平寺空军士校接受入伍及飞行训练。18岁的赵良璋身在异地举目无亲，闲暇时，发挥他的特长，创作抗战歌曲；与士校的几个知心朋友交谈心中的郁闷。1941年，赵良璋于士校驱逐科毕业。

赵良璋以野雪为笔名发表于《新音乐》上的《假如我为真理而牺牲》《囚徒之歌》《春》《绿》等歌曲，流行于当时的西南地区。

1991年台湾出版的《风云际会壮士飞——空军官校十二期特班毕业五十周年之回忆》中这样记载赵良璋："赵良璋，南京人，短小精干，喜欢音乐。在中级飞行时，他就订阅由桂林出版的《新音乐》杂志，在抗战期间，这份杂志上每期都有新的创作歌曲发表，也有一些音乐理论的撰述。冼星海等音乐家，都是该杂志的编辑人。赵良璋也创作了不少抗战歌曲，寄往桂林发表。自修很勤，为人豪爽。讲话声音很大，也有人喊他赵大炮。"

在空军军士学校，赵良璋与几个同学由于思想激进一直被监视。后被派去印度受训，出国四个月余，在那里生病，住院诊治好了，但身体还是很虚弱，外国教官停止他飞行训练，要他休养。回国后,赵良璋调四川成都空军第十一大队,随飞行大队参加对日作战。

就是在这里,蒋平仲结识了20岁的赵良璋。

赵良璋在国民党空军部队做飞行员时的留影

蒋平仲是四川人,赵良璋一个战友的侄女,常常来机场玩,因此结识了赵良璋。赵良璋虽然是弱冠之年,但活泼好玩,像一个大男孩。蒋平仲特别喜欢跟这个大哥哥玩耍,赵良璋就把蒋平仲当作小妹妹,常带着她一起玩。赵良璋与战友薛介民(别名海燕)一起创作歌曲,创作好就让蒋平仲试唱,流传下来的那首《假如我为真理而牺牲》这首歌曲,第一个唱的人就是蒋平仲。对于蒋平仲来说,与赵良璋算是青梅竹马。几年后,蒋平仲出落成窈窕淑女,大约在15岁那年,与赵良璋在成都成了亲。他们从相识、相恋到结婚，赵良璋那爽朗性格，充满正义感的积极向上的生活热情和哥们义气，都是征服姑娘芳心的丘比特之箭。蒋平仲太爱这个大哥哥了，所以特别听大哥哥的话。赵良璋在蒋平仲面前，绝对是个大男人，不仅非常有趣，正义感特强，因为哥们义气重，朋友也特别多。从他同学后来的回忆中，我们知道，赵良璋是一个遇到就再也不可能忘记的男人。

赵良璋与妻子蒋平仲

当时国民党空军在国军中算是特殊阶层，飞行员的生活比较自由散漫，金钱会送入他们的手上，美女会主动投向他们的怀抱，他们私下里也会做些倒卖金条、交换经济情报、偷运贵重物资等事情。赵良璋从沦陷的首都南京逃出，亲眼见过日军制造的南京大屠杀的惨景,尸横街巷、大火冲天。赵良璋为人正直,逃出南京投考飞行员,就是想轰炸日军,谁知飞行大队也腐败,在失望至极后他对去美国的赵璧谱等同学说:"我在准备走另一条路,将来不能从空中走,我可以从地面走。"

此时的赵良璋已是身在曹营心在汉。

1945年夏,进步人士刀慧容与几个朋友要去中原根据地,赵良璋得知情况后,要求一同前往根据地,他愿意放弃国民党飞行员的优渥待遇,到根据地的艰苦环境中当一名普通兵。此时,赵良璋已被调离飞行岗位,他渴望重新飞上那湛蓝的天空中,做一只蓝天之鹰。

7月,赵良璋跟空军请假,借口到外地探亲访友,便与刀慧容和同学朱铁华的弟弟朱庭超由成都秘密来到重庆。此时赵良璋刚刚结婚不久,为了不引起空军上司的怀疑,他把妻子蒋平仲留在了成都,准备一切妥当后再把妻子接走。他们找到了八路军驻重庆办事处的薛子正,在征得薛子正的同意后,他们得到了去根据地的路线,接头地点,接头暗语。朱庭超还将传递给根据地党组织的小纸条缝在裤子的夹缝里,一切准备好后就等待着轮船的到来。

一天上午,突然有一个男人来找赵良璋,这个人的到来,改变了赵良璋的命运。

中共中央南方局领导知道赵良璋是国民党空军参谋后,让薛子正找他谈话。薛子正派人找来了赵良璋,告诉他,成都空军还没有中共地下党组织，让他最好返回成都，潜伏于空军内为党工作。薛子正说："你留在国民党的空军内比去根据地作用大得多。"赵良璋虽然一心向往着根据地，也知道返回空军秘密工作的危险性，但为了党的事业，他还是愉快地接受了党组织的决定。临走前，薛子正问他是从哪个门进来的，赵良璋大大咧咧地说，从大门进来的。薛子正告诉赵良璋，他进来时已经被人盯上。于是，赵良璋化了装，办事处用汽车从后门送他出了八路军驻重庆办事处。

赵良璋回到小旅店，整整两夜一天伏在桌上，一边思考一边把他所知道的国民党空军情况写了下来，在他离开重庆回成都前把两万字左右的《国民党空军概况》交给了中共中央南方局。与刀慧容他们告别时，他把身上唯一值钱的金戒指留给了刀慧容以备急用。他们三人从成都去重庆的所有费用也是由赵良璋负责的。

赵良璋安全地回到了成都的家，回到了国民党空军，潜伏于内部开始为共产党收集重要情报。赵良璋回来后，蒋平仲看出了丈夫的变化，虽然丈夫没有跟她明说，但她心里是明白的。

4

从重庆回来后，赵良璋的人生发生了很大的变化，他内心充满着信心和力量。同学朱铁华回忆："此时赵良璋全身是劲，有着使不完的精力。他从国军中看到的尽是腐败、腐朽，感觉这是一个已经没有希望的政府,现在他找到了一个充满活力、能为大众谋福利的政党,所以他'有着使不完的精力'。"1946年夏,赵良璋随着国民党空军第二军区司令部调往北平任总务科参谋。蒋平仲随丈夫离开了她的家乡,在北平定居。

为了收集到有用情报,赵良璋设法又调入情报科任参谋。赵良璋在同学朱璧谱的家里与军调部的马次青联系上了,遂参加了北平地下情报工作。这年的年底,赵良璋加入了中国共产党。

1947年,马次青离开北平,由董剑平联络赵良璋。董剑平是赵良璋的上线,北平地下情报小组的负责人,时任北平市政府地政局第一科科长兼代局长。

在回忆这段经历时,蒋平仲说:"当时的北平空军机密情报、编写密码等都是赵良璋一人包办,再由他送往南京空军总部。所以,有些情报,南京空军总部还没收到,延安已经知道了。"董剑平于1949年10月5日写的材料中总结了赵良璋为中共提供的情报:

1. 全国空军编制及飞机种类,数量;

2. 国民党空军侦察共军活动情形报告;

3. 北平行辕所辖各部队驻地及团以上官员名单;

4. 北平空军司令部印制的各地敌我军力对比地图等。

马次青于1961年11月17日写的材料中说到赵良璋为中共提供的情报和贡献:一是国民党空军情报;二是通过空军了解陆军情报;三是争取联络周围的进步同学为中共所用。

北平地下电台是西安王石坚情报系统所属的一个秘密电台，工作效率极高，成果卓著，情报大多来源于国民党部队的高层，提供的情报准确、及时、量大、机密性高，多次受到中共中央的表扬。

正是因为北平的地下电台报文量多，发报时间长，增加了出事的可能性。

1947年9月下旬的一天晚上，国民党北平行辕第二处电讯科侦测室的一个电检人员，戴着耳机正在侦听电台呼号，突然有一个没有登记的电台呼号发出了"嘀嘀哒哒"的电报声。这个特务摘下耳机迅速跑向电检科科长的值班室，急切地说："我发现了一个可疑的电台。"电检科科长马上起身跑去亲自听。听完后立即召集手下特务布置任务："发现了一个可疑电台，初步判断就在北平，很有可能就是共产党的秘密电台，为党国效劳的机会来了，我们一定要破获这个电台。"

特务们连续几个晚上开着装有美制电台侦听器的侦测车，满北平跑，一步一步地缩小范围，最后确定在北平东城区交道口京兆东街附近的方圆500米内。被发现的这部电台人员不知噩运即将到来，还在继续着每天早上6点的发报。

国民党特务机关侦测共产党的电台，以前常用两种方法：一是分区停电，确定被侦测电台的具体方位；二是查电费，因使用电台耗电量大，查看谁家用电量多。此次用了另一种办法，保密局北平特种工作组组长谷正文启用一个具有特殊本领的飞贼"草上飞"段云鹏。谷正文晚年在台湾写的自传披露了他发掘段云鹏的经过：段云鹏的盗窃技术特别高，身轻如猫，能飞檐走壁；一次段云鹏盗窃被保密局的人抓住跪在院中，正好被谷正文看见，谷正文调来案卷，又亲自审讯，觉得此人留在保密局一定有用，于是把他招进保密局当了特务。

9月24日凌晨，段云鹏犹如狸猫一样，爬上了交道口京兆东街附近房屋的房顶，挨家挨户侦察，侦察到24号时，屋内情形让段云鹏惊喜不已，一个人从床底下拖出一个木箱打开放在桌上，背对着他敲击着，连续不断地发出"嗒嗒嗒"的敲键声，段云鹏悄无声息地一直等到这个人发报完，关掉电源才发出信号，特务们扑向24号，当场抓获了发报人、电台及电报稿。保密局破获了一个电台，还是中共的一个"活电台"。特务们又从电台负责人李政宣床底下搜出一个柳条箱，令特务们惊喜又惊讶的是搜查出的一大堆电报原始稿件中有国军的作战计划、兵力部署、军事会议纪要等等，这些情报上还留有北平地下党情报人员的亲笔手迹。其中就有北平空军司令部印制的"敌我军力对比地图"，署名"野雪"。

国民党国防部保密局局长郑介民迅速向蒋介石汇报了这一重大破获，蒋介石夫妇亲自飞往北平为破案人员授奖。

交道口京兆东街24号，是共产党在抗日战争胜利后的1946年在北平建立的情报站。电台的报务员、译电员都是从西安调来的，由王石坚直接领导。军调处北平执行部的中共方面撤退后，埋伏下一批地下工作者,搜集到的军事、政治、经济等各方面的情报,都是通过这个电台直接发向中央情报部,送到毛泽东、周恩来和其他中央领导同志手上。

按照中共情报工作纪律的规定,报务人员接到情报后,在发报之前,应当重新抄写一遍报文,并变换口气,发报后,立即销毁全部情报。然而,电台人员违反了这一规定,不仅没有重新抄写报文,还把情报人员提供的原件留了下来,这些举动导致了大批人员被捕。

李政宣随后叛变,特务从李政宣的口供里,获悉北平地下电台及情报人员的名单,还得知总领导王石坚在西安。于是,王石坚被捕,很快写了自白书,供出了西安、北平、兰州、保定、沈阳等地的地下电台和一些情报人员。这是中共情报史上最严重的一次损失,也是国民党军统有史以来破获的最大的案子。这次破坏,给中共带来了巨大的损失,毛泽东、周恩来亲自过问,李克农为此向党中央写出检讨报告,请求处分。

由于保密局此次破获的是"活电台",也因为被捕人员的叛变,特务们逮捕了所有他们知道的情报人员,以及牵连人员,包括陈布雷的女儿陈琏和女婿袁永熙。在那个风雨飘摇、乱世浮生的时代,保密局认为,破获了如此众多如此重要的中共地下电台,相当于"保住了半壁河山"。

蒋平仲说,赵良璋往返于北平、南京及上海等地收集情报,几个月来都非常周密,没有半点差错,正是因为这个案件的牵连才遭逮捕。

5

赵良璋是这个案子中被捕的最后一个人。此前,国民党北平第十一战区长官部作战处少将处长谢士炎,国民党保定绥靖公署军法处少将副处长丁行,国民党北平第十一战区长官部参谋处少校参谋、代理作战科长朱建国,国民党第十一战区长官部少校参谋孔繁蕤均已被捕。赵良璋的空军同学朱谱壁、朱铁华、冉瑞甫等也被关进了南京空军总部看守所。

赵良璋与友人

赵良璋被捕后也被押解到南京空军总部看守所。几十年后,朱铁华回忆:"我们先被关进空军总司令部军法处看守所,两天后的清晨,我们正在洗脸,突然听到良璋那独特嗓音的歌声,急忙探头外望,良璋正唱着歌从我们的监房前面走过去了,若无其事。我心里一惊,怎么良璋也进来了!"

后来朱铁华问赵良璋:"你怎么如此镇静地若无其事!"赵良璋说:"一颗子弹以外,不会再加上一刀。"

赵良璋进了监狱后照例被审讯,在后来的回忆材料中,大家都说赵良璋是最让人敬佩的一位同志,保密局的特务与看守也说:"赵良璋真是一条汉子。"

起初,特务们还没拿到证据,他们审讯赵良璋时采取的是车轮战术,三天三夜不让赵良璋睡觉,赵良璋的疲倦达到极限后,人变得神志迷糊、精神散乱,但他还是坚持说什么都不知道。

三天后,审讯人员收到了北平寄来的材料,那份签着"野雪"的北平空军司令部印制的"敌我军力对比地图",还有董剑平给赵良璋写的劝说信一并拿在了审讯人员的手上。审讯员把这些材料展开给赵良璋看,赵良璋看到自己签名的情报一下子从恍惚中惊醒过来了。审讯人员问赵良璋:"这是你做的事吧?"赵良璋答:"不错,是我做的。"又问:"这也是你做的吧?"赵良璋答:"不错,这也是我做的。"最后,赵良璋说:"都不错,都是我干的,你们看着办好了。"

有的朋友说赵良璋天生具有革命英雄主义情结。被捕前,赵良璋曾跟同学说过,万一我落在敌人手中,要将我的脑袋砍掉,我绝不向敌人屈服,我会拍拍自己的胸膛,直立在敌人的面前,让他们来砍脑袋吧。在法庭上,赵良璋践行了他的诺言。国民党空军第二军区司令官徐康良、空军参谋长董明德后来说:"赵良璋这孩子很聪明,有才能,就是做事糊涂,可惜。"

北平地下情报小组另一位负责人董明秋回忆:"赵良璋最热情,在狱中经常帮助别人做事,他为了掩护、开脱空军其他三个人的问题,把责任都揽在自己身上。"

在牢中,朱铁华曾问过赵良璋:"敌人抓你的消息,你事先一点也不知道吗?"

赵良璋:"知道,我被捕的当天,一个同学跑来告诉过我这个消息。被捕前两天,我去过你叔叔家,你叔叔告诉我,刚收到一个信息,你在昆明被捕了,原因不明。他劝我快走,起码隐蔽一下。"

朱铁华:"那你为什么不走?"

赵良璋:"我听说你被捕的消息后,以为只是小事,后来知道你和冉瑞甫都被捕了,我苦思冥想了两夜,觉得你们被捕肯定跟我有关。如果你们是因为我的关系被捕的,我走了怎么对得起你们?"

朱铁华心中涌动着一股暖流,想起自己父母双亡,当年弟弟朱庭超从昆明来投靠他,自己要去美国学习,就将弟弟托付给赵良璋与刁慧容照顾,良璋待弟弟亲如家人,在学习与生活上都周到地照顾他,特别是弟弟生重病住院时,赵良璋白天夜晚不离病房地守护在弟弟身边。那一年,赵良璋与刁慧容决定投奔根据地,也把弟弟朱庭超带上。想到这些,朱铁华泪水盈眶。

朱铁华与赵良璋是空军士校的同学，台湾出版的空军士校回忆录称朱铁华是一位文静沉默的书生型人物，解放后在广汉民航飞行学院任理科教授。

董剑平说："赵良璋被捕后在法庭上坚持了三天三夜没有一点口供，敌人得到人证物证后，他正面地承担了所有的责任，解脱了其他三个空军同学难友。说他们什么都不知道，事实上，他与共产党相识还是经过朱璧谱介绍的，敌人也说他是个汉子。"

当年朱璧谱介绍军调部的马次青在自己家中与赵良璋认识，在法庭上特务问起这段往事时，赵良璋说，他去同学朱璧谱家玩偶然遇见马次青，那是马次青给朱璧谱的姐姐送信的。

朱璧谱与赵良璋也是空军士校的同学。台湾出版的空军士校回忆录上称朱璧谱：心中有家乡陷入敌手之痛。因而每遇不平之事，动辄直接表露于言语之间。会唱歌，能演戏，台词念得字正腔圆自然不在话下。由于平日言词比较激愤，也曾被航空委员会政治部主任简朴叫到办公室去，被训诫过一顿。当时不知从何而起，在驱逐及轰炸两科的同学中，各被叫了十人去受训诫。据说有人报告，这20人的思想有些问题，所以才被分批叫到简朴办公室去训诫了一番。在轰炸科中朱璧谱也是十君子之一。

朱璧谱的长子朱计超很感慨地对笔者说："如果当年赵良璋伯伯说出我父亲的事，父亲也许与他一样的命运。"感激之情溢于言表。因此，他常来雨花台烈士纪念馆看望这位世伯。

在牢中,赵良璋是最乐观的一个,他的口袋中装着给夫人蒋平仲的遗书,却整天忙着搞各种娱乐活动,创造各式各样的游戏与大家一起玩,他用别人送食品带进来的马粪纸匣子,做成一副纸牌,教难友们打百分,欢笑声驱散了各人心中的郁闷,消磨那些难挨的阴暗岁月。难友们说:"良璋活泼能干,谈笑风生,当时玩的项目几乎没有一样不会的,他到哪里串号子哪里的空气立刻轻松活跃起来,大家就觉得时间过得很快。"

赵良璋还创作了许多歌曲,教同志们唱。几年前他创作的《囚徒之歌》,在监牢中也唱了出来:

> 火山终有熄灭日,
> 黎明之前必黑暗,
> 黑暗,黑暗,囚徒要解放,
> 时候一到起来反抗,
> 打破了牢笼奔他方,
> 打破了牢笼奔他方,
> 等待死亡的日子是难忍受的。

几年前,赵良璋就能体会到"等待死亡的日子是难忍受的"。如今他正在等待着死亡,在这难忍受的日子里,赵良璋却给同学与难友带来快乐。监狱中有两个随母亲一起进来的孩子,赵良璋教孩子们一首自己填词的《真倒霉》歌：

真倒霉，真倒霉。
小小的年纪坐监牢，宁海路，十九号。
又到木笼羊皮巷，
一个四岁，一个五岁，无辜儿童，
跟妈妈关牢房。
············

这是周璇唱的《真善美》的旋律，当年的人们非常熟悉这首歌，简单而明快的旋律，孩子们非常喜欢，唱着这首歌从这间牢房跑到那间牢房，大人们也跟着唱，虽说"真倒霉"，但孩子们那稚嫩的童音给沉闷的牢房带来一些活跃与欢乐。几十年后，从狱中出来的老人们还会唱这首《真倒霉》歌，唱着这首歌，自然会想起赵良璋与那段艰难岁月。

同年11月，同案的其他被捕人员都被押解到南京，与赵良璋一起转押到宁海路19号保密局看守所。女号集中在楼下一间屋，男号分别关在楼上两间屋，北京的关在一屋，沈阳、西安的关在一屋。后来将他们押到羊皮巷高等特种刑事法庭看守所，1948年初夏，又将他们转押到水西门外的国民党中央军人监狱。

就是在他们转监出狱的那一瞬间，蒋平仲竟然见到了日夜思念的丈夫赵良璋。

前文说过,蒋平仲第一次来南京没有见到赵良璋,就回到了北平的家。虽然回到北平,蒋平仲的心却留在了南京,时刻牵挂着赵良璋。虽说在南京见不到丈夫,但她可以天天去监狱门口,与丈夫只有咫尺距离,心里也能得到些安慰。于是,蒋平仲回北平不久,又收拾些衣物,于1948年1月又来到南京,仍然住在赵良璋的姑姑家。

蒋平仲第二次来南京,打听到赵良璋被关在羊皮巷高等特种刑事法庭看守所。所以,蒋平仲天天去羊皮巷监狱,有时姑姑陪她去,有时表姐陪她去,但大多数时候还是她独自一个人去。狱方告诉她,不能接见也不能通信,只能送些东西,要等到审判后才能接见与通信。蒋平仲度日如年,常去催问法官,要求见赵良璋一面,法官给她的答复总是等蒋介石批示下来就可以见了。于是,蒋平仲托人情送礼品,终无结果。

从1月到5月,蒋平仲几乎天天去监狱,从北平来南京时身着厚厚的棉袍,现在已经换成了旗袍,监狱里从法官到警卫再到看守,人人都认识蒋平仲。此时蒋平仲仅18岁,出落得更加漂亮,只是天天跑监狱,寝食不安,俊秀粉白的脸色已经发黄。

也许是她想见丈夫的心感动了上苍,在这年初夏的一个上午,蒋平仲竟然见到了赵良璋。这三分钟的面见成了蒋平仲与赵良璋的最后一面。

生不能相守 愿死后相伴

那天早饭后,蒋平仲照例来监狱送食品,只见特刑庭门外布满了宪兵警察,她以为这天又要白跑一趟,不甘心,就赶紧上前问一个宪兵。宪兵告诉她,马上将一批犯人送往水西门外中央军人监狱。蒋平仲听后呆在那里,不知如何是好。突然,她眼睛的余光看见了一个熟悉的面孔,侧脸一看,天啦,这不就是日夜思念的丈夫赵良璋嘛!赵良璋正在往汽车上走,她以为自己在梦中。恍惚间,赵良璋微笑着向她招手,唤她过去。蒋平仲一下子清醒了过来,这不是做梦是真实的。她奔向赵良璋,等到了赵良璋跟前,泪水已经模糊了她的双眼,隔着泪水,她模糊地看见丈夫双手戴着手铐,她喊了声:"良璋!"便呜咽着再也说不出一句话来。赵良璋倒是很平静,他看着蒋平仲,安慰道:"平仲,你不要为我太难过,好好地保重自己,我们没有什么事的。"

大约三分钟,一个警察上来要把赵良璋带走,蒋平仲哭着要去拉丈夫戴着手铐的手,另一个警察看看蒋平仲,又看看赵良璋,指着一个身穿破烂衣服的难友对赵良璋说:"干共产党的应该是他们,你们知识分子,受过这么好的教育,怎么跟他们一伙干这个,太不值得了。"赵良璋被警察推上了汽车,蒋平仲的手举在空中。

蒋平仲站在原地一动不动,隔着泪水看着载走她丈夫的汽车绝尘而去,直到消失得无踪无影,她还站在原地。

多年后,蒋平仲怎么回忆也回忆不出来,她是怎么走回姑姑家的。

蒋平仲后来回忆:"良璋看上去很愉快,不像坐牢的样子,我们约有三分钟的时间面对面讲话,都是他在说话、安慰我。跟良璋在一起的难友都是些很年轻的人,由于常年不见阳光,每个人的皮肤都是青白色的。"

蒋平仲在南京继续等待着赵良璋的消息,由于没有宣判,也不能见面,那短短三分钟的相见,成了蒋平仲后半辈子将近60年的回忆源泉,凭着这三分钟和对丈夫的回忆,才使她的生命一直延续着。

蒋平仲在南京见不到赵良璋,只好又返回北平等消息。到了8月,终于可以每星期通一封信了。蒋平仲认为,既然给通信,那一定是个好预兆,有了这个通信的机会,她可以在信纸上倾诉对丈夫的思念与担心。到了9月底,终于有了消息,蒋介石的批示就要下来了。年轻单纯的蒋平仲是多么高兴、多么快慰啊!每时每刻都在盼望着宣判书下来。就是判个几年,好歹也能见着面啦。到了10月,蒋平仲听友人说,马上要宣判了,就在这个月。

6

蒋平仲在北平的家里,收拾好了东西,准备再次去南京时,接到了从南京中央军人监狱寄来的一封信,她迫不及待地拆开信,双手发抖了,是赵良璋的诀别信。

蒋平仲抓着信纸无助地哭,她不相信这是真的,她想这只是丈夫最坏的猜想,事情会有转变的。这天夜里,她在梦中哭醒了好几次。几天后,一阵轻轻地敲门声,蒋平仲的心脏怦怦地跳,她从床上弹起来,冲到大门边。门开了,她看到丈夫的同学朱璧谱立在门外。她一把抓住朱璧谱,像抓住最后一根救命稻草:"璧谱,你们出来了,良璋呢,良璋呢?"朱璧谱一声不吭,走进屋内,放声大哭起来。

蒋平仲不再问了,跟着朱璧谱一起哭了起来。

1948年10月19日清晨,国民党中央军人监狱与往常一样,赵良璋洗完脸,由三号监房跑到一号监房,与他的两位同学朱璧谱、朱铁华聊天,等着一起去"放风"。同案的丁行、谢士炎在安静地看书,孔繁蕤在屋角上静坐冥想。突然院子的大铁门响了,打破了监房清晨的安静,一号房的沈皓明首先看见了一个看守和副典狱长走进院子,恐惧地说:"今天要宣判了!"谢士炎放下手中的书,丁行仍然若无其事地在看书。

二号房里,朱建国站在窗旁拿着筷子蘸着红药水在板子上抄写英文,突然停下筷子很急促地说:"吃馒头了,吃馒头了(对犯人来说,'吃馒头'就意味着人生的最后一餐)!"说话时,他那营养不良的苍白的脸上泛起一层红晕,狱友们听惯了这类话,谁也没当回事,谁也不去理他。朱建国看大家不以为然,就重复着:"真的吃馒头了,不信你们看!"大家还没来得及站起来就看见孝监的铁门开了,进来的副典狱长站在一号门前不走了,大家的心脏几乎都要停止了跳动。突然一声尖锐、凄厉的高音划破了清晨的沉寂:"谢——士——炎。"谢士炎听到喊他的名字,很平静地穿好绿呢军服上衣,扣好了风纪扣,穿上鞋,没有说一句话,在地上走来走去;丁行听见喊他的名字,顺手放下书,可是依然坐着一动不动,好像没有听见一样。赵良璋听见喊"丁行"名字时,很惋惜地说:"怎么还有丁先生呢?真没想到,真没想到!"接着孔繁蕤的名字被喊了出来,孔繁蕤什么话也没说,穿上他的美军呢夹克。

一号房叫完了,副典狱长问看守,还有谁?看守说:"二号有一个,三号有一个。"

二号的朱建国听到看守叫到自己的名字时,对大家本能地说:"再见了,再见了。"

朱铁华回忆:"典狱长在喊别人时,良璋突然跑过来拥抱着我说,铁华,这少不了我。我恐惧地安慰他:'还不一定。'后来喊到良璋时,良璋迅速脱下皮夹克,又从裤子口袋里掏出一块手帕,递给我说,留着做个纪念。回头又去拥抱朱璧谱。"

当看守把一号门打开时,赵良璋第一个走了出来,朱铁华扑向铁窗,带着哭腔失声喊道:"良——璋!"赵良璋回过身,微笑着向他点点头,挥挥左手。朱铁华说:"他根本不像去刑场,而是跟我们暂时告别。"

一、二、三号监房留下来的人都躺着一动不动,谁也不说话,有

生不能相守 愿死后相伴 307

三个人突然大声地哭了，一分钟后，三人又不约而同地停止了哭声。监房里又恢复了可怕的寂静，副典狱长站在门口，从门洞口向他们说："你们别怕，没有你们的事，事情有轻有重，你们别怕，没有你们的事。"他们在恐怖的寂静中等待着，盼望着五位难友还能回到牢房。大约50分钟后，一阵枪声由前院传到监房，接着又响了几声零星的枪声，监房里躺着的人仍然一动不动，似乎全中了枪弹。

从看守后来的交代中，我们知道赵良璋、谢士炎、丁行、朱建国、孔繁蕤等五人被枪杀的过程。

赵良璋等五人被带出院子，双手被铐起来照了相，然后去大厅听宣判"死刑"。宣判后，把手铐打开让他们各自写遗书。遗书写完后，赵良璋环顾四周，问典狱长："有没有东西吃？"典狱长说："这里没有，你们要吃东西我去想办法。"赵良璋说："如果没有，那就算了。"狱中有个惯例，犯人在处决前，狱方备一桌饭菜，可是当时正是当局发行金圆券不久，南京掀起抢购风潮，各种铺子全天关门，买不到东西。赵良璋想和其他四位同案的难友吃一顿最后的早餐。饭菜没吃着，赵良璋对典狱长说："那就拿酒来。"典狱长吩咐拿了酒与酒杯，赵良璋招呼大家一起喝酒。除了丁行没喝外，其他四人都喝了酒，赵良璋、谢士炎喝得较多。

酒后他们又被反铐着双手，出了大门，在门口又照了张相，验明正身，走向刑场。

整个过程中,赵良璋谈笑自若,他对典狱长说:"共产党是个大党,你们国民党太混蛋了,绝不会长久的。"后来,看守们对赵良璋的同学说,赵良璋最是慷慨激昂、英武不屈,他的英雄气概感染着其他的人,真是条汉子。

刑场就在中央军人监狱的大院子东南角。执行时,刽子手大喊"跪下",赵良璋及同伴愤怒地喊着:"浑蛋!我们凭什么跪!"五个人更加挺拔地站成一排。执行官又说,这是国家法律,你们不能怪我们。赵良璋说:"我是绝不会下跪的!我要站着死,因为我做的事光明正大。"执行官怕出意外,还没等到看守退出法场就命令开枪了。赵良璋是最后被打倒的。枪杀后他们又被拍了照片,然后在白布上写上他们的名字,用糨糊贴在他们的身上。半小时后,狱方将他们埋在监狱对门马路旁边的田里。

1948年10月20日的《中央日报》报道题为《泄漏军机五军官枪决》的新闻:"[中央社讯]前保定绥靖公署少将作战处长谢士炎、军法处长丁行、主任参谋石淳及参谋朱建国、赵良璋等五人,以泄漏军事机密案,由河北空军押解来京,交国防部军法局审判,经秘密审讯判处死刑后,于昨日呈奉当局核准执行。国防部军法局即于昨晨八时许,签提五犯,经验明正身,押至中央监狱内广场执行死刑,五犯均各饮一弹毙命。"

有一则报道更加详细:"……十九日清晨,中央监狱戒备森严,后续闻枪声数响,附近居民均知有人犯执行,咸至大门向内张望五犯尸体，后经当地居民抬出，暂予掩埋，各尸体身上均贴有姓名标签。各犯在行刑前曾大肆咆哮，声达墙外……"

当天上午，同案的其他人员也被叫去宣判大厅。赵良璋的三个同学朱璧谱、朱铁华、冉瑞甫等被宣布无罪释放。朱铁华、冉瑞甫的判决是："共产党争取的对象，但尚未成功。"朱璧谱的判决书是："讯据被告朱璧谱供称，'三十五年十一月我因公飞北平，遇前北平军调部职员马次青为堂姐朱暄华自东北带来信件，在我家里碰到我的同学赵良璋，他们就认识了。马次青是否共产党我亦不晓得，我被捕时还不知道是为什么事情等语'。经质据赵良璋迭次所供均相吻合，此外又无其他积极罪证，是资认定该朱璧谱犯罪既属不能证明，应予谕无罪。"

三人走出监狱，五座新坟赫然在眼前。早晨赵良璋还与他们谈笑风生，此时已阴阳两隔，三位同学悲愤之极。朱璧谱与朱铁华向朋友筹集了一笔费用以蒋平仲与赵良瑾的名义，向狱方申请将赵良璋的坟墓掘开，取出遗体，他们看到赵良璋头部、胸部等三处中弹。面部表情犹如入睡一般。遗体于清凉山火化后葬于中国公墓。

三天后，朱铁华收到监狱寄来的赵良璋绝笔信。信封上写着：孝监一号朱铁华收。绝笔信云：

铁华、璧谱、瑞甫：

人生无不散的筵席。我去世之后,平仲方面最好是改嫁,在监的东西完全由你们收下。

在马法官问真处,有我51派克金笔一支、手表一支[块],可要回来也可作个纪念。

我是带着勇敢与信心就义的。我虽倒了,但顽强的性格仍使我精神永不灭亡。

这里请你们放心。

我已有一信给平仲,一切都拜托你们了。

拥抱你

良璋绝笔

十·十九

这封绝笔信现保存在雨花台烈士纪念馆,为一级文物。

同学将赵良璋的钢笔、手表从法官处取回,现均存于雨花台烈士纪念馆。

处理好了赵良璋的后事,朱璧谱立即乘车北上,悄然来到赵良璋的家里。

蒋平仲一边听着朱璧谱讲述,一边哭泣。朱璧谱说:"是良璋包揽了全部责任,成全了我们,保护了我们,我们才得以出狱。良璋就义前分别给了我们三人写了遗嘱,给每一个人的信中都提到你,良璋唯一不放心的是你的孤独和痛心。他说,他大去之后,希望我们照顾你,劝你不要太悲伤,他是崇高地牺牲了,不要为他难过。"蒋平仲听了朱璧谱的话,虽有了些安慰,但她毕竟太年轻,没经历过什么事,人生经历的第一件事情,就是深爱的丈夫被当局枪决了,她哪能受得了!

后来,赵良璋的这三位同学各自回到了国民党空军部队。他们因为出狱而在后来的政治运动中备受审查,理由是,为什么赵良璋牺牲了,他们却走出了监狱?由于多年的郁闷不快,"文革"一结束,朱璧谱即辞世了。

7

新中国成立后,党组织没有忘记蒋平仲,送她去参军,后来转业到北京国际关系学院英文系。"文革"期间,在组织的安排下,她有过一段婚姻,具体情况不详。只知道,蒋平仲再婚后,依然思念着赵良璋,不久就与这个男人离婚了。1983年,赵良璋的外甥女徐彩平女士带着女儿去北京,住在蒋平仲的家里,彼时蒋平仲独自一人住在单位分的房子里。在这半个月的时间里,徐彩平发现了她的这个舅妈的一个秘密。

有一天夜里,徐彩平起夜,发现舅妈蒋平仲坐在床边默默地看一张小照片,一边看一边擦着泪水,嘴里还在自言自语地说着什么。第二天,徐彩平忍不住地问:"舅妈,昨天夜晚你在看谁的照片啊?"蒋平仲从皮夹子里拿出一张小照片递给徐彩平。徐彩平接过来一看是舅舅赵良璋的照片,泪水就溢出了眼眶。她没想到,舅舅离开人世已经35年了,舅妈还在思念着舅舅,而且是以这种方式。赵良璋的这张照片是放在钱包里,蒋平仲随身带着钱包。她对徐彩平说:"你舅舅生前对我太好了,处处关心我、爱护我,我终生不会忘记那三年的美好时光。"

20世纪80年代,蒋平仲每年都去南京雨花台烈士陵园,给赵良璋扫墓,她不住宾馆,住在南京朱铁华的哥哥家。朱铁华的哥哥认识赵良璋,他们在一起可以聊些有关赵良璋的话题,以此来纪念他。

1997年10月19日凌晨,蒋平仲来到南京水西门外原国民党中央军人监狱遗址。在这里她看到了赵良璋的两位同学朱铁华与朱庭然,在赵良璋的忌日里,他们百感交集,共同祭奠赵良璋烈士。

自此以后,蒋平仲日渐衰老,身体又不好,不能每年来南京,只能隔几年来一次。她生前有个愿望,就是死后能与赵良璋合葬在一起,生不能相守,愿死后相伴。

十多年后,蒋平仲去世了,她的养子从日本回国与亲朋好友十几人将蒋平仲的骨灰带到了雨花台,要求与赵良璋合葬。赵良璋的墓几次迁移,如今安葬在雨花台烈士陵园的知名烈士墓区。根据规定,工作人员含泪拒绝了他们的请求。

三年的共同生活,她用一生守候着、等待着这一天的团聚。工作人员不知道近60年她是怎么在思念中度过的,但知道她临终前一定在愉快中期待着与赵良璋的团圆,他们多么想满足她的这个生前愿望。于是,他们以个人行为与蒋平仲的养子、亲朋一起将赵良璋墓的四个角掘开,那是水泥中间带着青草的泥土,工作人员将蒋平仲的骨灰分别埋葬于内,再将草土原位置铺好,以示合葬。一切葬礼程序照旧,只是简朴了些,不知道亲爱的蒋平仲女士在天之灵会不会满意这样的合葬。

以后的日子里,每逢清明节,都有一捧香气四溢的鲜花由北京邮寄到南京雨花台烈士纪念馆,没有署名,只在鲜花的上联写着:"献给亲爱的赵叔叔、蒋阿姨!"工作人员将这束鲜花放在赵良璋照片前的展柜上。观众们会驻足在赵良璋的照片前,轻声地念着:"献给亲爱的赵叔叔、蒋阿姨。"

你究竟在哪儿呢?

1949年1月初,周镐在南京宁海路19号保密局看守所被国民党当局枪杀时,他的妻子李华初带着三个幼小的女儿正在武汉苦苦地等待着周镐的消息。时局动荡,李华初越等越焦虑,到处打听丈夫的消息,可是丈夫如黄鹤一去不复返。

李华初已经很久没有收到周镐的来信了。几个月前,她将三个女儿丢给小姑子照顾,独自一人去了南京焦园5号。她激动地敲开焦园5号的大门,开门的是保姆王妈。王妈告诉李华初,周镐与吴雪亚带着孩子已经离开家好久了,她也不知道他们去了哪儿。李华初看着空荡荡的屋子,心里五味杂陈:治平,你去了哪儿呢?为什么不给我去封信告知一下呢?你不在,叫我们母女四人怎么活下

周镐(1910—1949)

去啊!

5月15日,国民党军队撤离武汉,三镇进入"真空"状态。5月16日下午3时,解放军第四野战军先遣兵团——八师从江岸刘家庙进入汉口;5月17日,一五三师沿武冶公路进入武昌,武汉三镇全部解放。她知道丈夫早已投奔了共产党,可武汉都解放了,丈夫为什么还不回来?李华初心神不宁,盼望着丈夫从天而降,突然来到她的眼前。朋友提示她,周镐可能去了台湾。李华初说,周镐绝不可能去台湾,最大的可能是,已经不在人世了。

当然,这只是李华初最坏的猜测。由于生存艰难,李华初带着三个女儿离开武汉回到了周镐的老家罗田农村,在那里继续等待着周镐的消息。

1

周镐,又名周治平,出生于湖北罗田的一户农家,在兄弟姐妹中排行老三。因生计艰难,周家把一个女儿送给别人家当了童养媳。周父意识到,想要改变命运,周家必须有一个读书人,这个读书任务就落在了老大的身上。可老大上了几天学又回来了,对父亲说,他不喜欢读书。老三周镐一听,喜出望外,立即跟父亲说,他喜欢读书。就这样，周镐踏上了求学之路。凭着他不懈的努力，14岁考入武汉私立成呈中学。在校期间接受了孙中山的三民主义，并决心为此而奋斗。寒暑假，周镐把三民主义带回了家乡，在家乡召集民众演说。年轻的周镐口齿伶俐，能言善辩，吸引了一大批乡亲，同时也吸引了一位大他3岁的女孩，这个女孩叫李华初。

李家是罗田县大河岸徐家冲的一个富户。李华初从小受过几年的私塾教育，不仅知书达理，贤淑大方，人长得也清秀俊俏，而且性格豪爽。后来周镐与李华初的女儿周慧励说："母亲4岁时就做了一件令家人为之震惊的大事。母亲长到4岁时，家人给她裹足，当时没有人能抗拒这个一代代传下来的习俗。家人用长长的布条给她裹了足，可家人离开后，小小年纪的她就把布条拆了。就这样，裹了拆，拆了裹，母亲意志坚强，不屈不挠，家人终究没拧得过母亲，放弃了给她裹足。"当时，只有4岁的李华初并没有受到妇女解放的言论影响，她只是怕疼，不喜欢裹足，就与父母对抗。她的这个举动后来成就了她，她随周镐全国奔波20余年，没有一双天足怎么能行走万里江湖。周慧励说："母亲长到16岁时，就能帮助家里打理财务，收租收粮。母亲特别善良，常偷偷抹掉那些交不起、欠交租子的农户名字，以减轻农户的负担，农户们常夸李家大小姐是活菩萨。"

周镐中学毕业后，考入了黄埔军校武汉分校步兵科。周镐与李华初在家时就一见钟情，在校期间，两人私订了终身。那个时代，儿女婚姻是父母之命、媒妁之言来决定的。没有媒人介绍、父母允许是不准成亲的，否则是败坏风俗的事，甚至被认为是道德败坏的人，特别是在农村。

但周镐与李华初就这么做了。他们的行为当然不被双方家长认可，特别是双方的父亲强烈反对这门婚事。李家看不起周家的贫寒家境，认为门不当户不对；而周家认为李华初年长周镐3岁，有逆乡下婚嫁习俗。然而，两位年轻人既然私订终身，绝不会屈服于封建礼教。他们两人心里十分明白，只有挑战世俗，反抗封建，才会得到婚姻自由。于是，他俩想出一个办法：抢亲。于是，在20世纪20年代末湖北罗田农村上演了一场现实版的抢亲大戏。他俩商定，先私奔到李华初的伯父家，李华初的伯父是一位开明士绅，他们先说动伯父做主，来个生米煮成熟饭，使家人无可奈何。他们选了个好日子，那天是1927年1月18日，他俩来到伯父家，伯父送了一匹马给李华初，周镐单枪匹马"抢"过富家小姐李华初，两人共骑一匹白马越过一层层障碍到达周家。

这还了得，李华初的父亲岂能罢休，试图把女儿抢回。于是，李家聚集了许多男人，跑到周家抢人。两个家族对峙了好一会儿，因周家人多势众，还拿出猎枪，鸣枪吓走了抢亲人。周家获胜，李家小姐成了周家的媳妇。

从此，李家与勇于追求幸福的女儿断绝了关系。

周镐虽然把李华初"抢"回了家，可家里连个婚房也没有。周父就把一个叫"豆峰尖"山顶上的房子分给了周镐与李华初夫妇。

周镐与李华初

　　这间房子半边草半边瓦，屋外下大雨，屋里下小雨。婚后周镐继续去武汉黄埔军校读书，没有能力带走妻子李华初。李华初不会劳作也不会做事，一个人艰难度日。一个大雨的夜晚，发着高烧的李华初抱着发烧的儿子躺在床上昏睡，早晨醒来发现自己与儿子浸泡在水中，屋顶还在不停地漏雨，再看孩子已经昏迷不醒。李华初急忙抱着儿子找到乡间郎中，郎中一看，孩子已经死了。自来到周家，李华初受尽苦难，从天堂掉进了地狱。

周镐回来了，得知情况后，立即做出一个决定，带走李华初。在离开罗田前，他叫来一个沿村乞讨的老年夫妇，指着自己住的豆峰尖的茅草屋与周围的田地说："从此，这就是你的家，这块田地与竹林全是你的了。"周镐父亲不同意了，气愤地说："儿子是我养的，这些东西应该全归我所有。"周镐对父亲说："你的田地已经够你生活的了，三民主义的民生要求平均地权，耕者有其田。"解放后，李华初带着三个女儿回到罗田，遇土改，政府说周镐当年把这些田地给人是收租的，要划李华初为小土地出租。那位要饭的老人站出来，说："周镐当年把他名下所有田产都给了我，一分钱没收，更没收过一分钱的租子。"于是，李华初被划为贫农了。这是后话。

周镐把李华初带到武汉，租了一间小房子，李华初帮缝纫铺缝扣子、帮富人家洗衣服赚些小钱，维持两人的简单生活开支，虽然艰苦但能与周镐生活在一起，李华初感觉很幸福甜蜜。

2

周镐离开黄埔军校武汉分校后参加了国民革命军十九路军。经历了"一二八"淞沪抗战，又随军去了福建参加了抗日反蒋的福建事变。1934年春，福建事变的一些参与者遭到通缉，周镐只身亡命上海，从上海转道返回家乡，一到汉口即被国民党宪兵四团逮捕，罪名是"参加叛乱"。这是周镐一生中五次被捕的第一次，时年

24岁。初次被抓,年轻的周镐情绪不稳、忐忑不安。负责审讯他的竟然是他的一位旧友,周镐一见朋友情绪稍稳。这位朋友也不审讯,只是竭力劝他:"治平兄,你是黄埔出身,何不加入复兴社的特务处(军统前身)?这样,过去的一切就可以一笔勾销了。"周镐问:"如果我参加了复兴社,过去的一切真的能一笔勾销吗?"朋友说:"是。"周镐遂同意试试。就这样,周镐参加了复兴社的特务处,就是后来的国民政府军事委员会调查统计局(简称军统),开始了他12年的特务生涯。

1935年到1942年的短短7年间,周镐特务职业的经历极富传奇色彩。这也许是他人生中传奇生涯的第一阶段。他参加军统才半年又遭逮捕,汉口的调查室指控他是"共产嫌疑"。来势汹汹,结果查无实据,纯属子虚乌有。被保释后周镐仍在军统任职,但命运就此改变,他得到军统核心成员之一周伟龙的赏识。周伟龙,是军统元老级的高级特务,戴笠的结拜兄弟。有他的关照,周镐仕途顺遂,官位青云直上。由汉口到贵州,又由贵州到广东,再由广东调重庆,邮电检查、缉私、谍报、督察,军统中的各个行当他都干过,大受特务头子戴笠的青睐。官是越做越大,从尉官到校官,从校官又到少将,一路畅通无阻。

李华初随周镐颠沛流离,担惊受怕,因为对周镐的爱,一切苦难都能承受。一路奔波中,他们生育了三个女儿。长女周慧冰出生于湖北,次女周慧励出生于贵阳,小女周慧琳出生于广东。有时，他们也会暂时分别，分别后，夫妻鸿雁传书，我们来看看周镐给李华初的一封信。

周镐与李华初的三个女儿

华初姐：

八号的家书，想你应该早收到了。这两年的我，真是离人草草，家国为劳了。神心的不安定，也莫过于这两年了。究是英雄的气短，还是儿女情长，我想是风尘太苦了。因风尘的厌倦，而致有此消极的态度了。夫妻之间，老而弥笃，亦有他的道理在。我们的感情，真是不减当年了。儿女的情长因素，亦复不少。我现在因厌恶官海的生涯，深愿早日得到胜利。我们"坐井而饮，耕田而食，日出而作，日入而息"。那种自在生涯，多末[么]痛快自在。我前两年的话，约你抗战胜利了，回家的诺言，到今天，愈想愈是对了。人生数十年的光景，何必如此奔波劳苦呢？就是儿女的教育计，也是种菜芸生，较为得计也。什么功名利禄,我都看得淡然了。初呀!苦吧,待着吧,抗战的胜利,就在目前了,这样我们也对得住国家民族的,个人的心地,也可告慰了。这上面的话,是灰心吗?颓废吗?我都不承认的,完全是为着生涯的辛苦。十余年来,无片刻的休养,一个人精力是有限的,且社会的人士,也太坏了,又何必与人争此功名利禄呢,对吗?我相信你一定赞成的,见面再谈吧。

我准备下月五日动身,如飞机没有的话,那还是坐车到衡阳,再前去了,动身时候,另航函告你。

周先生要我到他那里去任督训处长,已签呈了。如在下月五日前批下来了,那就不能这末[么]快来了,那也另航函告诉你了。

喻之的事,已弄好了,你告诉他吧。

祝你

健康!

治平

家书第九号　二月廿五日于重庆客次

前此用各位的计划,现在因事情的变更,略有更动,要最后定后,始能再议。这几句话裁下来,要喻之转各同人,这是我们的态度,应该如此地。

从信中内容来看,这是周镐在抗战期间写给李华初的信,他厌恶官场,但愿早一天实现抗战胜利,则愿意放弃现在的一切,回家种田,与妻儿团聚。另一封信是这样写的。

初姐：

别来的在念,无言可以形容了,只有午夜的时候,梦中相见,以慰两地情思了。春日融和,愿你加餐,爱护身体,照顾小孩。课读之余,略有天伦之乐,妹远在江南,时所祷祝你健康和小孩快乐。妹身体颇健,家人都好,勿念。曾买了一点衣料送你,如有便商,当托人送上。现在生意之故,也是终日劳碌了,人生真是辛苦之至,总是为着吃饭忙。

祝你好暨小孩快乐！

妹觉初上
四月廿一日夜

很显然,这是周镐做地下工作时以"妹"的身份写给李华初的信,"梦中相见,以慰两地情思了"。虽结婚多年,但他对妻子还如当初一样深爱着。

1943年初,周镐被国民党政府秘密地从贵州调到重庆,戴笠给了他一个艰巨又危险的工作:潜伏于汪伪军委会,为重庆政府收集汪伪情报、策反汪伪军队,以及做周佛海与重庆政府的桥梁。

于是，周镐秘密地去了南京。

当然，李华初不了解这些，只知道丈夫被调回重庆执行一项秘密使命，具体什么事情她一点不知道。作为一名优秀的特工人员，是不可能把这些告诉别人，包括自己的亲人。

周镐一个人悄悄地离开贵州后，军统派人把李华初母女四人从贵州接到重庆，李华初与周镐暂时失去了联系。当时重庆政府很困难，但对她们母女四人非常照顾，她们的所有生活用品全由国民党政府供给。两个女儿被送到沙坪坝磁器口的私立小学读书，学费、食宿全免，那个学校的校长是戴笠。蒋介石定期到这所小学，给这些特殊家庭的小学生做报告。周镐次女周慧励听过蒋介石勉励学生的报告。

周镐在军统局重庆本部任职时的照片

李华初不知周镐情况，周镐也不知道李华初母女的情况。战争年代，人如蝼蚁，命如草芥。一天，周镐听说她们母女四人从贵州举家迁往四川的途中，发生了一桩恶性事件，因为铁路被日军炸毁，多列火车滞留在贵州的一个山沟里。此时，贵州的这个山沟流行霍乱，几千人死于该地。周镐听说此事后，日夜思念着妻儿，担心她们母女四人也染上霍乱。

周镐不知道的是，她们母女提前逃了出来，因失去联系，彼此不知生死。当初他们夫妇还在贵阳期间，李华初曾得重病，住进了日本人的医院，眼看着李华初病得不行了，日本医生把她送到了太平间。周镐及时赶到太平间，一摸还有气，一着急，掏出手枪，对着日本医生的脑袋，逼着日本医生抢救妻子。他的这一举动挽回了李华初的生命。后来每次想到这儿，李华初就对女儿们说："你们的爸爸是个有情有义的人，如果他还活着，一定会来找我们的。"每次说到这话时都潸然泪下。

3

抗战胜利了，李华初以为不久周镐就会来重庆找她们，可周镐一直没有出现。她们母女在等，在打听周镐的下落，却一直杳无音信。军统也不再负责她们的生活，她们母女四人从重庆回到武汉，李华初带着三个女儿艰苦度日，日夜焦躁地等待着周镐的消息。

1946年初，李华初终于等来了周镐的消息。

那一天，周镐的一个朋友来到武汉找到李华初，告诉她："周镐还活着，在南京，住址是中山东路二条巷蕉园5号。"失去3年消息的丈夫突然有了信息，李华初激动地流下了泪水，她高兴啊，3年1000多个日日夜夜的担心与思念，如今终于有了结果，她有些语无伦次。这位朋友看着李华初激动的样子，欲言又止。离开李家前,他还是艰难地告诉李华初:"周镐现在又有了一位妻子,并且还有了一个出生刚刚几个月的儿子。"李华初以为自己听错了,睁大眼睛问,朋友又说了一遍。李华初晃了晃,差点晕了过去,泪水又一次流满了她那清秀而消瘦的脸庞,这是痛苦的泪水。朋友安慰她:"在那个特殊的环境里,周镐也是太难了,单身是不可能得到汪伪军委会信任的,能活下来已经是不容易的了,你快带着孩子去南京吧。"

李华初怀着悲苦的心情,与周镐的妹妹一起带着三个幼女前往南京寻夫。

一路上,她想着的都是与周镐夫妻恩爱的事,越想越难受,女儿们看到母亲默默地流着泪水,也陪着她一起哭。女儿们不知道,母亲在心里不停地问丈夫:治平,你怎么能另娶呢？我们的感情虽不比梁山伯与祝英台,也是那个时候少有的自由恋爱。记得你的一个同学曾对你说,任何人都可以找小老婆,就是你周治平不能找,因为你们是自由恋爱,更因为李华初对你付出太多。可治平,我们才分开3年,你就另娶了女人,还有了儿子！治平,我有感觉,你还爱着我,那你到底遇到什么情况,又娶了别的女人呢？天呐,马上我们就要见面了,看你怎么面对我啊！李华初一路想着就到了南京下关码头。

李华初与周镐的妹妹带着三个女儿下了船,一路打听,找到了蕉园5号的二层洋房。敲开了门,周镐看到李华初、妹妹及三个女儿如从天而降,那尴尬的场面没有任何语言能准确表述。

女儿周慧励那年9岁,已经记事了,她回忆:"父亲让吴雪亚妈妈和刚出生不久的弟弟暂时搬到另外一幢房子里住。那时我们还很小,不懂父亲为什么一见到我们姐妹三人就抱着我们痛哭,哭完了就带着我们三人上街买裙子、皮鞋。姑姑随我们一起去了南京,她带着我们三人,让父亲跟母亲静静地谈心。"

此时,李华初方知周镐这3年的事情。

1943年初,周镐化装成商人,与译电员李连青携带电台从四川经湖南,再由程克祥陪同,辗转到了安徽南陵。然后,周佛海的内弟杨惺华委派汪伪财政部警士队队长杨叔丹专程将周镐等人秘密地接来南京,程克祥转道上海,周镐与译电员李连青被安排在南京评事街一位商人家里居住,等候周佛海的接见。

然而,周镐这一等就是半年,周佛海不露脸。周镐是一位经验丰富的老牌特务,他有的是耐心,你周佛海不见,我就利用这个难得的闲散时间,熟悉南京的大街小巷,广交朋友。半年时间他结识了一帮汪伪政界军界的人员,包括后来成为他的挚友并介绍他加入共产党的中共地下情报人员、时任汪伪军委会政治部情报局上校军官的徐楚光。

几个月后,周佛海终于面见了周镐。

在第一次的接见交谈中,周镐给周佛海留下了极好的印象。他认为周镐"人极稳练,且有见识"。周佛海将周镐安排在汪伪中央军事委员会军事处第六科任少将科长。周镐终于有了用武之地,他利用这一职务,跑遍了长江以北的伪军据点,联络伪军头目,准备日后为己所用。周佛海还把一个肥美差事也交给了周镐,让他掌管军事运输。周镐非常得意地投入了工作。1943年底,他秘密组建的军统南京站开始了活动,周镐自任站长。

军统南京站,早在1937年军统撤离南京前就建立过,并置有电台,但南京一沦陷这个组织就叛变投敌了。以后军统在南京的组织,规模都较小,在日伪的眼皮底下也不敢有大的活动。周镐重新建立的这个南京站,规模较大,下设八个组,是按当时南京的区域划分设立的,活动各有侧重,每个组设联络员(组长)一名,组与组之间没有横向关系,只能与周镐本人或其副官单线联系。

军统南京站算是沦陷区的大站,周镐身负重任,工作效率很高,成效显著,戴笠颇为满意。不久,周镐被提拔为军统少将。他的任务主要有两个:一是担负周佛海与重庆的情报联络工作,搜集汪伪的军事、政治、经济情报,这是周佛海与重庆方面的重要热线之一;二是利用自己在汪伪中央军事委员会里的少将身份,与伪军中的实力派高级将领吴化文、孙良诚、张岚峰、郝鹏举等建立密切的私人关系,收集他们的情报,替国民党争取他们,最终在抗战胜利后投靠蒋介石。

周镐在南京汪伪军界上层中算得上十分活跃的人物,混得有头有脸,风流倜傥,表面上是自得满满,但谁能知道他内心的痛苦与紧张。他在后来给妻子的信中说："……你未必相信，在伪军委会工作期间，虎口之内，幸有余生，期间痛苦，一言难尽，今日尚在者，非祖宗福荫，早丧残生了。"

刚到南京时，孤身一人的周镐，孤独，恐惧，他思念着妻子和女儿。在得知火车滞留在贵州的一个山沟里，又有霍乱，死了许多人后，更加痛苦。但他是潜伏汪伪军界的一个特工人员，不能随便与别人联系，更不能写信打电话。所以，他只有在夜深人静时思念着李华初母女。时间久了，独身一人在官场上混太不方便，身边需要一个女子。于是，1944年，汪伪军委会航空训练处副处长白景丰给周镐介绍了法律系大学生吴雪亚。年轻的吴雪亚不仅受过正规的高等教育，而且长得漂亮可人，那种大城市的洋气和韵味让周镐一见心动，开始了他的追求。此时的周镐成熟稳重，有着特立独行的气质，鹰一般犀利敏锐的目光，一下子吸引了吴雪亚。很快，两人坠入了爱河。1945年2月，在中国早期社会党领袖江亢虎的证婚下，周镐与吴雪亚举办了隆重的婚礼。当时军统有个规定，不准纳妾，举行这个隆重的婚礼是违反军统规定的。但吴雪亚一定要办这个婚礼，她知道周镐已婚，不想做妾，要明媒正娶，逼着周镐大肆操办婚礼，周吴才有了这场婚礼。有人说，周镐的这个婚礼是他后来坐牢的一个原因。

婚后的周镐潜伏在汪伪内部更是得心应手。1945年春天，周佛海又推荐周镐兼任孙良诚部的汪伪第二方面军总参议。

周镐一被任命为汪伪第二方面军的总参议后,就前往扬州视察,实则去联络关系,为蒋介石策反孙部做准备。

周镐虽是国民党的军统人物,但他与大多数的中国人一样,痛恨日军的残暴,看到父老乡亲及广大人民惨遭日军的欺凌与侮辱,痛心疾首,所以他在为军统策反汪伪部队时不遗余力。

周镐与吴雪亚在南京玄武湖

1945年上半年,周佛海为了加强对沪宁线的控制,与陈公博争夺势力范围,又派周镐到汪伪小朝廷的膏腴之地无锡任专员。日本投降之前,周佛海电召周镐回南京,商量对南京、上海的接收之事。

1945年8月15日,日本天皇发表投降诏书,宣布无条件投降。中国人民历经14年的浴血奋战,终于取得了抗日战争的胜利。在全国汇成一片欢乐的海洋时,南京汪伪政府及国民党政府乱成了一锅粥,蒋介石既兴奋又焦急,日本人终于投降了,可这上百万军队和数不清的装备要接收，沦陷区的财政要接管，这么大的地盘要派兵驻守……而中央又远在重庆，新四军则近在咫尺，一旦落到共军之手……简直不堪设想。此时，蒋介石只有寄希望于远在南京的"二周"了。这"二周"就是周佛海和周镐。

周镐在南京领导的军统组织，随着日军的投降从地下走到了地上，他开始了公开的活动。国民政府于11日电令朱德总司令：所有该集团军所属部队，应就地驻防待命，不得向敌伪擅自行动。另一方面命令伪军负责维护治安，保护人民。12日，任命大汉奸周佛海为国民政府军事委员会京沪行动总队总指挥，令其指挥税警总团、上海保安队、警察、第十二军及浙江保安队等伪军，负责维持上海至杭州一带的治安。国民党此举的目的在于利用伪军力量，阻止八路军、新四军接受日军的投降，以便对沦陷区的全部接收。接着，又任命周镐为京沪行动总队南京指挥部指挥。14日，再任命汉奸任援道为南京先遣司令，负责南京、苏州一带的治安。

8月16日，根据重庆政府指示，周镐在南京宣布成立国民政府军事委员会京沪行动总队南京指挥部，指挥部设在新街口的汪伪中央储备银行。

指挥部首先接管的是汪伪的《中央日报》和周佛海控制的《中报》。封存了汪伪中央储备银行金库和几所大仓库之后，又命令中山东路上的汪伪财政部、宪兵队、汪伪中央电台等重要机关，听命南京指挥部的统一指挥，不得擅自妄动。当晚，指挥部封锁南京的交通港口和车站，逮捕了47名汉奸。昔日的市长、部长们，包括伪中央常务委员梅思平和缪斌、伪司法行政部长吴颂皋、伪南京市市长周学昌、伪中央陆军军官学校校长鲍文沛等，统统关进了伪中央储备银行大楼的一间地下室里，闷得他们透不过气来。

在抓捕过程中，伪陆军部长肖叔萱因受伤流血过多而死亡，汪伪考试院院长陈群畏罪自杀。这在汪伪汉奸中引起了很大的震动和恐慌，当时南京的秩序乱七八糟，一片狼藉，反抗的、告状的、请日本人保护的，不一而足。周镐的行动已经触动了统治阶级的利益，这就给后来的接管行动失败、周镐被捕埋下了伏笔。

这天下午，汪伪政府代主席陈公博在南京颐和路的"主席公馆"召开伪中央政治委员会临时会议，在南京的"部长"以上人员全部出席。会上陈公博宣告即日起解散南京伪组织，成立临时治安委员会维持治安。成立了5年4个月又17天的汪伪政权，随其日本主子的失败而覆灭了。

8月16日这一夜，周镐待在指挥部里通宵达旦地起草给冈村宁次的受降书、电台讲话稿，以及审查指挥部的文件、通告、第二天的报纸清样。

17日，伪《中央日报》和《中报》分别更名为《建国日报》与《复兴日报》，套红标题为胜利专号出现在南京的街头。这两份报纸报道了军委会京沪行动总队南京指挥部成立的消息，以及周镐亲自起草的《南京指挥部第一号布告》。

17日上午，周镐忙着接见各界人士，在接见南京商会会长葛亮畴时，曾警告商人不准抬高物价，不准投机取巧，不准发不义之财等。

当天中午12点，周镐又来到中山东路西祠堂巷汪伪的"中央广播台"，向市民宣告抗战胜利的消息，同时宣布南京日伪政权已由南京指挥部接管，南京指挥部负责维持社会治安，行使政府职权。社会各界和广大市民要遵守秩序，等候国民政府还都南京。

看起来一切都很顺利，周镐也在埋头苦干。然而，汹涌的激流在平静的水底涌动着，正酝酿着一场灾难向周镐袭来。

周镐的行动，打乱了蒋介石的部署。蒋介石任命周镐为南京指挥的本意是在南京一带维持现状，防止新四军进城，以等待正规军的抵达。而同时有好几支伪军部队都接到了蒋介石的委任，如任援道、十二军军长张耀宸等。没想到，周镐的行动太过火了。更令蒋介石不能容忍的是，周镐居然搞出个让冈村宁次投降的受降书，如果冈村宁次真的向周镐投降了，那以后中国战区的受降仪式还怎么搞！这些都犯了蒋介石和戴笠的大忌。

此时，蒋介石急于想制止周镐的过火行为，但又无兵可用，刚刚收编的伪军也不便进城。于是，蒋介石又下达了命令：南京的治安暂由日本军队来维持。

18日下午，日本中国派遣军总司令官冈村宁次派参谋小笠原中佐到指挥部，请周镐到日本军司令部商谈解决办法。周镐一到日本军司令部即被软禁起来。

周镐在后来的日记中写道："抗战胜利之后,满拟可以稍休。第一大愿,回籍省亲,使老父老母晚景略为快活,竟被戴笠这个魔王打破。"

周镐被捕入狱,处境比哪一次都凶险。吴雪亚四处托人营救,送钱、送礼,都无果。直到1946年3月17日,戴笠乘的飞机撞向岱山,机毁人亡。戴笠死后因无人再细查周镐之事,经军统中好友的帮忙说情,军统局副局长唐纵同意将周镐释放。

从监狱出来,周镐闲居在南京二条巷蕉园5号的家中。没有工作,生活相当艰难。

听到这里,李华初百感交集,她把自己的事放在了一边,看着周镐心疼地说："没想到你又坐牢了。"

不久,周镐由他的同乡、地下党员徐楚光介绍,经中共中央华中分局书记、七届中央委员邓子恢批准,成为一名中共特别党员,以中共特别党员的身份潜伏在国民党保密局中,任中共中央华中分局京、沪、徐、杭特派员,负责国民党军队的策反及情报工作。

周镐在日记中写道："我当共产党,的确为不良政治所驱使,余妻当有同感,乃商议做解放工作,正好徐祖芳(即徐楚光)同志函约相晤,恰到好处而成功。"

当然这些他不能告诉李华初。他只对李华初说："我们的感情永远都不会变的,你要照顾双方的儿女,你要让步,如果你不让步的话,吴雪亚要我寅时死我不可以卯时死,我现在做的事情不是以前的工作性质了,是为穷苦大众做事,对我个人来说,是件更加危险的事情,没有吴雪亚的支持,我也做不了。"

李华初听着很伤心,流下了泪水,她知道改变不了任何现状,她理解周镐,也知道吴雪亚对周镐现在工作很有帮助,就做出了让步。周镐给她们在外租了房子,五人搬了过去。李华初对两个大些的女儿说:"你们的父亲一生都在做危险的工作,我一直为他担惊受怕,现在依然为他担心。"

在南京住了几个月后,李华初带着三个女儿回到了武汉。回来不久,李华初就收到了周镐给她的信。

华初:

你离京之晚,我亦到上海来了。因为吃饭的奔驰,讲不得辛和苦。昨夜拥挤得水泄不通的车上,受了一夜的罪。今早九点一刻,才到上海。计此时,你尚在船上。你的二十年辛苦,与两心相印的我,今日不得已的暂别。人生离合,是有前定的,盼你不要悲伤,徒伤其身。还有孩子,要你教育他们,抚育他们。我的身虽离开你,我心尚在你的身边,天日可鉴了。
华初:我心常痛,为思念你和孩子,人生不幸,莫过此痛了。将来迟一年两年,总要在一块儿生活才好,我常在这样的梦想,不如此,我的苦,超越你太多了。你的生活,我时刻都记着,绝不使你受苦，你放万心吧。此次你亲来见到的，命运之神，要捉弄于人，只有设法补救好了。初，破碎的心，不敢江干相送，愿你以恨的情绪，度过以后的岁月，我也较安多了。此是我对你不起，今天只有你才能原谅，只有你才做得到。初，你伟大的地方，成果在儿女头上，你看，到达百年，我的心还像廿年前一样的和你共休戚生活了。你快乐、安心吧！

　　祝你
健康！

　　　　　　　　　　　　　　　　　　　　　　平
　　　　　　　　　　　　　　　　　　四月廿一日于上海

从信中能看得出来，周镐对李华初的感情还是那样炽热，只是愧疚太深。

不久后的5月24日，李华初又收到周镐的一封信。从信中我们能感觉出周镐对李华初其情切切。

华初：

　　三年之别，苦念良深，曾为你们伤心至痛不已，以国破家亡，国民有责，义务与团体命令，无法相违。衡阳凄凉之别后，此湘桂之大战，你能与孩子安全逃到今日，此情此景，不敢回忆，常至泪下。初：我心如是，你未必相信也。在京伪军委会工作期间，虎口之内，幸有余生，其间痛苦，一言难尽。今日尚在者，非祖宗福荫，早丧残生了。初：你我境遇两地，都有可歌可泣之处。战争结束，拟要你马上来到，一叙三年之别，哪知祸从天降，此十四年革命代价，伤心欲绝，真愤不欲生。以初姐及冰儿等之念，始稍慰所怀。回思大战之下，多少孤儿寡妇，我俩尚在，只候船便，即可见面矣。战争结束，还我自由，此后余生，当与你共安乐与幸福。初：你在流离失所中，苦况当非远在数千里所能想[想象]到的，远的过去，见面期近，盼你早整行装，何日动程，我来汉接你，以便回家乡，一省父母。旅费局部发过多少，尚需多少，来函告我，以便准寄。郭斌兄款给你否？我为工作与今后吃饭忙，非不来渝也。廿五年夫妻，患难痛苦与共，万勿误信人言。相见不远，一切自明。我心常痛，不尽所言。

祝

健！

平手启

五月十九日夜于上海霞飞路

1. 廿二日赴无锡，廿四日至南京后再到沪，因生意之故。
2. 友人要我去做县长，前去一谈，尚未决定，暂不告人为盼。特及。

几天后周镐又给李华初去了一封信。

华初：

又上蕉[焦]山定慧寺，此地山林环水，空气新鲜。年来心绪如麻，非外人所能了解，思之痛心至大。兹闻诸友道及，你有误会，其实天下无不可了解者，你我患难二十年，感情弥笃，每每念你而心痛。现你只有速来上海亲见为是，余不必多言。你行程定后，我飞汉接你，较为经济，且较便也，你以为对否？我现住蕉[焦]山，函件由建冰兄转，余不一一。

即候

近安！

治平手启

五月廿四日于蕉[焦]山

看到这些信，李华初对周镐另娶一事慢慢地平复了下来。那一次，周镐寄来他们的照片，二女儿慧励看着生气，就将照片撕毁了。母亲对女儿说："别这样，他毕竟是你的父亲。"思念丈夫时，李华初就让女儿慧励唱《苏武牧羊》的歌，她对女儿说："你爸爸常吹箫吹这首曲子。"

自第一次带着女儿们去南京后，李华初又独自一人去过南京几次，有一次还是徐楚光安排的。1947年9月，徐楚光来到武汉看望李华初母女,第二天即被捕。被捕地点离李华初的住处很近,李华初得知此消息后,立即给周镐拍了一封电报:"余仁身暴重病,已经住院。"周镐第一时间得知徐楚光被捕的消息,立即通知有关人员隐蔽、撤退,避免了一场重大损失。他们女儿周慧励说:"母亲的心里永远装着父亲,任何人替代不了他的位置。有时,母亲对父亲有恨,但在生死存亡之时,选择的仍是爱。"

有一封信,没有年份,只写五月五日,不知道是不是周镐写给李华初的最后一封信?信是这样写的:

治华姐姐大鉴:

光阴之快,真是如快马奔驰了。顷时之间,今年的春月,又将尽了。人生也是如春月一样的奔跑了,我们过去在一块儿青梅竹马,多么的可乐。尤其在父母之下,真是娘茶爷饭的艰贵,什么也不管了,最快活的时候,要以这个时候为最了。一踏入中学的门后,那就是吃苦的日子开始了。我是感觉得人生,怎样宝贵尊荣,都是苦的,莫有丝毫的快乐可言了,相信你在生儿育女的以及生活的劳碌,当有同样的感觉的了。因此我的回乡种田林泉预言,有确切的早日为快的心了。现在生意上说起来容易,做起来,算盘打穿了,赚钱也有限的。总之来的多,用的不少,还不是终日忙碌罢了。那又何必要在都市混热闹呢?在乡耕田,日出而作,日入而息,闲来教读儿女,那是天然之乐了。我虽不在一块儿,姐的同情心,亦必如我了。我近来在友人地方借了一本《金刚经》读了,颇与我个人情趣相合,真欲有"绝去尘缘,五蕴俱空"之感,正在将这本经录下,将来寄给你。我在此地,得着诸亲友的照看,生活上尚能过得去,千勿为急。思念父母和家人的心情,令我时欲肠断了。六朝风味,不减当年,情长欲言不尽。

顺候

健康!

弟觉初上

五月五日于金陵

李华初最后一次去南京没有见到周镐,蕉园5号还在,保姆独自一人在家。保姆王妈说,他们已经走了好久了,不知去了哪里。

从此,李华初再也没有得到周镐的任何消息,艰难地生活直到去世。

周镐去了哪里呢?

4

周镐被毛人凤任命为保密局的少将直属组长,为了便于来往南京与上海之间从事中共党组织的秘密工作,周镐向军统提出要在上海静安寺办一个佛教训练团作为特务工作的掩护，毛人凤居然同意了。这样，周镐利用他的军统特务身份作为掩护，风尘仆仆地奔波于京沪道上，秘密从事党组织的工作。

1947年12月30日，周镐又一次被捕，被关进了宁海路19号保密局看守所。

1948年3月，周镐的保密局好友、少将经理处长郭旭和少将设计委员任建冰二人联名向毛人凤上书作保，周镐终于无罪释放。同年4月，中共三工委的秘书罗纳在湖北被捕叛变，供出湘鄂地区地下党员和策反对象的名单近30人，并要求去南京、上海侦捕三工委地下工作人员，这些人员名单中又有周镐，周镐的生命又一次受到了威胁。也许，周镐命不该绝，保密局二处副处长黄逸公是周镐的好友，其时正在武汉出差，对罗纳进行了审讯。黄逸公回到南京后的第一天晚上，周镐闲来无事正好去黄家看望他，两人在一起饮酒聊天，也许是酒后吐真言，也许存心想救周镐，他将罗纳供出周镐之事，直言相告，并关心地提醒周镐说："望治平兄注意应付一下，最好去向毛先生当面说说清楚。"

周镐听了此言，犹如惊雷炸耳，心中一阵紧张，但表面上仍装作若无其事，不动声色地对黄逸公说："黄兄的关心，小弟十分感谢，明天小弟一定亲自面见局长，把事情说清楚，什么人老是跟我过不去，也怪小弟平时交友不慎。"然后，竟与黄逸公天南地北地海吹到深夜。

这天晚上,周镐回到家中已是午夜。一到家他就急促地唤醒吴雪亚,说:"黄处长说汉口罗纳被捕叛变,供出了我。黄的意思要我去跟毛人凤当面说说清楚,我不能自投罗网,我们必须赶快离开,以免再遭磨难。"周镐翻出家里的文件与进步报刊点火烧毁,他对吴雪亚说,天亮前离开。当时吴雪亚正怀有身孕,她艰难地楼上楼下收拾东西。

那天夜里,周镐与吴雪亚上演了一场"夫妻吵架"的戏,半夜三更两人恶吵,周镐不让吴雪亚,吴雪亚要回杭州娘家,周镐妥协躲到邻居家里去了。后来,挺着大肚子的吴雪亚与抱着孩子的周镐警卫先带着简单的行李离开了南京蕉园5号的家。周镐发现后,赶紧去"寻找"吴雪亚与孩子。就这样,他们陆续离开了家。

黎明前周镐一家及三工委(原三工委取消,后归六工委领导)的同志悄悄地离开了南京。周镐家中的物件、家具丝毫未动,连保姆也还待在家中。

周镐在前往徐州的火车上回忆自受军统派遣到南京以来这几年的经历,感慨不已。那时他还是一个为国民党效劳的彻头彻尾的军统分子,如今已是一名中共的特别党员;那时他独自一人在汪伪魔窟里跌打滚爬出生入死,而今已是广大人民中的一分子,再也不孤独。他看着熟睡的一双儿女,还有身怀六甲的吴雪亚,激动振奋睡意全无。此行的目的地——解放区,是他向往已久的地方,他在车轮与铁轨撞击的嘎达嘎达声中憧憬着未来的生活。

周镐一行到了徐州又转乘汽车前往宿迁,他们来到国民党暂编25师师部,孙良诚十分欢迎,热情地接待了周镐一家及六工委(原三工委取消,后归六工委领导)的同志们,他把周镐一家安顿在师部居住,其余人员也做了妥善的安排。周镐曾两次在蒋介石面前为孙良诚开脱掩饰过关,孙良诚很是感激,现在虽然与老蒋有所缓和,但蒋介石对杂牌军一贯的做法,使得孙良诚有着严重的危机感;再者孙良诚也想给自己留条后路,周镐在身边可以随时为自己引荐投靠中共。因此,孙良诚对周镐十分器重,遂委任他为暂编25师少将参议。

经华中工委第六工作委员会的安排,周镐一家于1948年9月23日进入苏北解放区。24日下午,他们抵达苏北军区第六军分区和六地委所在地,受到军分区政委兼六地委书记吴觉的热情接待。周镐很激动,与吴觉政委畅谈甚欢。当天下午4时半,他们抵达沭阳周集乡谢河村,当地领导与居民举行了简单而热烈的欢迎仪式。

此时的吴雪亚还在"月子"当中,三女儿亚隆出生才刚刚10天,这一路周镐吃尽了苦头。对于吴雪亚来说,这段经历刻骨铭心。那是在赶往谢河的途中,吴雪亚怀孕已经足月,她娇小的身躯挺着个大肚子带着幼小的一双儿女每天随着周镐与六工委的同志们在风雨泥泞的乡野道路上奔波。

那天傍晚他们还在赶路(9月14日),吴雪亚突然感觉肚子一阵又一阵地疼痛,接着感到一股热流顺腿而下……她慌了,急促地对周镐耳语:"不好了,孩子快出来了!"

周镐一听,吃了一惊,说:"糟糕,为婴儿准备的小衣服包裹随人员已经到前面去了。"他前后左右察看了一下,心中叫苦不迭,这里连一间可遮挡的房子也没有啊!

无奈,周镐让人用担架抬着吴雪亚,一路走一路寻找民房。远处终于出现了一座草棚,他们急行跑去一看,正是一家农舍。一间破败不堪的草棚,棚内除了一张土垒的炕以及一个土灶台外,一无所有。

周镐请跟随的一位当地镇长向老乡借了这间草棚。周镐亲自接生,孩子出世了。

周镐将婴儿捧在手上,居然没有一块布来包裹孩子。无奈之下又请镇长向老乡借了一块破布把女儿包了起来……

那一夜,周镐一家就住在这间草棚里。

第二天天还没亮,镇长又来了,让周镐他们赶紧上路,夜里发现了敌情。周镐立即收拾,吴雪亚被人用担架抬着走。周镐愧疚地对吴雪亚说:"你受苦了! 太辛苦你了!"吴雪亚理解周镐,知道周镐选择的路是对的,这种苦也是暂时的。

后来周镐乐观地把这段经历说成为"瓦车棚产子"。

那时,蒋介石对周镐下了通缉令,一路上都有人密访缉拿他。

自从加入共产党后,周镐就一直生活与战斗在敌人的阵营中,每天周旋于虎狼之间,提心吊胆,每个夜晚都担心特务们来敲门,常常噩梦连连:家门被特务撞开、路上被特务追捕、牢中被人折磨得痛不欲生，或惊醒或大呼而醒。几次被捕入狱，使得周镐在精神上的刺激到了不堪承受的程度，他无数次对吴雪亚憧憬着解放区的生活，也多次向组织要求去解放区工作。现在他终于来到了解放区。

一踏上解放区的土地，周镐的精神彻底地得到了放松，那种欢快愉悦的心情真如出笼的鸟儿，自由而欢畅。周镐在国统区身居少将之职，接触的大多数人是高官，了解了太多高官生活的黑暗面，特别是抗战胜利后，老百姓在艰苦地重建家园、重新创业，而这些高官却在争权夺利、抢夺地盘、贪污腐化，与解放区相比，真是天壤之别。

周镐家过去在南京过的是高级军官的生活，吃穿都很讲究，出有车，食有鱼，稍微走一点路，都感到很吃力，但到了解放区，一天走七八十里路，还是泥泞土路，周镐居然不觉得累，更不以为苦，这不能不说是精神之作用。过去周镐用的是"周治平"专用信笺与信封，到了解放区，周镐用报纸剪裁后贴贴补补做信封。而解放区的物质匮乏，每月每人津贴只有6 000元（当时一块银洋可以换华中币12 000元，6 000元也就是一二尺布的钱），每天七钱油、四钱盐，米面按公家规定也仅能果腹。但解放区军民团结一致，同甘共苦，周镐对此感触很深。

周镐一进入解放区就立即投入了艰苦的工作，几乎天天行军在路上，食无定时，寝无定所，有时一天只能吃上一顿饭，寒冬腊月,晚上睡觉没有像样的被子盖,手脚全都冻得肿烂了。夏天,周镐吃的米饭,看不见白米,看到的全是黑苍蝇。周镐在南京时,是那么爱干净、讲清洁的一个人,他曾说过,他宁愿请朋友吃一顿饭而不请朋友抽一根烟,因为烟有灰尘。后来到了解放区,连苍蝇叮过的饭也照吃不误,他与劳苦大众没有区别了。他在日记中这样写道:"务必做到解放战士一样,长期革命,绝对不容许有两种生活也。""生命仅一线之安,此后余生,当誓为党国人民尽忠,拼命消灭蒋贼政权。余生有幸,必达此目的也。"

根据上级指示,周镐的工作重点还是策反孙良诚部。1948年11月13日,周镐在淮海战役的前线成功地策动了国民党107军孙良诚部5 800人投诚。在孙良诚投诚的一个星期后,周镐又接到新的指示,策动刘汝明起义。刘汝明为国民党徐州剿总副司令,兼第一绥靖区和第八兵团司令官,驻扎在安徽蚌埠。

1948年11月20日清晨3时,周镐匆匆起床,准备了一个简单的行李,与吴雪亚告别。

吴雪亚在黎明前最黑暗的时刻将他们送了一程又一程,周镐几次催促吴雪亚回家,吴雪亚才停住了脚步。黑暗中周镐对吴雪亚说:"雪亚,对不起。你嫁给我,不是受苦,就是受惊。"吴雪亚知道周镐此行的意义,如果成功策动刘汝明起义,影响与作用将远远超过孙良诚。她紧握周镐的手,努力地笑着:"治平,我从来没有后悔嫁给你。放心去吧,我和孩子们等你回来。"

吴雪亚不知道，这次与周镐分别竟是永别。

周镐在大路上集中了六工委的人马踏上了东南的路，马儿越跑越快，马蹄在黑暗的土路上发出"哒哒哒"的沉闷声，初冬的寒风袭面而来，使周镐感觉一个激灵凉透了全身。一队人马向着第八兵团司令官刘汝明部驻防的安徽蚌埠方向急驰。行至淮河边，周镐下马，对警卫员说："你就不要过河了，如果我3天不回来，你就把这本日记和钱物交给夫人，照顾好我的家。"说着，周镐从随身的包里取出日记本及一些钱物，交给警卫员。不等警卫员答话，转身踏上小船，随船而去。

1949年1月5日晚，周镐一行到达安徽蚌埠刘汝明防区。刘汝明安顿好了他们后，当机立断，将孙良诚、周镐前来策反一事迅速上报给蒋介石和徐州剿总总司令刘峙。与此同时，他通知第二处处长陶纪元，一方面向保密局报告，另一方面立即派人将周镐及其随从人员逮捕。

周镐被押往南京后，直接关入宁海路19号保密局看守所。

在解放区的吴雪亚为周镐的安全担心，她在心里不停地念叨："治平会回来的，每一次他都有惊无险，他总是会奇迹般地回到家里。"吴雪亚了解周镐，他是个向死而生的人，要做的事，做不好不会罢休。一天一天数着过，可谓度日如年。终于，随同周镐一起出发的警卫员回来了。警卫员从包里取出周镐的日记与钱物交给吴雪亚。吴雪亚默默地接过日记本与钱物。

那天夜深人静,吴雪亚翻开了周镐的日记,看着看着就流泪了,她在最后一篇日记的后面写道:

治平于五日去刘汝明部工作,但至今未得消息,令人挂怀异常,我在此馨香顶祝治平平安归来,一切成功!

前方同志于今日归谢河。

元月廿八日　雪

周镐被关进监狱后,蒋介石得到报告后指示:立即枪决。周镐生命的最后几天里,我们不知道他在想些什么,但是我们知道,他一定会思念远在湖北的父母、李华初及三个女儿;思念还在解放区的吴雪亚和三个儿女。

在保密局逃离南京的前夕,周镐被枪杀于狱内刑场。

5

周镐在南京就义,武汉的李华初与苏北的吴雪亚都不知道,两人都在等待着丈夫的消息。

上海解放了。吴雪亚被组织安排到上海工作,安定下来后,她去了南京与南京周边一带寻找周镐的下落,无果。

活不见人,死不见尸,连个准确的消息都没有,吴雪亚没有放弃寻找周镐的行动。她一边艰难地带着三个孩子一边打听周镐的消息，一直寻找到"文革"开始，她被误打成了"反革命"。审查、批斗，家门天天被打砸得天摇地动，直到被关进监狱，耳边还不时地响着砸门的轰鸣声。静下来，吴雪亚嘴里常常念叨："治平，你究竟在哪儿呢？"

"文革"结束后，吴雪亚被落实了政策，也收到了周镐的烈士证书。捧着烈士证书，吴雪亚欲哭无泪。

在武汉的李华初也是苦苦地等待着周镐的消息。武汉解放初期，整天拉警报，李华初一听到警报声就害怕，天天生活在恐惧中，于是带着三个女儿回到周镐的农村老家。多年来李华初省吃俭用，节省下来半块金条、一些金银首饰、一盒银圆、港币，以及手表、钢笔、象牙筷子、银筷子等，她把这些物品装在一个小箱子里，随身携带，睡觉时就放在枕头边。丈夫无踪无影，三个幼小的女儿要养育，积攒下这些物品留给孩子们读书用。

回到罗田一个月后的一个夜晚，这些物品全部被人偷去，被偷走的东西还包括李华初母女四人的换洗衣服。李华初抱着女儿大哭。其实，李华初知道是谁偷走了她们的东西。几天前，一个同族的年轻人生病，李华初好心，就带着这个年轻人回家取药，这药就放在小箱子里，这人看到了箱子里面的东西。周慧励说："这些物品被偷，等于要了我们母女四人的命啊。"李华初前去农会的工作组报案，工作组的一位同志非常同情她们，劝李华初说："最好不要报案,这些东西就是找回来,贫下中农也不会让你拿回去的,还会追问这些钱物是从哪里来的,你就当这些物品换回你们母女的四条命。"李华初听从了这位好心人的话,最终没报案。接下来土改,李华初一家被划为贫民,分了田地分了房子。从此,她们母女四人在乡间贫穷而痛苦地活着。

几个月后,那个同族的年轻小偷下塘洗澡,水呛了肺,死了。

李华初母女四人虽然生活艰难,但三个女儿很替妈妈争气,学习成绩都很好,就是没钱交学费,李华初拿着周镐以前写给她的信给学校领导看,信中写道:"等将来革命胜利了,将你们接到一块过好日子……"凭着这些信,周家姐妹被评上乙等助学金。周慧励说:"妈妈身体不好,不能劳动,我们生活没有来源,如果没有这些助学金,我们初中都读不起。"李华初失去周镐时才30多岁,有人追求她,也有很多人劝她改嫁,李华初断然拒绝,她说:"我可以去死,但绝不会改嫁。"

周镐在李华初的心里是曾经沧海难为水,除却巫山不是云。

李华初终于把三个女儿带大,随她们去了英山、新州等地生活。但接下来的政治运动,又使李华初陷入了痛苦的境地。周慧励说:"那时每年都有政治运动,我们吃尽了苦头。我们姐妹三个全受到连累。我与爱人结婚后,爱人的党籍被开除,没有开会,就发了一纸通知,通知上说:成余地不听组织劝告,与逃台大特务女儿周慧励结婚,特此开除党籍。当时,爱人怕我痛苦,没把实情告诉我，20年后才恢复党籍。1962年，政府说妈妈是伪军官的太太，要下放农村。我随妈妈一起被下放到罗田农村。"

1965年，李华初久病床上，嘴里常常念叨："治平，你究竟在哪儿呢？"不久，带着对丈夫的思念走到了人生尽头。女儿帮她换衣服时，发现她把周镐在军统时佩戴的证章别在内衣口袋里。证章表面的颜色和光泽都磨损得没有了，显出证章的铁质，还有一封信也藏在口袋里。这种思念与等待是多么的痛苦啊。李华初是带着遗憾离开这个世界的，想来令人心痛。周慧励说："妈妈终生爱着爸爸，她常说，你们的爸爸是个非常好的人，好人应该有个善终，为什么他就没有呢？"

李华初去世前，把珍藏多年的周镐遗物交给了女儿周慧励。李华初除了把周镐的黄埔同学通讯录及军统证件埋在地下以外，其余的都保藏了下来。周慧励在整理父亲的遗物时流泪了，她感叹父亲的命运与不易，更感叹母亲一生的悲苦和对父亲的爱。遗物有13封信件、照片，以及《辞源》、日记本、通讯录、领带、衣服、皮包、印章、印章盒、印泥盒、老虎钳、砚台、报纸、周镐专用的"治平用笺"信纸及"周镐缄"信封等。周慧励对笔者说："当时我不知道父亲以后会是烈士，但我坚信他是个好人，会有个好说法，我一定要保藏好父亲的这些遗物。"她把这些遗物用牛皮纸一件一件地包好，再在牛皮纸外面包一层玻璃纸，黎明时爬上山顶把这些物品藏在山上的柴堆里，晚上天黑后又把物品取回来藏在家里，以免白天被搜查，晚上被鼠咬。在那个特殊的年代，如果被抄家翻出，肯定是要倒霉的。"文革"后，周家姐妹把这些文物分批捐赠给了南京雨花台烈士纪念馆。周慧励说，砚台是蒋介石赠送给周镐的，"文革"期间，因为害怕，她用起子与锤头把"蒋中正"三个字凿掉了。印章也不是一般的石头，是珍贵的红玉石。那张《复兴日报》是周镐在南京接收期间将汪伪的《中报》变更的，报纸刊登了周镐亲自起草的《京沪行动总队南京指挥部布告》。这份报纸只刊出三天就夭折了，是报纸类的绝品，李华初从南京带回武汉，收藏在身边。那13封信是周镐对李华初带泪的倾诉。

周慧冰周慧励看望沈醉

大女儿周慧冰，身有残疾，为了弄清楚父亲的真实身份，她从老家来到上海，从吴雪亚妈妈那里知道南京雨花台烈士纪念馆陈列着父亲的事迹,她来到南京,在纪念馆里找到父亲的照片时,扑向照片,失声痛哭,多少年的委屈与痛苦都在这泪水中。雨花台烈士纪念馆根据周镐家的实际情况,出具证明,有关部门为周镐烈士发了第二份烈士证书。1971年,周家三姐妹收到了烈士证和光荣烈属牌。但李华初没能等到这一天。

1992年,周慧励与姐姐周慧冰去北京拜访了当年周镐的同事沈醉。在重庆时,沈醉对李华初母女四人很是照顾,周家姐妹念旧情特去看望沈醉。沈醉几次叨念,周治平是个非常好的人。

编后记

这本书讲述的是雨花英烈壮美的爱情故事。

恽代英牺牲后，妻子沈葆英与中共党组织失去联系，儿子也失联十年，即便是这样，沈葆英也没有对丈夫未竟的事业丧失信心。对于沈葆英来说，恽代英是丈夫，是亲人，是老师，是革命的引路人。革命的共同理想把他们紧紧连在一起。

李惠馨随丈夫邓中夏参加革命。他们在新婚大喜的日子，来到烈士墓前，这是何等不同寻常的夫妻。邓中夏被叛徒出卖后，在狱中与批捕的妻子对质。两人咫尺天涯，不能说话，却又要应对敌人的盘问，否认彼此认识。邓中夏牺牲后，李惠馨把丈夫的名做自己的姓，改名夏明，寓意赓续丈夫的事业，奔向光明，并毕生致力于搜集整理邓中夏的遗物、书籍、照片、日记等，践行中共领袖毛泽东所说的"为党工作，以继启汉中夏之遗志"。

王崇典烈士牺牲后，妻子和女儿与胞弟一家相依为命。妻子把王崇典的遗照送到照相馆放大，挂在王崇典用过的衣柜上方，每天擦得晶亮，从老家涡阳到皖北蚌埠再到南京，从 25 岁一直擦到 95 岁，70 年，25 000 多天。每年在丈夫生日的那天，她都要在丈夫的遗像前端上一碗长寿面。

马克昌是冲破旧礼教的束缚与向自芳结为夫妻的。丈夫离家从事革命,妻子在默默等待了18年后才知道丈夫牺牲了。她曾对女儿说:"你爹是为革命而死的,我苦守了他一辈子也值得。"这一辈子等于80年!向自芳死后,子女从雨花台烈士陵园要了一抔土,与马克昌的遗像、衣冠一道合葬于原籍地。苦等80年后他们团聚了。

钱瑛是歌剧《洪湖赤卫队》女主角韩英的原型,丈夫谭寿林结婚两年多就死别了,牺牲时只有35岁。钱瑛记住了丈夫在诀别信中说的,"在看得见你的地方,我的眼睛和你在一起。在看不见你的地方,我的心和你在一起"。丈夫牺牲后,钱瑛不是在狱中,就是奔波于各地为党工作。用她的诗来说就是:骤风又狂雨,萍踪无处寄,几度铁窗,千番苦战,丹心贯日情如海,碧血雨花气若虹。她迎来了新中国,并成为共和国的第一任监察部长。

章蕴与李耘生都是中共党员。李耘生被捕后,在狱中每天记日记,写了近300篇,篇篇都是写给妻子的信。出狱后,他把日记送给妻子作为见面礼。李耘生牺牲后,章蕴立下三条誓言:第一,继续找党,一定要找到,重回党组织的怀抱;第二,绝对不做任何国民党的工作,只做工,挣钱维持自己和女儿的生活;第三,不再结婚。从此,她冒着血雨腥风,奔走在后方与前线。

赵良璋烈士被捕后,在法庭上坚持了三天三夜,没有一点口供。敌人得到物证后,他承担了所有的责任,保护了同志。连敌人也说他是个汉子。他牺牲时,妻子蒋平仲才18岁,他们共同生活才三年。她选择用一生来守候,一直保存了丈夫英俊的小照。她生前希望死后到雨花台与丈夫合葬。但碍于规定,这一要求不能满足。最后,感动于蒋平仲对赵良璋的深情,工作人员小心翼翼把赵良璋烈士陵墓的四个角撬开,将蒋平仲的骨灰埋入,完成了她生前的愿望。

....

我们可以从中读出烈士遗孀对丈夫生前深深的爱恋,对丈夫死后绵绵的怀恋,对丈夫革命事业不绝的眷恋,这就是她们用生命谱写的卓尔不群的恋之歌。

本书由著名女作家孙月红老师创作。孙老师不仅文学造诣深厚,对雨花烈士史料也非常熟稔。她不是为了写作而匆匆熟悉史料,而是浸润红色史料有年,曾担任雨花台烈士陵园史料科科长,对雨花英烈史事如数家珍,信手拈来。

《绝恋》从雨花英烈的另一半切入,从一个不同于常见的面向再现烈士的理想信念、丰功伟业和道德情操。烈士对于国家的爱,对于革命事业的忠诚,感染并影响了他们的妻子。烈士的妻子在丈夫为国殉难后,有苦不言,遇厄隐忍,深藏大爱,在"小我"和"大我"之间做出抉择,其诚其勇,巾帼不让须眉。长眠在雨花台烈士陵园的烈士,人人配享一枚勋章,勋章的一半应该属于他们的另一半。由女作家写烈士妻子的风采，既是对她们的敬意，也是对历史的尊重。

本书的策划得到南京市雨花台区妇联主席张晓慧女士的鼎力支持，谨此鸣谢！

感谢南京大学出版社的支持，感谢责任编辑黄睿女士为本书付出的艰辛努力。